星舰联盟 | Path of Exile

星舰联盟

罗隆翔
—— 著

之 **偃师千乘**

复刻的帝国

北方联合出版传媒（集团）股份有限公司

万卷出版公司

ⓒ 罗隆翔 2020

图书在版编目（CIP）数据

偃师千乘 / 罗隆翔著 . -- 沈阳：万卷出版公司, 2020.10
（星舰联盟）
ISBN 978-7-5470-5371-3

Ⅰ . ①偃… Ⅱ . ①罗… Ⅲ . ①幻想小说 – 中国 – 当代
Ⅳ . ① I247.5

中国版本图书馆 CIP 数据核字 (2020) 第 078367 号

出 品 人：王维良
出版发行：北方联合出版传媒（集团）股份有限公司
　　　　　万卷出版公司
　　　　　（地址：沈阳市和平区十一纬路 25 号　邮编：110003）
印 刷 者：三河市嘉科万达彩色印刷有限公司
经 销 者：全国新华书店
幅面尺寸：145mm × 210mm
字　　数：280 千字
印　　张：10
出版时间：2020 年 10 月第 1 版
印刷时间：2020 年 10 月第 1 次印刷
责任编辑：王　越
责任校对：佟可竟
封面设计：尚世视觉
ISBN 978-7-5470-5371-3
定　　价：45.00 元
联系电话：024-23284090
传　　真：024-23284448

目录 ▼▼

一、深宫喋血

从斟云懂事时起，身边陪伴着他的就只有一名佝偻着腰的老宦官、一名年老的宫女。他的童年，被困在清冷的深宫中高高的朱红色高墙内，围着杂草丛生的小院。他知道自己有很多哥哥姐姐，但是大部分都没见过。

斟云是一个大帝国的皇子，听说无论是从南到北，或是从东到西，信使骑着骏马昼夜不停地疾驰，也要小半个月才能横穿广袤的国土。只是这一重又一重的高墙阻隔了宫里宫外两个世界，斟云抬头只能看到蓝天白云，却看不见这个国家到底有多么广袤。这是帝尊打下的万里疆土，斟云是帝尊的第二十一个皇子，却极少有机会见到老迈的父皇。

这世上有几种不同的皇子。一种跟随帝尊起兵于草莽，立下赫赫战功；另一种生长于深宫妇人之手，不知宫外日月。一种娘家势力强大，呼风唤雨；另一种是地位低微的贡女、宫娥偶尔被临幸所生，困于宫中，自生自灭。一种炙手可热；一种无人问津。

曾经最为得势的皇子，自然是太子斟长生，那是帝尊的长子。昔年帝尊仍是布衣百姓时，正逢天下饥荒，孩子的娘饿死了，帝尊和年幼的斟长生沦为流民，踏上了造反的不归路。转眼间多年过去，帝尊成就霸业时，太子一身锦袍金甲，文可监国，武可征战。每逢太子征战归来，帝尊总是要率领文武百官亲自到城门前迎接。

直到那一年，太子讨伐璩国，帝尊原本以为捷报指日可待，却不曾想到，帝国最精锐的二十万长风骑兵，归来只有不足五百的残兵败卒，残破的马车上，染血的战旗盖着太子的尸身。

璩国是一个南方小国，地处富庶的鱼米之乡，又不产马驹铁矿，无法将财富变为强兵，自然是引得帝尊觊觎，想征服璩国弥补连年征战的亏空。哪怕璩国俯首称臣，以大量金银、珍宝、美女进贡，试图获得片刻和平，也不能如愿。帝尊财宝美女照收，军队却也不停，最终仍是大军压境，却不曾想到居然惨败。

"偃师千乘……是偃师千乘干的！"帝尊一夜白头，偃师千乘来无影去无踪，像个漂泊不定的噩梦，谁都不知道他们的据点在哪里，想复仇也找不到他们的下落。他不知道璩国到底开出了何种价码，居然请得动偃师千乘。

帝尊病了、垮了，喜怒无常，他不放心那些伴他起家的武将，将他们杀得一个不留，让皇子们镇守四方，自己沉浸在温柔乡中，至于这个庞大的帝国将来由谁继承，他已经不愿再去想。

二十一皇子，斟云，在帝尊眼中不过是纵情声色之后无关紧要的产物，从来不受器重，由他自生自灭。斟云的娘亲只是个没地位的璩国贡女，在他还没懂事的时候就过世了，陪伴斟云的老宫女常常咳嗽，在斟云十二岁那年的冬天过去之后，终于也没了呼吸，冷冷清清的院子里，只剩那名佝偻着腰的老宦官。

"三皇子造反，被五皇子镇压了，自尽于王府中。"十二岁那年秋天，老宦官像闲聊般提起这事，斟云置若罔闻，只是慢慢啃着手中的冷馍馍。

"五皇子死得蹊跷，坊间流言是六皇子下的毒。"斟云十三岁那年，宫中又有流言悄悄地流传着，斟云自顾自地捡起了浣衣院中别人不要的衣服。

"七皇子的棺椁啊，那是上好的金丝楠木……"宫中修缮楼宇的工匠们吃着冷馒头，小声闲聊这种敏感话题时，并没有刻意避开一身旧衣、站在一旁看木匠干活的斟云。他们知道，这个不得宠的皇子经常饭都吃不饱，常来木匠作坊讨些剩饭吃。

二十一皇子是个傻子，从早到晚，只会怔怔地坐着、站着，看着工匠们干活，看着工匠书籍上那些记载着尺寸和技法的、晦涩难懂的文字，十分入神；二十一皇子文弱秀气，可惜是男童，否则以他那和亲娘一样倾国倾城的容颜，若是女儿身，可以送去和亲，可以拉拢重臣家族，偏偏他是毫无用处的男儿身。

但是二十一皇子又很聪明，帝尊从未派遣过老师教他读书写字，他却跟着地位低贱的工匠们，一笔一画地临摹工匠书籍上的文字，拿着圆规、直尺、曲尺，照着做各种木头玩意儿。他的一双巧手不输皇宫内府的能工巧匠，制作的门扉户扇精巧异常，制作的报时漏壶能按时辰摇响铃铛，制作的木鸢能在天上盘旋很久才落下来。

诸位皇兄皇姐都讥笑斟云胸无大志，只知道摆弄不入流的工匠们的奇技淫巧。但是斟云心里清楚，他上头有二十个哥哥，大多手握实权。作为不可能继承皇位的皇子，胸无大志当个玩乐王爷也就罢了，要是太有志气，难免成为兄长们的眼中钉，只怕不是好事。

十九皇子斟巽，同样不受器重，同样自生自灭，是斟云一母所生的兄长。斟云十四岁时，斟巽十七岁，已经到了应该分封到外地成为藩王的年龄了，但是急转直下的局势，让分封成了不可能的事。

深秋的冷风让深宫大院显得更加冷清，荒凉的院落里，枯藤老树下，斟巽告诉斟云："帝都已经被重重围困了，宫墙外的百姓已经将粮食吃绝，在以草木充饥，只剩这深宫之内还在歌舞升平。"

十四岁的斟云看着天上云聚云散，秋风吹拂着他清秀的脸庞，他还是一贯的沉默。斟巽靠着树干坐下，说道："围困帝都的，是八皇兄的兵。"

又过几日，尸体腐烂的臭味随着秋风从城外吹进深宫，听宫中麻木的宦官们说，朝堂上少了很多大臣，多半是趁着八皇子兵败自尽的空隙，设法逃命去了，眼下围攻帝都的是十皇子。毕竟反叛的皇子太多，垮了一个，还有下一个接着攻打，试图逼宫篡位。

再过几日，宫中也断粮了，宫人大多逃散，只剩从来没迈出过大门的妃嫔、宫女们坐困愁城，偌大的深宫，清冷得只有深秋的乌鸦如哭似泣的叫声。当斟巽来到荒凉的旧院时，斟云仍然在怔怔地坐着，一身单薄的旧衣裳，在秋风中瑟瑟发抖。

斟巽向斟云伸出手："弟弟，咱们走。"

宫中的肃杀气氛，从斟云从未到过的朝堂方向传来，穿透整个后宫，让人噤若寒蝉，只有斟巽仍然保持着平日的阳光爽朗，他牵起斟云的手，在雕龙绘凤的亭台楼阁中间穿行。斟云不时听到那迷宫般的后宫庭院里飘出女人的哭声，平日里的大内侍卫现在早已找不到影踪，一摊摊洒落地上的鲜血，越靠近朝堂，就越腥臭浓烈，似乎这里曾有过激战。

咚！咚！咚！那是上朝的钟声，斟云想起已经有一个多月没听到过了。分隔后宫和前殿的高墙边，那道平日里戒备森严的宫门，如今已经被檑木撞垮，朱红色的大门倒塌在地。大殿外的广场上满地都是大内侍卫的尸体，一群太监战战兢兢地拖走尸体，努力冲刷地上的血渍，鲜血渗入地砖的缝隙，怎么也冲刷不干净。零零星星的几名朝臣被身着黑色盔甲的士兵们用锃亮的刀锋架住脖子，双腿颤抖，慢慢爬上大殿前的台阶，颤抖着上朝，用颤抖的声音高呼万岁。

十三皇兄年近四十岁，却已须发斑白，带着他那威武的玄铁骑，大步踏入皇宫。照理而言，分封于外地的皇子，若无圣旨召唤，绝不可违命进京，但是十三皇兄浑然不惧，一身染血的征衣，昂首阔步，剑履上殿，俯首叩拜：“皇儿平乱来迟，十皇兄、十一皇兄乱党已经伏诛，还望父皇恕罪！”

帝尊须发皆白，已是七十多岁的高龄，端坐于帝位之上，沉默如同雕像。十三皇子多年征战在外，战场肃杀催人老，偏偏帝尊太长寿，已经年逾古稀，这些年长的皇子也一个个成了老皇子。

身为开国之君，原本应该兵权在握，天下俯首，莫敢不从。他在思索究竟是从何时起，兵权被诸皇子分割占据，是从他诛杀四柱国将军时起？还是他沉浸于温柔乡后如同昏君时起？十三皇子自称平乱，眼下已经成年的诸皇子，又有谁不是乱党？

如果今日造反的不是自己的亲儿子们，帝尊此刻就已经是亡国之君了。十三皇子跪于帝尊面前请罪，手掌却不离腰间佩剑，麾下士兵搜遍整个皇宫，将几名年幼的弟弟押到大殿。请罪是假，逼宫夺位是真。太子之位虚悬太久，诸位皇子年纪渐大，都等不及了。

斟云第一次踏进这雄伟的大殿，精美的梁栋、巧妙的榫卯，吸引了他的目光，让他忘了脖子上的刀锋。或许斟云天生就是当能工巧匠的料子，肃杀的气氛并没有压抑他对这大殿精巧又恢宏结构的惊讶。

十三皇子的亲兵——玄铁骑，在大殿广场上庄严列队，多达万人。十三皇子跪地，双手奉上自己早已写好的、册封他为太子的圣旨，圣旨只差父皇盖上玉玺，当众宣读。若是父皇不允，倒也无妨，他手中的宝剑可以确保父皇顺利驾崩，帝位终究还是他的。

轰！炸雷落在玄铁骑当中，顿时人仰马翻！十三皇子脸色骤变：不可能！天底下不可能还有兄弟可以挑战他的实力！这场皇位争夺战，应该早已分出胜负！

轰！轰！炸雷接连炸响，玄铁骑临危不乱，亮起军刀，拿起弓弩，结成密集的铁桶阵，防御敌人的冲锋，却不知敌人位于何处。轰！又是一声血肉横飞的炸雷，十三皇子惊慌失措，大步走出大殿，只见他引以为傲的玄铁骑已经死伤过半，敌人却仍不露脸。他想起了那个梦魇般的传说：天底下，能够远在视线之外发起致命攻击的，只有那个神秘的佣兵组织……

哗啦！宫墙垮塌，大片精美的楼阁如同纸糊般被撕碎，一座精铁为墙、青铜为瓦的碉楼，迈着六条腰身粗的镔铁腿脚，喷吐着浓烟，机轮轰鸣、震耳欲聋，正从废墟中站起来。

那是什么东西？十三皇子脸色煞白。玄铁骑结阵冲锋，高头大马甚至还不如金属巨楼的机械膝盖高，刀剑弓矢伤不了这怪物分毫，它一脚踩下去，人马俱成肉泥。

又一座巨楼出现，然后是第三座、第四座……它们从四面八方包围了皇宫，炮火从巨楼上的钢铁圆筒中喷出，落在骑兵阵中，如同冥河边上的彼岸花般绚烂。

"偃师千乘！是偃师千乘的飞楼！"有人发疯大叫。转眼间，十三皇子的大军灰飞烟灭，那些魔鬼，谁能想到那些魔鬼竟然会对帝都发动进攻？十三皇子站在大殿前，目瞪口呆，他觉得自己是很能沉得住气的人，当兄长们互相厮杀争夺大位时，他按兵不动，等到有实力的兄长损兵折将，他再当"螳螂捕蝉，黄雀在后"的那只黄雀。但是他没想到，自己居然也只是螳螂，而黄雀另有其人。

偃师千乘的飞楼，一座可破军，十座可屠城，百座可灭国，此时眼前的飞楼竟然有三十座之多！飞楼之下，还尾随着大批手持飞火铳刀的佣兵。偃师千乘等级森严，至少要百夫长级别的头目才可调动一座飞楼，千夫长也只能调动不足十座飞楼。十三皇子贵为皇子，就算备足厚礼，能见到百夫长就已经很不容易，却怎么也请不动偃师千乘出手。他看见为首的飞楼上，一名年轻女子青纱覆脸，衣衫上绣着六颗飞星，那是十万夫长！

女子居高临下，拿起飞火铳刀，十三皇子心胆俱寒。飞火铳刀是偃师千乘的特有武器，长逾四尺，前半截为长刀，后半截为火铳，近可挥刀劈砍，远可火铳射击，无论远近，均无死角。天下不知多少国家召集能工巧匠，试图复制这种威力强大的武器，却始终无法成功，仅仅色泽金黄的特殊火药这一项，就无法得知炼制秘法。

铳响，血花飞溅，十三皇子低头，只见身上铠甲被无情地打穿。又是一声铳响，十三皇子倒地，从大殿前的丹陛石上滚落，那汩汩的鲜血顺着丹陛石上的云龙浮雕流淌，在龙嘴滴落。这嗜血的皇权，不知吃了多少皇室亲兄弟的性命。

谁是螳螂后面的黄雀？前一刻还耀武扬威的玄铁骑现在已经片甲无存，十九皇子斟巽从幸存的诸位皇子当中站出来，踏着兄长的血，走向父皇的宝座。帝尊眯起昏花的老眼，努力试图看清这年轻的皇子的长相，他年纪太大，子女又太多，孩子的名字他记不全，孩子的相貌也记不清。

"你，花了多大价钱，请动这玩弄机关妖术的偃师千乘？"帝尊的声音仍然透着王者的威严。

斟巽道："价码不高，不过是用云砂郡荒凉贫瘠的塞北十五城之外的百万顷荒漠作为交换。"偃师千乘要的价码大多都很奇怪，谁都不知道他们要那寸草不生的荒漠做什么。

帝尊大声问："你是什么时候开始和他们勾结的？"

斟巽微笑："在我得知璩国当年请动偃师千乘的价码不过是光秃秃的荒山上火烧不化的黑色顽石之后，我就多留了个心眼，费了好大功夫，才和柳姑娘搭上线。"

柳！帝尊全身一震，睁大昏花的老眼，直勾勾地盯着飞楼上那名青纱蒙面的少女。豆蔻年华的女子竟然是偃师千乘的十万夫长。

帝尊大声问："他们就只要一片荒地？就这条件？"

斟巽走到帝尊面前，说道："他们还要分封一名皇子到云砂郡当藩王。"

帝尊枯瘦的手紧紧握住皇座，双目赤红，他知道，偃师千乘要分封一名皇子到云砂郡，显然是要个人质。他大声吼："你这是与虎谋皮！你皇长兄是怎么死的，你可知道？"

斟巽道："与虎谋皮，总好过坐视十三皇兄登基。要是他当了皇帝，你我只怕都要横死在这大殿里。"

那名蒙面的少女走下飞楼，一双美眸目空一切，无视皇权的威严，她走到被押上大殿的皇子们面前，来回踱步两三趟，这些皇子大的十四五岁，小的只有四岁。

"你到底是什么人？"帝尊大声质问这名神秘少女。

少女慢慢摘下面纱，微笑道："陛下，好久不见，别来无恙？"

帝尊大骇，猛然站起，却又被身边士卒推坐在皇位上。她姓柳，面容依稀就是当年少年英雄云阳侯的模样。当年诛杀云阳侯府满门时，唯有这六七岁的小丫头漏网，时隔多年，她终于出现了，以帝尊最恐惧的方式出现。

"来人！杀了她！杀了她！"帝尊大声下旨，却无人听令，稀寥寥的朝臣们一个个噤若寒蝉，只有帝尊苍老的声音回荡在朱红色的殿柱间。他第一次感觉到，自己手中的权力是那么虚无。

冰冷的刀锋架在帝尊颈上，斟巽踏上皇座前的台阶，在父皇耳边轻声道："这天下从战乱到四海升平再到战火四起，父皇您从开国皇帝到有为明君，再到昏君。退位吧，孩儿必定让您安享晚年。"

偃师千乘来去如风，转眼间就撤得干干净净，只剩这残破的皇宫在诉说着无情的皇室纷争。斟巽用为数不多的亲兵控制了皇宫，把父皇软禁到偏僻的思亲殿中，殿内杂草丛生，殿门戒备森严；再命信使将帝尊退位为太上皇、十九皇子斟巽登基为帝的消息昭告天下。

十四岁的斟云怔怔地看着偃师千乘离去的方向，脑海中都是巨大的战争机械、吱吱转动的机枢齿轮，什么皇权更迭，什么兄弟相残，他只想离得越远越好。

十七岁的斟巽登基为帝，木然地看着朝臣们山呼万岁，心中却没有半点喜悦，这残破的江山、四起的狼烟，无论交到谁手上都是个棘手的烂摊子。区别只在于他在这皇权争夺中胜出了，不用再日夜担忧别的兄长登上皇位之后，会将他处死。

大赦天下，是斟巽登基后的第一件事。参与叛乱的皇兄都在这场诸皇子之乱中凋零，少数没参与叛乱的皇兄又是只知声色犬马的窝囊废，追究他们是否参与谋反已经没有意义，甚至连开棺戮尸都做不到，因为他们虽贵为王爷，尸首却早在战败后散落疆场，任凭野兽啃食殆尽，根本无人收殓，无尸可戮。

清除乱党、收拢兵权，这些事花费了斟巽不少时日，他深知自己的皇权并不稳固。空荡荡的皇宫中，他的日子枯燥乏味到日复一日地在大殿和书房中两点一线地移动，待到秋色渐凉，他才想起，还有一件重要的事情要做。

深宫冷清，这三宫六院的嫔妃娘娘们平日里个个趾高气扬，争宠不休，不知宫墙之外天下大势的变幻无常，全然不把这些未成年的皇子放在眼里。如今皇位易主，那些嫔妃娘娘一个个都不见了踪影，斟巽也不问宫内监她们的去处，怕问了会心生同情。

去年还像初秋缤纷的群花般争相斗艳的后宫，今日倒像此时的深秋般萧索。斟巽走在黄叶满地的深宫陌巷中，这是童年时他和斟云无数次奔跑过的小巷，童年懵懂不知"皇子"二字是何等沉重，倒也快活。眼下，最重要的事是皇权交替之后，对幸存的弟弟们的处置。

所有的皇子，从四岁到十四岁，巽帝打算统统分封到外地为王；所有的王府，全部高墙大院、雕梁画栋，配足歌姬美妾，让他们醉生梦死；所有的封地，全部派御史严加看管；所谓王爷，不过是血统高贵的华服囚徒。但是人非草木，孰能无情？看着那些娇媚不再的妃子抱着年幼的皇子哭成一团，斟巽也觉得心头发酸，下旨凡是生下皇子的嫔妃均可随皇子到封地居住。

穿过落叶萧索的小巷，巽帝让侍卫和太监留在外面，独自走进荒凉的小院。听太监和侍卫们说，不得宠的皇子，过得还不如寻常人家的孩子，但是巽帝从未见过寻常人家过的是怎样的生活，只知道自从记事时起，自己和斟云就生活在这荒废的小院中，饥一餐饱一顿，无人问津。

院落里满是刨花木屑，小院里所有的家具，都是斟云捡别人不要的废料做的。他有一双巧手，如果生在民间，或许会成为小有名气的能工巧匠。

斟巽静静地看着斟云雕琢一个小折凳。斟云完全沉浸在自己的世界里，他最近总在寻找更耐磨的木头做小折凳的轴承，却始终找不到合适的材料，直至见到偃师千乘那些巨大飞楼的金属轴承，才豁然开朗，此时沉湎其中，全然不知皇兄在身后。直到夜幕低垂，高墙大院里光线不足，斟云才放下小折凳，方惊觉皇兄到来。

"哥……不，陛下。"斟云讷讷地说着，有些胆怯。他们是一母所生，自幼相伴。诸位皇子大多是同父异母，同母所生的极少。但是如今，斟巽是皇帝，斟云才想起从来没人教过他面见皇帝的礼节。

"不必多礼。"斟巽今日没有穿那华丽的龙袍，仍然像往日还是不受器重的皇子时那样，穿得随意。他将地图摊在斟云面前，说道："选一个地方，作为你的封地吧。"别的弟弟，封地均由他指定，仅有这个同母的弟弟，他网开一面，由斟云自己选择封地。

裂土封王，原本就是非常敏感的话题，斟云看着眼前的帝国万里疆域图，深知要是选了富庶的地方，原本应该上缴朝廷作为税赋的白花花的银子就都流进了王府，难免招皇兄记恨；要是选了穷乡僻壤，将来子子孙孙又跟着受苦，实在难以决定。

斟云思索半晌，伸手指着帝国边陲最荒凉的塞外云砂郡，"就这里了。"

巽帝心中一惊，表面却不动声色。云砂郡，由昔日云阳、飞砂两个穷郡合并而成，也是帝国皇权难至的边缘，地瘠民贫，又与外敌戎寇接壤，蛮夷时常扰边洗掠。自从云阳侯被诛杀后，边关大军群龙无首，纷纷落草为寇，地方官往往弃城而逃，民不聊生，全郡近乎沦陷之势。选择云砂郡作为封地，与送死无异。斟巽原本想过分封别的皇子到云砂郡作为傀师千乘的人质，但是看见其余皇子的生母以头抢地，痛哭哀求，心中不忍，又只能收回成命。

巽帝问："为什么选这里？"

斟云道："我想看看那些精巧的飞楼，是如何运转的。"

世间事，往往是两难的选择。斟巽想过找个强势的兄弟镇守边关，又担忧山高皇帝远，兄弟拥兵自重，尾大不掉；他想分封个弱势兄弟过去，又担心挡不住敌人，戎寇长驱直入，危及帝国安全。他倒也想过派个外姓武将镇守云砂郡，但是他并非带过兵打过仗的皇子，手下又哪里有得力的武将？新提拔的几名亲信都镇守在各战略要地，以防止虚弱的帝国内部再起战火，实在是无人可派。

斟巽沉重地说道："弟弟，你要是选了云砂郡，这一去，只怕就是天人两隔。"

斟云不作声，自古皇家胜者为帝，败者自当安分于王府高墙内，醉生梦死，生死听天由命。斟巽虽是亲兄长，但是帝位当前，只怕这份亲情也不会长久。

斟巽见弟弟心意已决，也不再多说，让他做好分封为王的准备，转身离去。荒院里的烛光摇曳，斟云在烛下潜心绘制他想到的木铁机关图纸，这百无一用的玩物，却是他活在世上唯一的消遣。

侍卫和太监在院外等了很久，直至看到巽帝出来，才松了口气。斟巽往书房走去，众人自然是紧紧跟随。斟巽突然停步，让众人退到三十步之外，只留平日里伺候斟云的驼背老太监："曹公公，云弟决定选择云砂郡作为封地，你一同跟过去，作为王府的掌事太监。"然后又在他耳边低语了几句。

老太监只觉得冷汗从背脊渗出，双腿打战。斟巽挥退他，又叫过一名侍卫："赵龙，你担任王府的府兵头领，带三百精兵随斟云去封地。"侍卫大声领旨。作为这种囚徒般的藩王，王府中的府兵头领必定是皇帝的亲信，负责监视王爷，有必要时甚至可以奉皇命将王爷置于死地。

斟巽回到书房，又叫来麾下最信任的缇骑首领，布置秘密事宜。他知道偃师千乘要将一名皇子分封到他们控制的地盘内，就是想要一名皇家血统的人质。他们能把他扶上皇位，自然也可以把另一名更听话的皇子扶持上去当傀儡皇帝，这种事不能不防。

等斟云到达云砂城，就找个合适的机会，神不知鬼不觉地把他除掉，让偃师千乘手上没有人质可以要挟朕。这个密旨，巽帝对曹公公和赵龙都小声交代了。皇家亲情凉薄，从他踏上皇座前的台阶那一刻起，他就知道，这手足亲情，无论他多不舍，也只能到此为止。

偃师千乘，来去如风，神出鬼没如羚羊挂角，难觅行踪。自从那日逼宫夺位过后，就算是皇帝斟巽也不知道这上千名偃师千乘佣兵连同数十座庞大的飞楼去了何处。飞楼可以日行千里、昼夜不停，此时距离夺位之战已经过去小半个月，飞楼或许已经离开国境。但是巽帝总觉得佣兵仍有不少潜伏在帝都。他只能不断加强身边的侍卫数量，确保自身的安全。

"有刺客！"深夜的皇宫，侍卫们的声音划破夜空，书房头顶上传来急促的脚步声，斟巽在侍卫们的保护下，脸色惨白。

侍卫们描述了刺客的模样，巽帝反而松了一口气，摆摆手："别追了。"根据侍卫的描述，刺客是一名武功极高的女子，尤其是轻功之高，可以毫不凭借外物，像飞鸟般翩跹空中，简直匪夷所思。巽帝知道，那是他请来的偃师千乘的十万夫长，昔日云阳侯府柳家唯一的遗孤——柳梦零。

请神容易送神难，柳梦零，是皇帝都奈何不得的人。

皇家哪来的亲情？荒凉的院落里，柳梦零无声无息地出现在屋梁上，看着摇曳的蜡烛下趴在旧桌子上睡熟的十四岁小皇子斟云。柳梦零曾经把复仇视为这一生的追求，养母对她永远都是有求必应，哪怕是斠巽向偃师千乘借兵，养母明知道她想要复仇，却也纵容着她的任性，由她带走了三十五座飞楼和数千佣兵。

那日，在帝都郊外的荒庙里见到乔装打扮出宫的斠巽时，她就提起过："你就不怕这是与虎谋皮？帝尊杀我全家，我也要杀他全家！你不怕我连你一起杀掉？"

那时斠巽只是很有修养地微笑，说她下不了手。当时她不信，直到攻破宫墙，见到大殿上的帝尊之后，她才发现自己真的下不了手。昔日称霸天下不可一世的帝尊，如今只是一个坐困愁城的糟老头儿，像头困兽般咆哮着，却无人再听他号令。最终她能狠下心肠击毙的，也就只有十年前手持圣旨到云砂郡，下令诛杀柳氏全族的十三皇子罢了。

帝王家哪有亲情在？柳梦零潜伏在书房屋顶，听到的只有新登基的巽帝如何处心积虑地在亲弟弟斠云身边布下明岗暗哨，盘算着等斠云到了云砂郡，就痛下杀手，除掉这一母所生的弟弟。

柳梦零无声无息地落在室内，轻轻抚起斠云额前的长发，这二十一皇子，长得真秀气，比寻常女子还要柔美几分，只怕传说中的宋玉、卫玠也不过如此。真要杀他，那倒是可惜了。

柳梦零脱下外衣，披在斠云身上，像怜惜弟弟的姐姐。外衣之下的她，手臂佩戴着斩铁银丝箭，腰间缠着乌金软剑，一身数不清的暗器。其中最为显眼的，是大腿外侧的匕首，那是熔铸了柳家的免死金牌打造而成的匕首。免死金牌只怕是天底下最大的笑话，它更像催命符，被授予免死金牌的开国名将，往往离功高震主已经不远了，最终都被帝尊诛杀全族。

二、天尽头的孤城

初冬，小雪，分封各地的小王爷们启程了。小王爷们离开牢笼般的皇宫大院，在旅途的终点迎接他们的，将是一座座名为王府的奢华牢笼。

帝都终究是帝都，云集天下财富，因几个月前的夺位大战变成战场的帝都，如今又云集高官巨富，屋舍楼宇被重新整修一新，又是车水马龙、人流如织，全然看不出当初的惨烈。

小王爷们的马车镶金嵌银，锦绣华丽，护送王爷们的亲兵浩浩荡荡。一时间，观看王爷们离京成了帝都里的一件盛事。然而只有端坐车中的王爷们才知道，华丽的马车内部，是手臂粗的钢笼。在到达王府之前，这些尊贵的华服囚徒们不允许离车半步。巽帝需要一个兄友弟恭的好名声以服膺天下，与那些叛乱的兄长们划清界限。诛杀兄弟的事情，他不能在光天化日之下做。

帝都郊外，马车分道扬镳，诸位皇子分赴南方莺歌燕舞的封地，唯独斟云转往北方塞外沙漠、苦寒之地。出了承天郡，过了凤花郡，就彻底离开了中土的一切繁华之地，西北各郡都是人烟稀少，加之这几年来的诸皇子叛乱，昔日繁华的大城市被摧残成破败的小城，小城变破落的村镇，而一些原本的小村镇，则被抹平成百里无人烟的残垣断壁，流寇随处可见。

在到达云砂郡前，巽帝安插在队伍中的侍卫们原本有很多机会下毒手，可以顺理成章地栽赃到山贼流寇头上，说是他们杀害了小王爷。但是同行的除了这支护送队伍，还有大量跟随在后头，试图抱团求安全的商旅队伍。那些商旅有些也聘请了押送货物的镖师，府兵头领赵龙不知道这其中潜伏了多少偃师千乘的佣兵，他只知道偃师千乘不会坐视重要的人质在半途被人做掉。

商人分好几类：坐在马车里的几个商人由镖师前呼后拥，押送着价值不菲的货物，多半是与塞外戎狄有生意往来的大商家旗下商人；跟在马车后头，推着双轮木头货车，瘦骨嶙峋的几个商人，多半是讨些辛苦钱过日子的寻常行商。赵龙知道陛下不会让他单独执行这么重要的任务，在那些行商中间，必定还有朝廷的暗桩。他留意到有几个镖师太阳穴高高鼓起，显然是内家高手，衣服崭新，不像常年风餐露宿、行走商路的寻常镖师。有一个微胖的商人手里不停搓着两个铁球，肉乎乎的手掌似乎指力很强。

他们是偃师千乘的秘密佣兵？还是陛下派出的细作？赵龙不清楚，也不好草率地和他们接头，只能假装什么都不知道。

最让赵龙不安的是，柳梦零不知潜伏在何处，他只知道帝都的缇骑密探们说柳梦零已经出城北上，多半是乔装打扮混在商旅中。

"赵头领，你这东张西望的，是想找我？"柳梦零策马前行，走到赵龙身边，让他打了个冷战。柳梦零根本不屑于躲藏，也不屑于伪装，只是用青纱蒙脸，遮挡一路的风尘。

赵龙讪讪地说道："姑娘前些日子独闯禁宫，武功好俊，只是不知道可否告知这师承来历？"

柳梦零道："没什么师承。在另一个你们不知道的地方，各位叔叔伯伯见我是孤儿，同情我，一人教我几招，胡乱学的。要吃零食吗？"她零食从不离身，那透明的容器薄如蝉翼，又像水晶般剔透，纵使是见多识广的赵龙也认不出这是什么东西。

赵龙摇头，他知道偃师千乘的妖女掏出来的必然是不能掉以轻心的古怪玩意儿，也不敢去接。要除掉斟云只怕不是容易的事，仅仅是妖女这关，大概就不好过。

"吃吗？"柳梦零掀开锦绣车帘，将一包零食隔着牢笼扔给斟云。这个小王爷可好伺候得很，什么干粮面饼窝窝头都吃，既不挑剔也不闹事，几本读书人不屑看的木工铁匠的工具书就能让他看得入神。看来到了云砂郡后，也将会是个不问世事的闷王爷，不会像别的纨绔王爷们那样斗鸡遛鸟、欺男霸女、惊扰百姓。

在这时局不靖的年代，出远门是很危险的事。离开凤花郡之后，赵龙看着周围群山中偶尔可见的荒废村落和农田，心里不祥的预感越来越强烈，这里的人都去哪里了？

突然间，山谷中传来喊杀声，狭窄的山道上，大群山贼从前后两头截住队伍。队伍中的商旅也算是常走商路，纵使害怕，也没自乱阵脚，纷纷缩往队伍中间。雇来的镖师们则挺身而出，浑然不惧，他们吃的就是这碗刀头舔血的饭。

"保护王爷！"赵龙大声下令，府兵们迅速围着马车，手持刀剑一致对外。赵龙知道，虽说陛下的密旨是除掉斟云，但是眼下有柳梦零在场，贼人不可能得手，所以万万不可指望靠山贼来取斟云性命。要是此刻不全力保护王爷，露了馅，难免会遭柳梦零怀疑。

他们衣衫褴褛，面有菜色，瘦骨嶙峋，胸口肋骨根根凸起。这就是传闻中的穷人吗？斟云掀起马车帘子一角，第一次看见他在深宫中从未见过的世界，贫穷破败到比宫中荒院还破败的世界，他从来不知道这世上还有那么穷的人。

山贼围了过来，赵龙取出铁胎硬弓，搭上镔铁箭，麾下府兵也弯弓搭箭，只见一声令下，箭矢纷纷射向山贼！这些府兵不愧是大内侍卫出身，训练有素，箭无虚发，山贼纷纷倒地，每个都是一箭毙命！

府兵砍瓜切菜般杀光了山贼。"区区山贼也敢造次！"赵龙高喊，气势震慑全场。但是在他身后，没有传来他预想的欢呼声，赵龙转身，只看见大家都避开他的视线，似乎想和这些府兵们保持一段距离。

"梁六，你带几个人，到山里看看。"柳梦零对一名镖师下令。很明显，这名镖师是偃师千乘的人。

他们草草安葬了山贼们，柳梦零用小刀削了木头，刻了字，做成简陋的墓碑插在土坟前。她的小刀非金非木，看得赵龙心中好奇。"柳姑娘，这刀，可否借在下一看？"赵龙忍不住开口讨要，习武之人谁不爱刀？

柳梦零把刀递给他，刀极锋利，吹毛断发，但是刀身极短，不足一指长。赵龙大感可惜："如此锋利的神兵利刃，可惜太短，连条狗都杀不死。"

"本来就只是把水果刀。"柳梦零小声说道，站起身回到斟云的马车边，并不屑于理会赵龙。她手掌一道寒光闪过，马车的铁锁应声裂成两半。府兵们立即包围了柳梦零，他们接到的命令是到达王府之前绝不可放斟云出来。

队伍分成了三派：一派是以赵龙为首的府兵；另一派是以柳梦零为首的偃师千乘佣兵，两者剑拔弩张；还有一派是生怕殃及池鱼的寻常商旅和他们的押货保镖们，离那两派远远的。

赵龙长剑出鞘，他虽然武艺高强，但是当看到柳梦零从手上戒指中牵拉出细如毛发的丝线，摆开架势横在胸前时，他只觉得心底发毛。那丝线末端竟然是一个黄豆大小的千针吊坠。这丫头兵器古怪，武功多半也极为古怪，还真不知该如何拆招。

"不可！万万不可！这荒郊野外山贼众多，你们大伙儿要是内讧个两败俱伤，山贼来了我们就全完了！"老宦官曹公公大呼小叫地从中劝架。

"你这武器是'天蛛丝'？偃师千乘的谪仙子是你什么人？"赵龙的声音都在颤抖，小小年纪却能一次调动三十五座飞楼，柳梦零必定与偃师千乘两大首领之一的谪仙子有关。

柳梦零看了一眼双腿打战的曹公公，手一松，丝线缩回戒指，却不理会赵龙的问话。

这煞星惹不得，无论柳梦零武功是高是低，万一伤了她，只怕谪仙子会震怒。赵龙想起了在宫里时巽帝说的那句不要追，那是真惹不起。好在车门虽然打开，斟云却不下车，也不算违反了巽帝的密旨。

斟云是个好王爷，他不想让别人为难，只是坐在车里，面无表情地看着双方剑拔弩张，好像整个事情都和他无关，正如当初诸位皇兄造反时那般事不关己。

梁六回来了，带着一个瘦巴巴、怯生生的小丫头，十二三岁，低着头，沉默。赵龙问："这丫头哪来的？"

"山贼的女儿。"梁六话音未落，赵龙的剑便朝小丫头刺去！突然一股强硬的力道从剑上传来，只看见柳梦零的细丝缠住剑刃，那些细丝也不知道是什么炼成，竟然把锋利的剑锋勒崩了几个小缺口，硬是让他刺不进半分。

赵龙大声问："她是山贼的女儿！斩草除根你不懂？"

梁六抬起头，直面赵龙："你以为别人想当山贼？这诸皇子之乱，匪过如梳，兵过如篦，多少村庄遭了殃，多少田园被毁，多少人家断了活路？太平盛世时大家都是安分守己的良民，你以为要是有活路，他们会放着小日子不过，去当丧尽天良的山贼？要不是他们饿急了，饿死人了，敢打劫这全副武装的商旅？"

柳梦零问："全村，就剩她一个？"

梁六点头："我去到的时候，那些老人孩子饿死的饿死，病死的病死，剩下的知道打劫咱们的青壮年都被杀了，也跟着跳崖自尽。要不是我身手快，只怕连这小丫头都救不回来。"

赵龙蓦然想起，自始至终，柳梦零就没对山贼出过手。柳梦零带这丫头到一旁坐下，从随身的包里拿出一袋零食，小丫头不哭不闹也不作声，瘦得像个空麻袋搭在骨架上，怯怯地不敢接。直到零食塞到她手里，才狼吞虎咽地往嘴里塞，然后是一阵咳嗽，声音不大，却很虚弱。

柳梦零也不过是十五六岁，却是身材高挑、婀娜有致。她一身衣裳都是最好的北国雪狐皮绒，寸布寸金，就连皇室的公主们也未必有这么名贵的衣料，居然毫不珍惜地裁剪成寻常农夫家女儿那种便于劳作的短衣，款式难登大雅之堂，一路随队骑着高头大马，风吹日晒，衣服沾了尘土，伤了名贵的衣料也不以为意。无论多贵的衣服，脏了就直接扔了，端的是有钱任性。

相似的年龄，天壤之别的身份，区别只在于投胎这门技术活儿。赵龙慢慢放下剑，默许了柳梦零收留这山贼的女儿。

一路再无意外。越靠近云砂郡，群山就越荒凉，起初还能看见些生活在残垣断壁间的老弱病残，到后来甚至连人烟都没有了，尽是荒漠，荒凉得连山贼都活不下去，早逃荒去了。

在以前，云砂郡被划分为云阳、飞砂两郡，云阳郡为昔日云阳侯封地，飞砂郡由朝廷直管。云阳侯被诛杀后，两郡合二为一，称为云砂郡。

当商旅跨过荒漠尽头的群山，踏进云砂郡后，又是另一番景象，帝国的衰落导致这偏远的荒郡早已失守，官员弃城逃亡。乡下的村落个个高墙围屋，以连弩把守村口，防守严密，似乎是为了防山贼，但是又像山高皇帝远的土皇帝架势。一座座村落虽不如中土那般富裕，但是村庄中有许多特殊的提泵深井，井上竖了硕大的风车，以塞外的大风作为动力，提升井水，竟然也在干涸的荒原上开辟出一片片农田。

柳梦零吩咐手下打出偃师千乘的旗号，沿途土豪乡绅倒屣相迎，让赵龙很不是滋味。皇权在这里毫无用处，倒是偃师千乘这些妖人的名头极响。

又过数日，行道上却商旅密集起来，赵龙让人一打听，才知道这些商旅多半是前往云砂郡最大的城池——云阳城。云阳城是一座孤城，它是兵家重镇，昔日云阳侯全家被诛杀后，仍有不少士卒拖家带口扎根在这城里。虽说早没了守将，但是那些百战老兵父死子继、同仇敌忾，一直守着这座城池，日子久了，却也自成一体。朝廷号令难以到达这里，外敌戎夷也攻不破这座城，反倒是成了保得一方平安的栋梁巨柱，坐镇交通要冲，各国商旅如织，算是塞外最繁华的城市。

这座云阳城，竟然还有朝廷的县令。当赵龙看见县令带着县衙官吏百工在城门前跪迎王爷大驾时，简直不敢相信自己的眼睛。朝廷的圣旨，县令早已收到，并将王府整修一新，只待王爷入住。那是异帝派出了二十名信使才送达的圣旨，其中十一名已经在路上遭遇山贼打劫丧命，又有六名信使被洗掠郡内的蛮夷野人杀害。

赵龙私下问了云阳城的冯县令，才知道他在这里担任县令已经十二年了，远超朝廷规定的任期，他无法离开被兵荒马乱的周边郡县重重包裹的云砂郡，也没有新的官员过来交接，所以他只能一直在这里做县令。赵龙知道，朝廷在这十二年间，多次派出官员接替他，但是都在半路被贼人劫杀，闹到最后，官员们一听到要被派往云砂郡任职，宁可挂冠离去，也绝不上任。

王爷的到来，成了云阳城的一件大事，大街小巷都挤满了看热闹的百姓。这里地处边远，民风夷化颇多，不似中土严守礼节尊卑，百姓不知敬畏王权，不知跪拜回避，只知交头接耳、议论纷纷，让赵龙极不习惯。

赵龙留意到，冯县令对待朝廷一行和对待柳梦零的态度有所区别：

对待朝廷，那是毕恭毕敬；对待柳梦零，则是敬如天上仙。冯县令一路将车队送到王府前，小声说道："仙子，一切都是按照您的意思办的。"

柳梦零抬头看着高高的王府牌匾，眼角泛着泪，对县令说道："你做你的朝廷命官，做好本分工作即可，不必两头讨好左右为难。凡事我心中有数。"

衙门的县丞私下提醒赵龙："这位大人，这云砂王府就是昔日的云阳侯府。小的年轻时，曾经远远见过柳侯爷，真是人品俊朗的少年英雄啊！要是侯爷还在，这塞外诸郡，断然不会落到这般境地。唉……"说罢摇头叹息。

勾结偃师千乘的妖人，那是诛九族的大罪。赵龙知道，要是追究起来，光是冯县令对待柳梦零的恭敬就逃不了这条罪名。

柳梦零对赵龙说道："我知道你心里在想什么，勾结妖人嘛！真要按王法论罪，请从当今皇帝斟霠的九族诛起。"说罢抬脚进了王府。

马车进入云砂王府，斟云下车，抬头看着这四面高墙围绕着的雕梁画栋之地。一间又一间的豪舍美宅，迷宫般的回廊楼榭，塞外冬来早，薄薄的积雪压在红墙绿瓦上，落在院中虬结的松树上，院里池塘却不见积雪，兀自透着暖气。

"这是……温泉？"斟云不解地问。

柳梦零牵起斟云的手，不顾男女礼教大防，奔跑在曲曲折折的回廊里，穿过一道道门、一座座楼。温暖的溪水在王府中蜿蜒穿过一座座庭院，为积雪点缀的庭院带来暖气，滋润着四时花卉和怕冷的树木。柳梦零带斟云寻找溪水的源头，最后他们到达了奇异鲜花争相斗艳的后院。

后院尽头有一栋房子，岩石砌成，不起眼。柳梦零按下一块石头，石门慢慢升起，里面是一座很大的水井，井口宽达十七八丈，水井里机枢转动，热气腾腾的清水由着一级级的巨型提水泵提升到地面，成为王府水脉的源头。

"这是？"斟云有些震惊，他跟着柳梦零顺着井壁的石头台阶走到井底，抬头看着六七丈高的金铁机枢，不敢想象天底下竟然有这么庞大的机械。

"不过是一个提水站。"柳梦零道，"云砂郡原本应该不缺水，这个郡降雨量充足，可惜土地都是容易渗水的砂岩，一场雨过后，水都渗到地下，汇入地下暗河了，所以大地表面变得干旱贫瘠。这座提水站把地下暗河的水提升到地表，在王府中形成人造河，这些河水流经整个王府，汇入云阳城的人工河道，最后流出城外，成为灌溉农田的用水。"

斟云问："这是谁建造的？"

一名负责看守提水站的老人走进门，用苍老的声音说道："十九年前，柳侯爷受封云阳侯，来到这贫瘠荒凉的云阳城，深感水源缺乏、地瘠民贫，却又一筹莫展。侯爷御敌国门外，与偃师千乘交手大大小小数十仗，打出了亦敌亦友的交情。"

斟云静静地听老人说着故事：那时，偃师千乘远不如今日强大，威力无匹的飞楼还未诞生，在朝廷眼中也不过是炼制些铁砂、火药，玩弄些奇技淫巧的工匠村夫，为患还不如寻常山贼流寇。柳侯爷不过弱冠之龄，他的对手余魔尊还未成为偃师千乘的首领，另一名后来的首领谪仙子当时也只是豆蔻年华的女子，多次交手过后，双方都摸清了对方的底线，惊觉对方都不愿伤及百姓，于是化敌为友。在这云阳城内的酒肆茶馆、云阳城外的荒郊山岭，不少地方都留下了他们结伴相游、把酒言欢的足迹。

老人道："这些提水站就是当时谪仙子建造的，全城共有三十六座，滋润了大地，养育了一方百姓。余魔尊杀戮无常，谪仙子造福苍生，偃师千乘这两位首领，性子是截然相反。

"然而好景不长，短短的几年之后，四海升平，帝尊下旨诛杀开国功臣，一切正如古话所言：太平本是将军定，不许将军见太平。十三皇子亲率三十万大军，征讨云阳侯，余魔尊和谪仙子当时并不在云砂郡，待到谪仙子赶回云阳城时，全城被毁，百姓死伤无数，侯爷已经战死。谪仙子怒不可遏，朝廷的三十万大军被杀得片甲不留。

"但这还不算完，半年之后，太子斟长生征讨璖国，璖国竟然以区区一座荒山作为价码，请来偃师千乘。余魔尊亲自出手，飞楼第一次出现在战场上，太子阵亡。尸身运回帝都后，帝尊一夜白头，收殓安葬时却在尸身上发现一句用血写成的警告：你杀我柳兄弟，我杀你太子。"

这些故事，斟云听过了也就罢了，并不如眼前的蒸汽机关更让他着迷。他怔怔地站着，睁大眼睛看着井边滚烫的锅炉，腾腾的蒸汽推动气缸和曲轴，生出澎湃的力道，带动提水车，将地下水源源不断地提到地面。这些古怪的锅炉中不见柴火热源，却大半截都浸泡在水里，利用水带走多余的热量，烧得井水沸腾，蕴含的能量实在惊人。

斟云问："这提水站的动力是……"

"上古先民留下来的核锅炉，利用放射性元素衰变散发的高热作为动力。"柳梦零道，"这世上隐藏的秘密远超你的想象，以后再慢慢带你见识。"

"上古先民？"据说上古先民飞天遁地、移山填海无所不能。一直以来，斟云以为上古先民只是一个荒诞不经的古老传说。

柳梦零点头："上古先民的科技远超你们想象，可惜来到这世界后，缺乏重建高科技世界的条件，原本先进的科技代代失传，到了这一代，已经所剩无几。待到哪天大风起，沙尘暴带走荒漠上的沙子，我再带你去看看上古先民遗留在沙漠中的那些古代飞船。"

"我不许！"一个声音从头顶传来，斟云抬头，看见府兵首领赵龙。赵龙大声说道："机关妖术，祸国殃民！我不许你带王爷碰触那些妖术！"

柳梦零才不管赵龙怎么想，她带着斟云，沿着巨井墙边的螺旋阶梯，一步步走上地面，直面赵龙，盯着他的眼睛。赵龙退了半步，他知道自己面对的是一个强大的十万夫长。柳梦零攻破帝都时，赵龙只是普通侍卫，亲眼见过柳梦零麾下飞楼和佣兵的厉害，知道自己绝不是她的对手。

赵龙让开道路，柳梦零带着斟云离开，走到门外，才知道赵龙派了六七十名府兵包围了石屋。这些府兵全然不敢造次，因为他们身后，是梁六率领的一百多名偃师千乘佣兵，两人盯一名府兵，正用劲弩指着他们的后脑勺。

皇家争权从不顾念手足之情，斟云心底知道这是怎么回事，既不问，也不害怕，当作什么都没看见，跟着柳梦零离开后院。

气氛剑拔弩张，离撕破脸只有一步之遥。当老宦官曹公公匆匆赶至时，赵龙谎称是不放心王爷与偃师千乘的柳妖女独处，生怕王爷出意外，才如此大张旗鼓派府兵包围石屋。

曹公公叹气："罢了，赵龙你能被派到云砂城伺候小王爷，也是一种福气，多少侍卫一生都想着能外派到王府伺候王爷，成为小王爷身边一人之下、万人之上的头领，也总强于在深宫中被呼来喝去，朝不保夕。"

赵龙问："公公似乎话里有话？"

曹公公摇头："话里有话也罢，话尽于此也罢，总之王爷就是咱们的主子，要是王爷不在了，你我又要何去何从？"

赵龙陷入沉思。

曹公公并不是个招人喜欢的人，家丁禀报说有富商求见小王爷，他便转身前去迎接。当曹公公离开后院，踏进前厅时，立刻从一个满脸愁容的糟老头子变成趾高气扬的老太监。塞外商路的大商家们向来富裕，他们和气生财，商路上的各方势力都需要打点到位，云砂王好歹算个王爷，这打点自然是少不了的。

曹公公并不是那种得势的太监，他只是宫中草芥般一文不名的老阉人，无依无靠，就连少得可怜的薪俸也常被克扣，否则当初也不会被派去陪着并不得宠的斟云。如今斟云已经是云砂王，年少不管世事，又未迎娶王妃，这偌大的王府，自然就是曹公公这掌事太监说了算，也算是混得个出人头地了。

客厅里，几个商贾见了曹公公，点头哈腰地问好，奉上厚礼，庆祝王爷乔迁新居，而潜台词自然是希望王爷高抬贵手，莫要拦了大伙儿的财路，以后有财大家发。

俗话说，阎王好见，小鬼难搪。曹公公不作声，架子摆得高高的，一双细小的老眼睛藐视这些商人。商人满脸谄笑，从袖子里掏出一盒珠宝，双手奉上，在曹公公耳边小声说道："请公公笑纳，区区薄礼不成敬意。"

曹公公这才露出笑容，命人奉茶，商人们才算是松了一口气。

送走商人，曹公公独自坐在客厅里，品尝着他大半辈子都没尝过的好茶，心里琢磨着这云砂城里的势力生态。作为在宫中战战兢兢大半辈子的老宦官，分清楚谁是必须小心伺候的正主儿、谁是可以敷衍的空架子，是攸关性命的大事。

这云砂城里的头号势力，自然是手握重兵，甚至可以废立皇帝的偃师千乘，柳姑娘身为偃师千乘的人，那是要小心伺候的；第二把交椅的势力，那自然是守城的云阳老兵，至于这云阳老兵听谁指挥，一时之间并不清楚，但是他们既然是昔日柳侯爷旧部，那多少会给柳姑娘一些面子；第三把交椅只怕要算云阳县令冯大人，县令虽是流官，但是他在位十二年之久，流官却也变土皇帝，况且衙门里的典史、县丞、主簿和衙役们都是地头蛇，如果冯大人没有一点儿手腕，只怕是镇不住的。而赵龙，虽是陛下派来的府兵头领，手下却只有区区三百人，云砂城距离帝都千里万里之遥，他赵龙又能动得了谁？

至于小王爷，那更是要小心保护着。各方势力虽强，小王爷却是他唯一的靠山。小王爷不死，他才有作威作福的本钱，要是小王爷没了，就没有人需要他这掌事太监，到时候无家可归，只能饿死街头。

想到这里，曹公公拿了礼物的清单，故意删掉价值连城的夜明珠、美容养颜的蛟珠粉以及少量名贵绸缎，以便拿这些克扣下来的礼物贿赂讨好柳梦零。他将清单重新誊写一遍，带着它前往后院，看见小王爷并不在场，于是决定私下向柳梦零禀报。

柳梦零正在后院擦拭她的长剑。那是一把乌黑的剑，却泛着一层暗光，也不知道是什么材料打造，长达四尺，锋利异常。院子里摆放着一个稻草做成的人形靶，已经被她砍得粉碎，显然是把对赵龙的怒火发泄在这靶上了。

"胡商蔚赤行送来斛珠三十六颗、貂皮一百零六张，关内富商裴非错送来锦缎十六匹、银两十封……"曹公公流水账般地读着清单，柳梦零连头都不抬。她手中这把乌黑长剑显然是价值连城的神兵利刃，世间能让她感兴趣的奇珍异宝大概也不多。

柳梦零收留的山贼女儿端着一碟糕点走进来，这些日子，曹公公已经得知她叫杨二丫，不识字的父母给女儿起名字的确很随意。但是柳梦零给她起了名叫杨月绮，闲暇时甚至会教她读书写字。这天底下，就连寻常人家的男童也未必有机会读书学字，多的是不识字的贩夫走卒。达官贵人自恃身份，也不会纡尊降贵教下人识字，柳梦零对这丫头的待遇很特殊，有时甚至一时高兴，随手送她几颗价值不菲的珍珠玛瑙做赏赐。

曹公公在心里暗暗记下柳梦零对这丫头的好。有时候，稍微拍一下柳梦零的身边丫头的马屁，比直接讨好柳梦零更为奏效。

"云砂郡巨富金万钧送来歌姬十名……"曹公公读到此处，柳梦零突然转身，用剑指着他："全部送走！一个不留！"

"不，全部留着。"斟云的声音从后院里三层高的摘星楼传来。这名尊贵的十四岁小王爷，披着一身雪白的绒袍，居然坐在薄雪覆盖的屋脊上，手中拿着一卷工匠书籍，眼睛却看着远方。

摘星楼很高，高到可以让他看到王府高墙外的世界。这个十四年来从未见过寻常百姓世界的小王爷，第一次看到了高墙外车水马龙的街道上来来往往的贩夫走卒。那些穿着补丁衣服的平头百姓，穿着草鞋、挑着货担，走街串巷吆喝着贩卖各种小东西；那些贫寒的夫妻，在街边经营着冒着腾腾热气的小吃；一些体格结实的壮汉，光着膀子在积雪未消的街边吃着粗糙的汤饼；光着屁股的孩子披着父母的破旧衣裳满街跑，身后是追着孩子喂饭的娘亲……那是他从未享受过的家的温暖。尽管王府有温泉，比外头的世界暖得多。

三、烟花之地，遇故人

　　农历十月初五，是王府诸色人等领取工钱的日子。别人的工钱由王府管账先生发放，但是赵龙身为府兵首领，却排在最后，由掌事太监曹公公亲自发放。曹公公将两贯铜钱、一锭碎银交到他手里，漫不经心地提起："十五王爷死了，遇刺，听说是背后中刀，一刀毙命。十五王爷与世无争，也不知道是谁下的毒手。府兵头领蒋豹护卫不力，被处死，诛二族。"

　　赵龙心中一震：这是杀人灭口！巽帝经历过诸皇子之乱，留不得能与他竞争皇位的兄弟。蒋豹与他自幼相识，感情近乎兄弟，想必他也接受了陛下暗中除掉王爷的命令。却未曾想到，食君之禄，忠君之事，最终送了性命，还牵连全家。

　　府兵头领的俸禄比宫中侍卫还要高一截。赵龙记得在宫里当差时，每月俸禄不过三钱银子，若是在乡下地方，也算是寻常百姓小半年的收入了，但是放在物价奇高的帝都，却只能凑合着过日子。如今王府给他的俸禄实是不薄。

送走赵龙，曹公公在心里直叹气，这些日子，他试图讨好柳梦零，精心挑了几颗拇指大的夜明珠送到她居住的柳院，进了门才知道自己是乞丐和龙王比宝。柳梦零闺房墙壁上镶嵌的是几颗拳头大小的夜明珠，照得房间亮堂堂的，寻常的珠宝她全然不感兴趣，全身上下竟然一件珠宝首饰都没有，还总是嫌珠宝碍眼，全都赏赐给了下人。

斟云这些日子把所有的心思都放在钻研机关妖术上，他对飞楼感兴趣，柳梦零竟然直接就调动一座飞楼停在院子里，任由斟云拆卸，弄得一身油污。那个待遇特殊的丫鬟杨月绮陪伴在斟云身边，不时为他擦拭油污和汗渍，给他讲述王府外的见闻。赵龙则守在斟云身边，寸步不离。

柳梦零十六岁，在斟云眼里已经属于大姐姐；赵龙十九岁，母亲早逝，父兄都是战死于诸皇子之乱的大内侍卫，算是孑然一身无牵无挂；论年龄，自然是十三岁的小丫头杨月绮与十四岁的斟云最接近。她那些穷苦人家的生活阅历是斟云没接触过的，斟云很好奇，很爱听。

曹公公知道，斟云的十五岁生日快到了，皇家成亲早，按照皇家规矩，十五岁的小王爷应由陛下指婚成亲。这事情，将来只怕会引起轩然大波，毕竟没有任何王妃能忍受府内有柳梦零这样超然物外、凌驾于一切之上的女子存在。

"外面新开了几家商铺、茶楼，听说是中土富商在塞外开的分号，糕点很精致呢，还有歌女卖唱，王爷要去看看吗？"十三岁的杨月绮不懂王府规矩，竟然开口叫王爷随意离开王府逛街。毕竟她很得柳梦零宠爱，谁都不敢多事教她严守上下尊卑的规矩。

赵龙没好气地说道:"城里还新开了一家妓院,叫什么万春楼,你要不要也带王爷去逛逛?"

杨月绮脖子一缩,不敢再说话。

暗杀王爷的事情,赵龙如今心中忐忑。虽说侍卫世家自幼接受的教育就是忠君服从,但是帝尊逊位,巽帝得位不正,让他产生了动摇——巽帝的刻薄寡恩是他未曾想到的,忠于太上皇帝尊的侍卫个个都被处死;忠于巽帝的,被委以暗杀王爷的重任,事成之后却被杀人灭口、诛杀三族。不如先全力保护王爷,将来再做打算,他暗自思忖。

"妓院?"斟云从拆了大半的飞楼上爬下来,不解地问赵龙。这个词对他来说是很陌生的。

"呃……就是……喝茶聊天的地方。"赵龙大为尴尬,只好含糊搪塞。

斟云看着王府的高墙,对高墙外的世界充满好奇,同时也带着几分畏惧。曹公公扑通一声跪下,大呼:"王爷!万万不可!您堂堂一名王爷,去那种地方,要是传出去了,有辱皇家风范啊!"

有辱皇家风范?这事让斟云起了兴趣,他说道:"听说我十五皇兄死了,他是怎样的人,你给我说说。"

十五王爷的善名,不用曹公公开口,不少人都听说过。他不喜奢华、生活简朴、乐善好施、救穷济贫。每逢灾年,他都会开仓放粮、接济百姓,尤其是在诸皇子之乱的连年战火中,十五王爷更是变卖家财,想方设法购置粮食以救助疾苦流民,是远近闻名的大善人。

赵龙小心道:"听说十五王爷死后,陛下很是伤心,罢朝三日,下旨风光大葬。"

"走，咱们去妓院逛逛。"斟云虽不知道那是什么地方，但是从赵龙尴尬、杨月绮脸红、曹公公呼天抢地的反应来看，也知道不是什么正经地方。

柳梦零今日并不在王府。赵龙火速叫来梁六，私下吩咐几句，他也顾不上梁六是偃师千乘的人，让他立即通知冯县令。反正他打算暂时搁置刺杀王爷的事情，但是让他不安的是，不知道异帝到底派了多少密探暗中潜伏在云阳城里想要斟云的命。

王爷出府了！王府附近一个卖汤饼的小贩向角落里的乞丐丢了一个铜板，乞丐连声道谢，捧着破碗一瘸一拐地离开了，等他离开王府门前的大街，腿突然就不瘸了，脱下千补百衲的破衣裳，进了一栋仓库的后门。与此同时，两名伙计推着独轮车，从仓库前门出发，前往云阳城最大的街。乞丐说了，王爷的车队是往大街方向走的。

云阳城天寒地冻，王爷万金之躯，要是受了风寒可了不得，所以马车拉得很慢，锦缎窗户密不透风。

妓院那头，鸡飞狗跳，衙门突然来抓嫖了！老鸨龟奴们只觉得事情不同寻常，王爷那头、县令那头，该打点的全都打点到位了，怎么会突然砸场子？妓院的后台老板，云阳郡巨富金万钧匆忙赶到，只看见冯县令愁眉苦脸，县令夫人拧着一名少年的耳朵往外拖，一名少妇又哭又闹。衙役如狼似虎，周围一个敢看热闹的普通百姓都没有，全城百姓都知道冯家大少爷是个终日狎妓喝酒的纨绔子弟，偏偏娘亲和媳妇都是远近闻名的母老虎，谁又敢围观县太爷家的丑事？

金万钧面如土色，他记得这两头母老虎自己也没少费心思打点，虽说冯家衙内被母老虎修理也是常事了，但这样大张旗鼓来抓人还是头一遭。他向冯县令小心打听了，才知道事情比他想的还要坏：小王爷要过来了！

冯县令小声交代："今日就不要营业了，小王爷年纪小，还不知道你这里是什么营生。要是让小王爷知道了还不打紧，万一他要是迷上了这里，柳姑娘那头，你可怎么应付？"

提到偃师千乘的柳仙子，金万钧只觉得脖子都发凉，那才是根本没法打点的人！什么金银珠宝、绫罗绸缎，在她眼里一文不名，软硬不吃，又极度厌恶风月场所。上次送了十个歌姬过去，都惹得她极不高兴，万一这次把她惹毛了，只怕脑袋要搬家啊！

县令家的两头母老虎闹过了，金万钧让人收拾残局，匆忙对老鸨交代："叫姑娘们今日卖艺不卖身，除了小王爷一行，别的客人都不接！"话音刚落，他看见偃师千乘的百夫长梁六带着一伙人走了进来，里面有城里向来爱好美色的中年富豪陈大户，有中土来的行商头领、身体微胖、手里搓着两个铁蛋的田富商，有城里专营铁油、火砂的叶老板，还有几个满脸横肉、一身工匠打扮的男人。

毫无疑问，这伙人，要么是偃师千乘的人，要么和偃师千乘有千丝万缕的联系。但是最让人诧异的是当中还有两个十四五岁的少年，一身寻常工匠学徒打扮，身材稍矮的那个怯生生的少年，阅人无数的金万钧一眼就看出她是女扮男装的少女，想必是王爷的贴身丫鬟；而另一个少年，面如冠玉，俊美更胜寻常女子几分。这个小少年，必定是云砂王！

这伙人俗雅不一，却偏偏凑到一块儿。几位商贾富户是俗人，一进门，眼珠子就往姑娘身上瞄，金万钧向老鸨使了眼色：待会儿找几个漂亮的姑娘带他们到房里好好伺候着。但在商贾当中，田富商又是个例外，人过中年的他对美女已经是有心无力，只爱养生，只怕要徐娘半老的老鸨亲自出山伺候，以畅谈养生为主，其他为辅。

但是那个女扮男装的小哥怎么办？还有那几个满脸横肉的保镖，摆明了就算王爷要出恭也要一起跟进去盯着的架势。金万钧心念一转，找了个理由离开，直奔后院，他如今也只能去求那个向来不轻易祭出的撒手锏——花魁雀怜影。

万春楼的后院，幽静、雅致。雀怜影地位向来超然，独住于后院一隅。早在两三年前，雀怜影就已经成了风月之地小有名气的花魁。她原本在帝都的教坊营生，后来诸皇子之乱，烽火四起，随着教坊老板逃往塞外避难，被金万钧重金买下。

一开始，雀怜影的确是给他赚了不少钱，她知书达理、能歌善舞，琴棋书画无一不精，着实让人好奇到底是怎样的过去，才培养出她这样的人儿来，但是她对自己的过去永远是绝口不提，就连真名也无人知晓。

但是就在去年，金万钧将生意拓展到云砂郡毗邻的天岭郡天堑关时，不巧偃师千乘的势力也拓展到那一带。那些佣兵、头领都还好伺候，毕竟男人哪个不好色？就连那些地位崇高的妖匠们也不例外，甚至偃师千乘的首领、阴晴难测的余魔尊也是此道中人。然而坏就坏在，余魔尊狎妓，打翻了另一个首领谪仙子的醋坛子。她不愿踏足烟花之地，于是砸场子的是主动请缨的柳仙子柳梦零。

那个时候，柳梦零打上门来，黑剑已经架在金万钧的脖子上，他以为必死无疑，在那打手、龟奴、老鸨都慌成一团，烟花女子夺路而逃的时刻，偏偏是雀怜影站出来，抓住了柳梦零的袖子。

雀怜影一介弱女子，手无缚鸡之力，不像柳梦零那样一身武功，但是柳梦零转头看到她时，却震惊得无法动弹。柳梦零怔怔地看了很久，眼泪慢慢滑落，却一言不发，转身就走，从此以后再也没来找过麻烦。

王爷的车队此刻还堵在路上，毕竟城里商户多年未被清理，堵道经营的情况很严重，但是王爷早已抛下车队，乔装打扮过来了。金万钧站在雀怜影门前，说明来意，却不敢硬闯。他不知道雀怜影的过去，只知道她和柳梦零必有渊源。若是她要走，无人敢阻拦；但是她不走，也不敢不收留。

金万钧站了整整一刻钟，房门才缓缓打开，让他松了一口气。雀怜影花了一刻钟梳妆打扮，戴上金钗玉饰，走去接客，依然是一贯的冷若冰霜。身后跟着捧着古筝胡琴、笔墨纸砚的侍女们。

在万春楼最好的雅座里，斟云见到了雀怜影，双方都没有多余的话，一曲古筝、一具胡琴以飨宾客，清茶待王爷，又一局围棋与小王爷对弈，雀怜影却不点破身份。

一场对弈，从白天到晚上，始终不分胜负，两人下子都极为迟缓，思索良久才下一子，倒是看得斟云身后的两名文盲保镖大打呵欠。而王爷的马车，始终都没有到。

马车已经无法到达了，马夫横死街头，鲜血被地上积雪所凝，府兵和刺客还在搏斗。起先只有两名乔装成推着独轮车伙计的刺客，后来见一击不能得手，周围潜伏的刺客纷纷撕下伪装支援，府兵战死六人，刺客毙命九人。偃师千乘佣兵闻声赶至，又有三名刺客毙命，刺客拼死冲破防线，斩落马车锦帘，却发现空无一人！

中计了！其余刺客落荒而逃，偃师千乘穷追不舍，衙役也闻讯赶到，城门关闭，全城缉拿刺客，乱成一团。

追？还是不追？赵龙心头忐忑。他知道那必定是異帝派来的刺客。

华灯初上，小王爷流连青楼始终不归，县令冯大人一时无计，只得换上平民衣服，进入万春楼禀报。他看见小王爷正与名妓雀怜影对弈，两名保镖站在身后，方知这孩子心头纯真，不是他想象的那般龌龊。

"歹人袭击车队，赵龙、梁六正在捉拿歹人。"冯县令向斟云禀报。

"你手下的衙役也派出了吧？知道刺客是谁派来的也罢，不知道也好，或者你知道了却假装不知道也行，本王都不在意。"斟云的架势有时候不像个十四岁的少年，倒像个城府深沉莫测的老王爷，真不知道他在深宫中受到的是何种历练。

冯县令道："王爷，下官已经派了亲信，换了平民衣服，驾了马车，等候在后门，请王爷趁夜离开吧，要是时间久了，风声传了出去，这皇家的颜面可如何是好。"

斟云问："冯大人，你可知道我十六皇兄的风评如何？"

冯县令一愣。俗话说龙生九子各不相同，帝尊各子，既有太子那样能征善战者，也有十五王爷那样乐善好施者。十六王爷却是诸位王爷中扶不上墙的烂泥，终日斗鸡遛鸟，尽管妻妾成群，却仍不满足，常和一群狐朋狗友混迹青楼，常常喝到烂醉如泥，有时也带着一群家丁恶仆横行过市，封地的百姓对他是敢怒不敢言。御史那头，对他的诉状堆积如山，皇家的颜面都被他丢尽了。

斟云道："大人早点儿回去歇息吧，流连青楼这种事，十六皇兄做得，我就做不得？阁下是外官，莫管皇家事。"

冯大人无奈离去，换个角度而言，十六王爷那种糜烂放荡的生活也是一种自保之道。王爷醉生梦死，自然是窝囊到无力造反；百姓怨声载道，王爷也就失去了一呼百应、众望所归的可能。巽帝需要厚待兄弟的美名，来抵消世人怀疑他逼父夺位、得位不正的疑虑。十六王爷这种纨绔子弟，只怕让巽帝放心得很。

冯大人遇上赵龙归来，两人原本应该寒暄几句，但是地点不对，也不好多言，匆匆错身而过。赵龙站在门外，看着斟云下棋。这些天，他觉得斟云越来越像巽帝，巽帝登基前也是和过去的斟云般低调沉默，毫无存在感；而斟云来到云阳城后，也是慢慢显露出城府深沉的一面。也许这种直觉是对的，毕竟斟巽、斟云是一母所生的亲兄弟。

"本王要歇息了，想继续站着的人，就继续站着，想回去休息的人，就回去吧。今日殉职的马夫、府兵，记得厚恤。"斟云下完命令，就起身上床。雀怜影低眉垂目，站在一旁。身后的保镖站也不是，留也不是。

斟云对雀怜影说道："给我讲个故事，上古先民和巨大天船的故事。"这时，他好像又变成了要听故事才会睡觉的小孩子。

这是一个流传很广的神话故事。相传在天地初开之际，来自天外的巨船遇上船难，倾覆在大地上，船上载有数不清的动物和植物种子。从那以后，荒凉的世界才有了花草树木和飞禽走兽。

这个故事在不同的地方有不同的版本。有些人说，上古先民刚来到这个世界时，世间满是刚刚退去的大洪水；也有人说，那时不是大洪水，而是一片荒漠。但是有一点是相同的，世间本无生灵，上古先民的大船倾覆在这里才有了各种生物。

雀怜影轻声讲着这个古老的神话故事，故事中的祖先移山填海无所不能，唯独做不到的事是重返天空，回到那片已经逝去的天上仙境。斟云慢慢睡着了，雀怜影告退，眼角含着泪，留下两名保镖守着熟睡的斟云。

这一夜的云阳城，很多人彻夜未眠。巽帝的暗哨在这次行动中损失大半，剩下的人飞鸽传书，将情况禀报巽帝，当然不忘禀报斟云流连青楼的事。这次飞鸽传书，一次放飞大量信鸽，也暴露了好几个暗哨，偃师千乘以火铳射杀不少信鸽，仍有很多逃脱。云阳孤军放飞训练的鹞鹰也捕捉了不少信鸽，他们在朝廷和偃师千乘之间站在哪一方，如今已是昭然若揭。

毕竟他们是柳侯爷的旧部，柳侯爷又与余魔尊交好。侯爷不在之后，若不是偃师千乘从中照拂，只怕孤军早已覆灭，云阳城早已被周边蛮夷洗掠为白地。

纵使如此，还是有极少数信鸽逃脱，扑打着染血的翅膀，飞向帝都。

斟云夜半梦醒，睁着眼睛看着蚊帐顶部，听着外头衙役连夜抓人时隐隐约约传来的呼喊声、哭闹声。

他知道万春楼是什么地方了。他想起了一些很久远的往事，眼泪慢慢从眼角滑落。

而此时，柳梦零对城里发生的事情毫不知情，正操纵飞楼，星夜赶往云砂郡外千里之遥的沙漠无人区。

无人区中，此时星火点点，五十余座飞楼结阵，抵御着野兽的侵袭，柳梦零的飞楼踩踏着饥饿的狼群脑袋，飞身越过高楼的防线，落在阵内。高楼围绕着的是世人口中已成神话的、人人皆知却无人相信的上古先民的天外巨船。

巨船只露出一截头部，宛若小山，真不知道它到底有多大，埋藏地下又有多深。柳梦零见到了谪仙子，说道："妘妈，又挖出了什么不得了的东西？"

"不许叫妈！"谪仙子双手掐住柳梦零的脑袋，警告她。

"哎呀好痛！妘妈快放手！妘姨！妘姐姐！总不能叫妘妹妹吧？"谪仙子这才松手。

谪仙子舒小妘，美得不沾凡尘，但是她最大的本事是"不老"。无论多少年过去了，她都是豆蔻年华，若是只看外表，倒显得与柳梦零年纪相仿。

柳梦零问："余伊大叔没跟你一起过来？"

谪仙子道："在家带孩子呢，弓姐姐家的两个小娃儿过来玩了会儿，把家都弄个天翻地覆了。"

柳梦零抬头看着巨大的古代飞船，感叹道："这飞船好大啊！不过还是没有妘妈你的'渺云千仞雪号'那么大。"

古代先民的飞天巨船是偃师千乘的精神寄托。谪仙子抚摸着飞船外壳上柳梦零看不懂的古代字母文字："这是从火星基地发射的 Br-7663 型移民飞船，装载了地球生物的种子，镌刻着人类文明的资料，在第七次机器人叛乱时逃离太阳系故乡，坠毁在这里七千年了。我想找到舱门，进去看一看，也许飞船里那些和我同一个时代的人都死了。"

沙漠中心摇曳的篝火映着天上的星光，这寸草不生的无人区，就连骆驼都能渴死，除了偃师千乘的飞楼，没有任何方法可以到达这里。

纵使如此，也必须先在飞楼中装满水和食物。他们这次带的食物很丰盛，烤肉、压缩饼干、罐头、啤酒、饮料、巧克力……不少都是不属于这个世界的食物。柳梦零问："妘妈……不，妘姐，你这是刚从天上回来？"

偃师千乘是一个数百万人的庞大组织，但是去过"天上"的人寥寥无几。在他们自古相传的用词里，"天上"可以泛指头顶这片星海中的任何地方，包括其他外星世界和其他地球人的后裔文明。七千年前，地球联邦灭亡后，散落在宇宙中的成百上千颗地球人后裔殖民星就成了没娘的孩子，很多星球并不具备支撑高科技的客观条件，迅速衰落；但是也有极少数地球人后裔自强不息，闯出了自己的一片天。

"梦零，你都准备考大学的人了，别整天打打杀杀的。"谪仙子劝归劝，但是柳梦零倔强起来时，她倒也不会阻止。

柳梦零道："我这算什么？你当年在云阳城外一人单挑三十万大军，那才叫打打杀杀。"

谪仙子喟然道："我和你余伊叔经历过的事，不是你们这些小娃娃能想象的。"

柳梦零有时候会想，如果上古先民的飞船不是坠毁在这种人迹罕至的地方，这世界的人是不是就没那么容易遗忘祖先们的高科技？她拿出手机，绕着古代飞船慢慢拍摄全景照片，说道："我想给斟云看看这飞船，让他看看机关术……不，科技，能高到怎样匪夷所思的地步。"他们这些人，只要是能拿在手上打电话的，不管集成了多少功能，不管多先进，都按老习惯叫手机。

谪仙子道："别忘记你小时候玩手电筒的教训。"

那是一段血的教训。柳梦零五岁那年，拿了谪仙子的手电筒在街边玩，被一个路人以为是奇珍异宝，抢了去。闻所未闻的发光秘宝现世的消息很快传遍了整个江湖，各路江湖豪强为夺宝纷纷大打出手。短短半年，数十名江湖好手为此殒命，最终夺得秘宝的武林高手也为此身受重伤，知道自己必定守不住这秘宝，于是心一横，把它献给朝廷，心想秘宝不在自己身上，至少保得性命在。但是没想到，手电筒刚到帝尊手里没几天，电池没电了，于是这名进献宝物的高手就被帝尊当成江湖骗子，推出去砍了。

数日之后，帝都。

深宫清冷，红墙上的黄瓦覆了积雪，巽帝病了，但仍然强支病体上朝，处理千头万绪的政务。每年冬天，他总会生病，以前当弱势皇子时，只能熬到痊愈；如今他传唤了太医，吃了半个月的药，却始终不见病情好转，还不如以前干熬着好得快。

巽帝并没有被作为帝国的继承人培养过。诸皇子之乱虽然已经平息，但是被战乱破坏的村庄和城镇纷纷起了饥荒，流民千里，落草为寇，局势仍是动荡不安。朝臣们大概可以分成两拨，一拨要求轻徭薄赋，让百姓休养生息；另一拨则说内乱未息、边关不靖，大军要平乱，要戍边，军饷军粮都奇缺，实在是无法减免税赋。他听着朝臣们的争执，一筹莫展。

不知多少次，巽帝总在寻思，殁太子戡长生要是还活着就好了，如果他还在，诸皇子之乱是乱不起来的。若是今日皇帝是他，自己做个逍遥王爷，却也自在。

早朝议事无果，只能退朝。巽帝走在冷清的宫中，随意散心，却不知不觉走到旧巷中荒芜的破院前，心中不由得自嘲。这是过去弟弟斟云的住处，自小走熟了这条路，今日却又不知不觉走到这里。

缇骑都尉燕追快步赶来禀报："陛下，是云阳城的飞鸽传书。"

巽帝知道必定是与弟弟有关的消息，道："斟云的事，回书房再说吧。"

他们走在回书房的路上，斟云的事不便在大庭广众下说，于是燕追提起另一件事："如今这帝都的百姓，对陛下有点不雅的议论。"

"直说无妨。"燕追是巽帝的心腹，巽帝并不是心胸狭窄的人，天下百姓悠悠之口，他堵不住，听听也无妨。

燕追道："前些日子，城里大臣和世家子弟都试图把女儿送入宫中为妃，您全数拒绝，这偌大的宫中竟无一个后妃，消息传到民间，难免被人非议，说您……"

"说朕有断袖之癖？还是有难言之隐？"巽帝笑道，并不以为意。他是正常的男人，但是这帝王家的婚事向来是政治婚姻，虽是皇帝，却也不得不考虑与哪一家势力结亲，又与哪一家势力为仇；更多的时候，要同时平衡几家，根据关系亲疏、势力大小等因素，将娶进的女子依次位列皇后、贵妃等不同级别，并不能全然由着自己性子。

但是诸皇子之乱，摧毁的世家勋臣为数不少，暂时也没有需要拉拢的世家大族。巽帝还没想好要拉拢谁、对付谁，一时也不急着婚配，倒是这些空出来的位置可以暂时作为吊着大臣们的饵。

巽帝推开书房的门，这书房并非皇帝专用的御书房，而是在他当皇子时的小书房，经过简单扩建，只有燕追之类的亲信才可以踏足。燕追看到了桌上的仕女画。

斟巽、斟云兄弟俩原本都不是做皇帝的料，却都有一双巧手，斟云喜欢木匠活，斟巽喜欢水墨丹青。画上的女子很美，一双眼睛极具灵性。

燕追奇道："这画像是……偃师千乘的柳仙子？"他原以为巽帝不会有心仪的女子。

巽帝叹气道："得不到的，不要费心思了，朕最多也只能看看画像。给朕说说斟云的事吧。"

燕追脸色变了变，说道："云阳城内的暗桩试图在斟云前往青楼狎妓的途中伏击，却走漏了消息，刺杀失败，死伤过半……不，从回来的信鸽只有寥寥两三只推断，只怕死伤远远过半。"

这事倒也在预料之中。巽帝道："罢了，这次太莽撞，要是真得手，只怕反倒是个坏事。朕还不知道要是偃师千乘恼羞成怒，会做出什么事来。当年父皇诛杀云阳侯时，可未曾料到余魔尊会刺杀太子作为报复，这才埋下了诸皇子之乱的祸根。下次做得隐蔽点儿，让他们抓不到把柄。"

书桌上堆满各地送来的奏折，巽帝转身，意味着闲谈到此为止，燕追正要告退，巽帝却道："且慢。刚才你说，斟云去狎妓？"

燕追道："飞鸽传书中的确是这样写。"

巽帝大笑，他很久没笑得这么开心了："朕就怕他是个滴水不漏的本分王爷！你看朕这些日子都忙得忘了，这弟弟也快十五岁，是该对女人动心的年纪了。"

笑罢，巽帝正色道："朕，会替他安排一桩婚事，容不得他拒绝。"

心中有了主意，巽帝觉得自己的病也快痊愈了。

四、大兴土木，劳民伤财

十五岁，在这人均寿命不到四十岁的世界，年龄已经不算小了。寻常人家十五岁的孩子已经和成年人一起，卖力干活为家庭分忧；而富人家的十五岁孩子已经张罗着婚事，准备孕育下一代。

毕竟这个世界医学落后，民间有"生七得三"的说法，一户人家生育六七个婴儿，通常只有两三个能活到十五六岁，很多婴儿因为疾病、寒冬而夭折。而每逢水旱灾害，粮食歉收发生饥荒，或是暴发瘟疫，甚至是民变，成年人都自身难保，年幼无力的孩童和年老力衰的老人下场更是惨不忍睹。

所以孩子一旦到了十五六岁，有了繁衍下一代的能力，就急不可待地被算作成年人。有条件的就赶紧谈婚论嫁，尽早生娃，尽量多生娃，以高生育率对抗高死亡率，尽量生六七八九个娃，这样才能争取两三个孩子活到成年。

斠云的生日在滴水成冰的寒冬腊月。眼下，他距离成年还有一个月，却病倒了，云砂王府上下都笼罩着一层愁云：这个文弱的小王爷，难道真迈不过十五岁这道坎？

"封锁消息，千万不要让外面的人知道。"老宦官曹公公一夜白头，对赵龙交代道。

赵龙忐忑，他心知若是小王爷病死了，对他而言是最好的结果，他可以回去向巽帝复命，算是完成了取斟云性命的任务；况且斟云是病死，非他动手所杀，死因堂堂正正，没有丝毫见不得光的地方，所以也没有被杀人灭口之虞。但是当他看见门边忧心忡忡地站着的杨月绮时，心肠却软了。

这王府是因为小王爷而存在，全府上下上百号人，围绕着他一个人转，如果小王爷病死了，梁六可以回偃师千乘，赵龙可以回帝都复命。但是年迈的曹公公、年幼的杨月绮，还有那些富商们送来的歌姬舞女、府里那些没有亲人的家丁佣仆们，又能去哪里？那些指望着王府工钱来养家糊口的长工们，又要拿什么养家？

"王爷和柳姑娘都有个好处，不把下人当下人，王爷得知我娘年纪大了，腿脚不方便，亲手做了一个折凳让我带回去给娘。""唉，这你就有所不知了，王爷在宫中时也不得宠，知道下人的难处。"赵龙听到府里两名家丁在窃窃私语。小王爷在府里得人心，这倒是不假。

曹公公想把守的秘密偏偏还是把守不住。冯县令过来探病，自然不能拒之门外，冯县令是个怕老婆的主儿，回去对老婆一说，老婆又对儿媳妇一说，就全家都知道了。那儿媳妇是云阳孤军校尉家的女儿，自幼天不怕地不怕，只以为自己亲爹比皇帝还大，嘴又零碎，不出三日，全城的三姑六婆都知道小王爷病了。那些三姑六婆还添油加醋，说小王爷在青楼里染了花柳病。

面对这铺天盖地的流言，梁六怒火中烧，偏又束手无策，他总不能满街搜捕散播流言的人，看谁传谣就一个大耳刮子甩过去吧？那个怯生生的小丫鬟杨月绮却偏偏找上门了，一见到梁六就扑通一声跪下："梁六叔，求求你救救王爷！我听说偃师千乘的谪仙子医术超群，包治百病、起死回生，如果能找到她……"

梁六赶紧扶起她："我小小一个百夫长，哪里见得到谪仙子？"

"谪仙子在孤风沙漠挖沙子呢！你们谁想找她？不怕渴死在路上就去吧。我倒要看看斟云得的是什么病。"柳梦零的声音从门口传来，她身上的长绒披风沾满了沙尘和雪渍，显然是刚从沙漠回来。

这云砂王府仍在强作欢颜、歌舞升平，徒劳地试图掩盖王爷生病的事实，偏院里歌姬舞女和乐师正在排练新的歌舞。虽说小王爷的十五岁生日不会大张旗鼓地举办寿宴，但是也算是个重要的成人礼，不能毫无准备。

柳梦零踏进斟云的房间，只看见门窗紧闭，隔绝了外面的风雪，房里烧着火炉，桌边摆满各种瓶瓶罐罐和没喝的药，斟云裹着被子，缩在暖炕上。柳梦零摸了一把斟云的额头，滚烫。

斟云笑了笑，精神很差："没事的，柳姐姐，每年冬天我和哥哥都是这样病恹恹的，习惯了就好，等到开春就没事了。"

柳梦零把两个白色的圆柱形小药瓶摆放在桌面上："这是抗病毒感冒药和退烧药，每天三次，每次各一片。另外，开窗通风透气，我好不容易引了温泉水做地暖御寒，不是为了让你关紧门窗憋坏自己的。"

她说着，就要把那些瓶瓶罐罐扔出去，斟云却阻拦道："别扔，留着还有用。"

柳梦零细细看了那些瓶瓶罐罐，每一个都精雕细琢，很是精美，里面装了各种奇奇怪怪的药丸。她问了才知道，在她不在家的这些日子里，斟云这一病，可把曹公公给急坏了，暗中寻觅名医给斟云治病。消息一传开，各种江湖游医、炼丹方士纷至沓来，短短几日就敬献了不少所谓的稀世丹药。

柳梦零用手指捏起一颗药丸："这什么狗屁仙丹啊？色泽金红，还泛着一层金属光泽，看这颜色和气味，大概是用朱砂、金粉、鹿茸、麝香炼制而成，富含重金属，吃个两三颗，大概就能两腿一蹬成功升仙了。不把这些东西丢掉，你还真想升仙呀？"

赵龙推门走进来，斟云道："龙哥，你把这些丹药分门别类，看看哪些有毒，然后该怎么办就怎么办吧。"斟云很清楚，曹公公这是病急乱投医，必定有不少暗桩伪装成江湖游医，以敬献药物为名，把毒药伪装成丹药送了上来，只等他吃后毒发身亡。

斟云知道赵龙身上必定负有暗杀他的密旨，但是赵龙是府兵头领，如果动他，那就是和朝廷翻脸，所以这事也只能假装不知道。赵龙领命离去，他知道在巽帝和斟云之间，他只能选择一方来效忠，帝都离云阳城很远，偃师千乘却近在身边。

赵龙带着府兵离开王府，他是去通风报信也好，去抓捕此次下毒的暗桩也罢，斟云都不太在意，也无法太在意。毕竟在这王府中，他没有属于自己的势力，无论是府兵，还是偃师千乘，说到底都不是他的人。

吃了柳梦零的药，斟云觉得身体舒服些了，柳梦零道："不想英年早逝，就给我滚出来好好锻炼身体！大男人一个，像个姑娘似的，这像什么话？你们这些皇子皇孙，征战沙场的第一代还好，第二代、第三代就都锦衣玉食，捧在手心怕摔了，含在嘴里怕化了，一个比一个孱弱！"

小王爷出现在院子里了！在这大雪初晴、积雪未化的天气里，就连平时散发着热气的府中小河也不敌寒冷，在河岸两侧结了一层薄薄的碎冰。府兵们也是缩在墙边屋檐下，裹着厚衣裳放哨执勤，只有偃师千乘那些佣兵不惧寒冷，光着膀子在大雪中锻炼身体。这些佣兵大多是苦力和底层工匠出身，不堪诸皇子之乱而投奔偃师千乘，做惯了粗活，个个都是一身肌肉。

他们穿过几间积雪的院子，来到一座荒凉的小院。直到此时，斟云仍然不清楚这云砂王府到底有多大，有多少个院落，只知道眼前这个院落很偏僻。据说很多武林高手练武时都怕别人偷师，喜欢躲在偏僻的地方偷偷练习，斟云不知道柳梦零是否也有这个习惯，只知道院子里那些破碎的人形靶都是被她习武时砍碎的。

柳梦零抽出黑剑，慢慢举平，指着靶，嗖嗖几下，剑锋如刺破乌云的亮影，将人形靶削成碎片。她把黑剑交给斟云："你试一下。"

斟云接过剑，入手极沉，比钢铁打造的还要沉很多，几乎让他没法拿稳，不禁好奇："这剑是什么材料打造成的？"

柳梦零道："用从璩国荒山的钨矿石里提炼出的钨合金做的，如果你玩得动，就送你啦！"

是用娘亲的故国矿石冶炼成的宝剑！斟云吃力地提着剑，深感自己的瘦弱，用剑刺靶，却摇摇晃晃地怎么也刺不中，他心里不服气，反复练习。这把剑，他真的很想要，也算是对娘亲的一点儿念想。

柳梦零手指一伸，戒指中的细丝射向墙头，借着细丝的力道飞上两人高的墙头，坐在墙端，掏出一袋零食慢悠悠地吃着，说道："你不是一直想学机关术吗？给我好好锻炼身体，至少要拿得起工匠的锤子！"

从这日起，斟云死气沉沉的生活算是有了新的追求，每日清晨天刚蒙蒙亮，他就带着黑剑，踏着厚厚的积雪，到荒院练习剑法。他连体力都不太足，练得几日，赵龙看不下去了，提醒他要从最基础的扎马步、举石锁开始练起。斟云的锻炼通常持续到天色大亮，然后用早膳，在书房看柳梦零不知从哪里带来的机关术书籍，那些神秘的书籍为他打开了以前从来不知道的新世界。午膳过后，他又回到荒院，继续锻炼，直到华灯初上，又继续在夜明珠的照耀下埋头读书。

小王爷的十五岁生日转眼间就到了，又成了城里富商、郡里权贵们纷沓而至、上门拜访的好借口。斟云照例不想见那些权贵富商，天色还没亮，就称病不出，到后院锻炼身体去了，只让曹公公代为接待。外头也只当他的病症一直没有痊愈。

斟云的病其实早已痊愈，短短半个月的锻炼，让这刚满十五岁的少年呈现出完全不同的气质。如今他在后院中锻炼，赤着胳膊，汗水在上身腾起雾气，在冰天雪地中也不觉得冷。

"斟云，要外出走走吗？"荒院里，柳梦零让梁六牵来几匹健马，问道。

斟云放下手中的黑剑，披上外衣："走！"

斟云的衣裳是寻常武夫常穿的短打，紧衣窄袖便于练剑，不似王公贵族行动不便的宽袍大袖。他叫上赵龙，却没想到柳梦零又故意叫上杨月绮，要一起出发。

"我……我不会骑马……"杨月绮看到那些高头大马就害怕，瘦小的她还没马背高。

柳梦零道："赵龙，你负责带月绮，要是摔了，唯你是问！"

赵龙皱眉："柳姑娘，这男女授受不……"

"少废话！照做就是！"柳梦零根本不容赵龙反驳。

他们全部换上平民服饰，柳梦零还特意让杨月绮换上男装，从后门骑马穿过小巷，来到大街。此时大街上的人们已经开始了一天的忙碌，城外农家正趁着清晨城门初开，挑着地里暖窖的时鲜蔬菜到城里出售。

"这塞外苦寒，都寒冬腊月了，还有蔬菜可卖？"一名府兵心里好奇，问柳梦零。

柳梦零道："以前是没有，但是我家妘妈挖穿了地下暗河，暗河水终年不结冰，挖个暖窖，导入暗河水取暖，也能培养些豆芽什么的，算是蔬菜。"

"妘妈是谁？"府兵更好奇了。

柳梦零道："舒小妘，外人称她为'谪仙子'！"

府兵恍然大悟，他以前一直不解，为何在别处被人视为妖孽的偃师千乘，在这云阳城内竟然颇受尊重，如今算是隐约有些理解了。

健马穿城而过，引得路人纷纷驻足：这到底是谁家公子，这么俊朗非凡？他们窃窃私语，总之不会想到竟然是传闻中病得奄奄一息的小王爷。

他们穿过大街，路过万春楼前，柳梦零想起了雀怜影。柳梦零知道她在这儿，也知道斟云心情高兴时会让人把雀怜影带到王府中下个棋、弹个琴，但是每次雀怜影到来，柳梦零总会借故避开，不想和她打照面，免得触景伤情。

大家都知道对方身份，却都只剩下那一层窗户纸不敢捅破。

骏马飞奔至城门，行人走避，守城孤军单膝跪地迎接众人出城，带队守护城门的校尉认识柳梦零。虽不认识王爷，但是知道柳仙子身边的俊朗少年必定是云砂王。

城墙外的世界，白雪皑皑、天高地阔，平坦的大地被纵横的沟渠分割得齐整，白雪覆盖的农田中间点缀着一座座村落，大地尽头的群山连绵不绝，天地间是斟云十五年来的人生从未见过的广袤。

"小王爷，你见过乡下平民的生活吗？"柳梦零问斟云。

斟云道："只听月绮说过。"

"我们去那座小村！"柳梦零用马鞭指着远方的村落。

马蹄踏雪，扬起雪白的尘雾，斟云觉得这一辈子从来没有像如今这样御风奔腾般舒畅。以前，他每到冬天就缩在屋里，不敢吹室外的冷风，生怕风寒入体得病，病魔却主动找上门来；如今不惧风雪，倒像病魔惧怕他，百病不侵。

静谧的小村迎着初升的太阳，村民们过的并不是斟云想象的田园牧歌般的美好生活。茅草搭成的棚屋，屋檐下挂着舍不得吃的几块腊肉，黑漆漆的，也不知道挂了多久；五六串辣椒，也是舍不得吃，都风干了。光着脚丫的小娃娃在村里小跑，穿着大人的破衣服，衣襟几乎拖到地面；鸡鸭猪牛等牲口养在屋里，人畜杂居，人靠着牲口散发的体温才能稍微减轻屋里的寒意；漏风的茅草屋，透过缝隙可以看到几个瑟瑟发抖的老人，取暖基本靠抖。

村里正在办白事，几口棺材在村中间的晒谷场一字排开，村里的青壮年们冒着寒风，遵照当地风俗烧纸钱，那飞扬的烟灰全部消散在冷风中。

"怎么一次死好几个人？发生什么事了？"斟云没有靠近，只是远远地驻足问。

柳梦零倒像对这种事情司空见惯："也没发生什么事，很寻常。寒冬腊月白事多。"

杨月绮小声解释道："在乡下，十五岁以下的孩子、五十岁以上的老人，体质弱，往往一个冬天挨不住冷，人就不在了。所以柳仙子才会说寒冬腊月白事多。这是常事，不足为奇。"

斟云问："为何不修缮一下房屋，买些炭火取暖？"

柳梦零对他的疑问嗤之以鼻："小王爷，何不食肉糜？"

杨月绮如数家珍地给斟云细细道来修缮房屋、购买冬衣和炭火的价钱，这些事情算下来少则几个铜板，多则半两银子，在斟云眼里都不算个钱。但当杨月绮说起一户农民一年到头勤勤恳恳地种地，就算不吃不喝，能赚到的钱也不过几钱银子时，斟云沉默了。他没有心情再继续闲逛，决定打道回府。

"眼看这大年也快到了，能不能拨些钱粮，让他们好好过冬？"大内侍卫出身的赵龙对民间穷困虽也听说过，如今亲眼所见也是震惊。

"不能，"斟云道，"你记得我十五皇兄是怎么死的？行善积德，乐善好施，封地里有口皆碑的大好人。风光大葬时，听说老百姓们自发为他送行，徒步送出几十里地，一路都是哭声。"

赵龙不作声，他知道十五王爷是被府兵头领蒋豹奉陛下密旨刺杀的，而蒋豹一家也早已被杀人灭口。斟云道："行善积德，广收民心，在百姓看来是大好人，但是在陛下看来，那就是谋反的征兆。我那些谋反的皇兄们，谁不是在自己的封地里广得民心？谁不是封地百姓口中的大好人？若是不得民心，他们谋反夺位时，登高一呼，又有谁会响应？"

诸皇子之乱对这国家的破坏历历在目，战乱导致的民不聊生至今难以收拾。善人、恶人，两者之间的界限有时候竟然是如此模糊不清。柳梦零想起妘妈教过她的古话："周公恐惧流言日，王莽谦恭未篡时。向使当初身便死，一生真伪复谁知？"

打道回府的路上，没有人再说话，一路上行人纷纷回避。他们虽然穿的是平民衣服，但是那壮硕的高头大马哪里是普通人家养得起的？一匹好马售价往往数十两银子起步；纵使抛开售价不提，仅仅是养活一匹马所需的钱粮就足以养活三四家农户。

城外积雪的道路上，行人大多是劳苦百姓，冷飕飕的天儿里，背着准备到城里销售的薪炭、木柴，他们大多是赤脚徒步。少数能赶着骡车运货进城的，就已经是家有余财的殷实人家了。

看着冬日农闲时无所事事的穷苦人家，斟云道："我，还是做我的坏人吧。"

回城之后，斟云径直去找了冯县令。当日下午，告示就贴出来了，大群平民围绕在告示前，让识字的人代为宣读解释。于是全城百姓都知道了：小王爷一时兴起，要征召民夫，大建亭台楼阁以供自己享乐。

钱是不缺的，这些日子以来，仅仅是往来富商进贡的财物就足以支撑大建亭台楼阁所需的费用，而偃师千乘有足够的能工巧匠。斟云把自己绘制的图纸摊在工匠们面前，与工匠们讨论是否可以照图纸修建。

赵龙负责保卫王爷。他看着这个小王爷一身工匠打扮，与工匠们秉烛夜谈讨论机关术，若是以正统观念而言，可以说是典型的沉迷奇技淫巧、玩物丧志，向来会为读书人所排斥。

寒冬腊月，三万民夫聚集云阳城，大兴土木，动静可不小。工匠们让民夫把热水洒在大街上，水冻结成一层光滑的薄冰，大块的石头、巨大的原木底下垫着滚木，牛拉撬棍，慢慢朝着王府的方向移动。

这巨大的工程，斟云让梁六和赵龙共同监工，梁六负责监督偃师千乘的工匠们，赵龙负责监督普通民夫。斟云暗中交代过，在工地上不能叫他王爷或者直呼姓名，最多只能叫他"阿云"。

"阿云！给我递几根木钉过来！"有不知道斟云底细的工匠大声呼喝。

"阿云，你这样不对！木头承受不了这机枢的力道，实心镔铁又太重，要用空心的铁管！"那些工匠直言不讳地指出图纸中的错误。

赵龙第一次看见斟云的笑容如此可爱。这十五岁的大孩子原本就喜欢鼓捣木匠活儿，如今能亲手建造自己绘制的亭台楼阁，比看见富商贡献奇珍异宝，比看着府里歌姬翩翩起舞，还要开心很多。

罢了，这样的王爷，至少人畜无害。赵龙心想。

时间一天天过去，斟云图纸上的建筑初见雏形，那是连片的亭台楼阁，以水力和蒸汽动力驱动，各种廊庭楼道纵横交错，宛若迷宫，还会随着时辰推移，慢慢变换方位，斟云将其取名为迷梦园。在这素雅幽静却又极其复杂的迷梦园中，除非有精通机关术，或者是熟知楼阁变换规律的人带路，否则闯进来之后，极难找到出去的路。

眼看年关将至，被征召到云砂王府建造亭台楼阁的人却一直都没能回来，这云阳城外的穷乡村里也多了倚门站立、盼望夫君归来的妇女，多了盼望父亲归家、一家团聚的孩子。

王府即天家，寻常百姓哪里敢说要和家人团聚就不做王府的活儿？留在家中的女人四处托人打听夫君的下落，问何时才能归家，却始终无人知道王爷的大院子什么时候完工。

不知从何时起，云阳城中开始有流言说小王爷任性又不通人情，不顾千百年来的团聚传统，非要在寒冬腊月施工，劳民伤财，累死冻死无数民夫，隔绝万千人家一家团聚的希望。流言的杀伤力是巨大的，扑灭了无数家庭团聚的希望。

直至距离新年还剩三日，小王爷一声令下，所有的民夫都领了丰厚的工钱，喜出望外地归家了。工钱虽然不多，半两银子、几钱银子，却相当于这些民夫一年的收入。上万民夫所费工钱总计超过万两，对斟云来说也算是个大数目，一副败家子弟模样，让赵龙咂舌。

可以想象，民夫的家庭必定会对这笔额外的收入喜出望外，可以过上一个不错的年。但是也可以预料，正如俗话所云"好事不出门，坏事传千里"，城中已经人尽皆知的流言并不会凭空消失，只会继续流传。

"小王爷，您知道朝廷一年岁入多少银两吗？"赵龙问道。

斟云淡然说道："大概，就一百多万两吧？连年战乱带来的破坏不可小视，不足昔日帝尊在位鼎盛之时的十分之一。"

这孩子并非不知柴米油盐贵。赵龙心头不安，总觉得他不是个简单的人。赵龙问："知道这些日子以来，城里流言怎么说？"

斟云道："知道。要不要捉拿编造流言的人，都随你。"他知道这必然又与陛下的暗桩有关。这又是在考验赵龙的忠诚度，背叛巽帝还是背叛王爷？赵龙觉得这是个两难的选择。

距离大年还剩两日，雪晴的午后，柳梦零前来告辞："准备过年了，我回去陪陪余伊大叔和妘妈，毕竟他们养我这么大不容易。"

"余伊大叔是谁？"赵龙问她。

柳梦零道："偃师千乘两大首领之一，被你们称为'余魔尊'的家伙。"

斟云羡慕柳梦零有家可以回，于是下令，府中众人凡是想回家和家人团聚的，都可以回去。梁六回家了，他家就在云阳城，与王府只隔一条街，若是有事，派人传唤一声即可；偃师千乘的佣兵大多也回家了，他们和梁六一样，大部分是这城里人；长工们回家了，对王爷感恩戴德，他们的家在城外乡下。

但是留下来的仍然不少：曹公公无儿无女，自然不必多说；首先是以赵龙为首的府兵们，他们的家远在帝都，来时就知道也许一生都不会再回帝都见到亲人，况且像赵龙这样已经无家的府兵，也是有不少的；其次就是杨月绮这样的丫鬟和家丁，他们当中有些是孤儿，有些是因为幼时家中贫寒，被衣食无着落的父母卖与别人家为奴，在诸皇子之乱中，流离失所的穷人卖儿鬻女以求一时温饱，是很常见的事；还有就是被富商们作为贺礼送进府内的歌姬舞女，她们的身世往往更为悲惨。在很多地瘠民贫的偏僻乡下，有些穷人家孩子太多，养不活，男婴往往生下来就被溺死，女婴则被亲生父母卖入教坊，待到三四岁，开始学习歌舞、书画，再到十三四岁，又开始学取悦男人的本事，直至长大成人，过着迎来送往的日子。在这过程中，她们还往往被转卖赠予，不知辗转过多少人的手，有的连自己出生在何方、父母是谁都不知道，更是无家可回。

斟云让家丁接名妓雀怜影进王府一起过年。府里的人知道王爷不过是喜欢和雀怜影下棋吟诗、舞文弄墨罢了，但府外的人却不这么想。关于体弱多病的小王爷留恋名妓的流言，在这城里一直广为人知，成为云阳城百姓茶余饭后的笑柄。斟云从不在乎自己成为别人的笑柄。

距离过年还有一天，斟云下令大摆筵席。所有留在府内的人，无论身份高低，均抛弃一切礼数规矩，一起欢庆共饮。这无视尊卑的欢庆要是让卫道士们知道了，难免又是口诛笔伐一番，但是斟云仍然不放在心上，要是偌大的王府只有他一个人欢庆，其余人等小心翼翼地服侍着，那也未免太孤单了。

王府的歌舞计划从大年三十持续到元宵，热闹非凡，但是观众却往往只有家丁和府兵，斟云总是避开这样的场面，在迷宫般的迷梦园中练剑。当地富户上门拜年也只能看到老宦官曹公公，斟云仍然托称体弱多病、卧床不起，拒绝见一切客人。

大年初一，全城鞭炮声不绝于耳。"王爷，外面这么热闹，不出去看看吗？"雀怜影在杨月绮的领路下，走过迷梦园的九曲廊桥。

斟云道："不习惯。"他不喜欢歌姬们的歌舞，那会让他想起过世的娘亲。娘亲是璟国民女出身，被作为贡女献予帝尊，虽说容貌极美，却地位极低，为了保护兄弟二人，战战兢兢地讨好帝尊，胆战心惊地在那些娘家背景雄厚的妃子们中间求生存，最终下落不明，连尸骨都无处寻觅。

雀怜影问："以前在宫中过年，那是怎么过法？"

斟云收停剑招，看着天上的薄云，看了好一会儿，才道："和哥哥一起，在冷清的院子里过。"在斟云心中，别的兄长叫皇兄，称谓中带着生疏，一母所生的巽帝才能用"哥哥"这个亲密的词。

天上有信鸽飞翔，朝着帝都的方向。斟云取了弓箭，开弓搭箭，手臂和背部的肌肉块块鼓起，已不是当初的柔弱小王爷。利箭破空，信鸽落地，斟云取了信，看了才知是暗桩向巽帝禀报暗杀斟云失败的密信。赵龙终究在犹豫，一些已经暴露的暗桩被他放过了。

皇宫里的春节，该隆重的依然隆重，祭天、祭祖、群臣道贺，一点儿都含糊不得。巽帝在思亲宫门前求见父皇，却被拒之门外。

斟巽是谁？年纪大了，儿子太多，想不起来。那个璟国贡女生的儿子？无足轻重的玩物下的崽子，自然也不受器重。太上皇心目中的下一代皇帝，可以是二皇子、三皇子、四皇子……十八皇子，这种有地位的嫔妃生的、陪他打过天下的儿子，却从来不包括贡女所生的十九皇子。

又过一日，大年初二，清晨，一个人影落在思亲宫的门扉上，清脆的歌谣缥缈地传来："年初二，回娘家，无情最是帝王家；诛九族，灭亲家，世仇原本是一家。舅舅，别来无恙？"

"是你？你还来这里做什么！"帝尊白须白发，颈间青筋暴起，宛若狂怒的狮子。

那个人道："当然是看望舅舅啊！这是延年益寿的灵丹妙药，多少皇帝想求都求不到呢！希望舅舅能好好活着，万寿无疆，在这荒凉的高墙里慢慢熬着，看看子孙们自相残杀，可不能死太早！"

思亲宫里挂着各种简陋的农具，这是帝尊称帝之后，命人从破败的老家带过来的，充满着年轻时家境贫寒，却父母兄妹俱在的温情。那时的家，父慈子孝、兄友弟恭，逢年过节一家团聚，欢乐地分享着稀少又粗陋的食物。如今却只能追忆。

又过一日，大年初三，清冷的后宫不见丝毫欢乐气氛。巽帝尚未婚配，更无子女，独自坐在书房中，看着来自云阳城的飞鸽传书有些出神。信上说云砂王斟云，荒淫无道，终日与妓女鬼混，骄奢淫逸，还为了一个妓女大建亭台楼榭，劳民伤财，完全是个荒唐王爷。

这说的是朕的弟弟吗？哥没把你教好，对不起娘亲……但是，哥要是把你给教好了，只怕今日也容不得你了。如果你真的是个烂泥扶不上墙的荒唐王爷，烂到连偃师千乘都扶你不起来，威胁不到朕的位置，朕倒是可以放你一马。

但是，朕能有这种侥幸心理吗？不能。朕知道你外表安分，内心却是极聪明，否则也做不出那些巧夺天工的木匠玩意儿，你以前做的那个小木人，只要旋紧发条，现在还能像小小的人儿那样在掌心起舞。在传说中，能做出会跳舞木人的能工巧匠会被尊称为工匠中的王者"偃师"，据说偃师千乘的首领就有这种本事。所以弟弟你必须死，因为哥哥我不想死。

五、云砂王妃

春暖花开，巽帝又病了，来自云砂郡的武装商队带来了斟云的画，把巽帝气病了。

一轴工笔画，出自雀怜影的纤纤玉手，画中的斟云坐在云砂王府里高高的摘星楼上，眺望着远方城外冰雪初融的大地。城里车水马龙，尽是来来往往的各国商人，熙熙攘攘的街头像是比被战争破坏过的帝都还要繁华几分；城外已经开闸放水，塞外凛冽的风带动风车，抽取地下暗河的水流，冲开沟渠的薄冰，被水滋润的土地不见了戈壁滩的干燥，农夫们开始了一年的春耕。这哪里有一丁半点儿塞外苦寒的样子？倒像是南方富庶之地的风光。

画上还附带了一封长信。

陛下吾兄：

帝都一别半载，犹似相别半生矣，昔日冷宫春暖、永巷花开，不知今日深宫荒院花开否？世人皆道北漠苦寒，却不知云砂雪已半融，农人春耕，炊烟袅袅。得皇兄仁政，国泰民安，臣弟也偷得浮生安闲，至今仍忆童年随皇兄嬉于深宫荒院，眺望北归燕雀筑巢屋檐雕花下。孩童时只盼能背后生翼，扶摇直上云中天，去看那高墙外的大好河山。如今放眼望去，昔日云阳侯虽已不在，所留风力提水机枢仍运作如常，大漠农田蔓延至天边，云升天地间，说不尽的壮丽，倒是一遂儿时心愿。徜徉于群山大漠间，总是比纸上万里江山更迷醉。那深宫中冰冷的龙椅，未必就有臣弟坐于屋顶，眺望天地尽头恍若仙山的重峦叠嶂，来得逍遥。

臣弟　斟云

巽帝带病上朝，只要他还有一口气在，就必须准时踏进这金銮殿，看着朝臣们低头碎步走进来，顶礼膜拜山呼万岁。什么狗屁四海升平？这些日子，他听够了坏消息。他下旨轻徭薄赋、予民生息，偏偏四方蛮夷不给面子，频繁叩关入侵，烽火急书不时送入京师，令他不得不自打颜面、朝令夕改，忍受着朝野万民的指责非议，下旨增加徭役赋税以充军费，广召平民从军以守四方。

言官朝臣叱骂他，他敢怒不敢言，他太需要这从谏如流的明君形象。那些朝臣也都是人精，骂是骂矣，尽挑些看似严厉实则骂不到痛处的话来说。一名大臣跪拜于地，一脸义正词严地训斥道："为帝者必须为天下表率，陛下如今已经身登大宝，后宫一后四妃、三宫六院、七十二妃全数虚位空悬，为求天下后继有人，恳请陛下早日选妃立后，以安天下民心！”

巽帝道：“朕要先看谁家儿郎立功勋，换得国泰民安；再看这功勋贵胄谁家女儿颜色好，给她荣华富贵。”

大臣碰了个软钉子，群臣不敢作声。想和皇帝做亲家？先把儿子送上战场，立了战功再考虑女儿进宫为妃的事。要是战死倒是一了百了，就怕吃了败仗，牵连全家。

昔日陪伴帝尊打天下的武将世家大多已被帝尊族诛，满朝老臣大多以拔擢的文官为主，残存的武将世家又尽是庸才，导致诸皇子之乱时朝廷几乎无可用之将。如今巽帝提拔的年轻武将缺乏经验，平叛总是败多胜少，就连他甚为倚重的安国侯魏铁衣，这几日也打了败仗回来，失了宠。

退朝后，巽帝去了安国侯府，侯府上下都被禁军严密把守，宛若牢笼。安国侯魏铁衣出身低微，原本是乡野武夫，诸皇子之乱时不堪兵乱，组织乡勇揭竿而起，保卫家园。叛乱皇子被诛之后，魏铁衣归顺朝廷，表示并无反意，只是为保家园平安不得已的下策，被手下奇缺良将的巽帝委以重任，负责清剿诸皇子的残兵余党，立下累累功勋，步步高升直至公侯。

魏铁衣原名魏狗娃，读过几年私塾，粗通文墨，巽帝嫌其原名粗俗不堪，赐名“铁衣”，愿其铁甲为衣，征战千里，为帝国立下不世战功。

山野村夫为抵御山贼洗劫，往往举家习武，全村骁勇。魏铁衣的妹妹魏雪衣，原名魏虎妞，也是自幼习武，却不识字，巽帝嫌其名字难登大雅之堂，赐名“雪衣”。

这天下，习武的女子虽然少见，却比识字的女子稍多一些，毕竟对寻常百姓而言，读书识字学费高昂，即使文盲男子也极为常见；女子不能走仕途为官，更是鲜少有父母愿意送女儿读书。而女子习武，至少可以在山贼入侵时多一双手御敌。既然有此需求，习武的女子自然会比几乎毫无需求的读书女子要多。

侯府后院仍然是一片祥和景象，魏铁衣老实巴交，不知钩心斗角，只知陛下让他赋闲，摸不到头脑，于是也就老老实实在家赋闲。魏铁衣年过五旬的老父却乐呵呵的，只觉得眼下的日子过得比他以前见过的最大的官——县太爷，还要风光无数倍，再加上儿子给他找了两房小妾，小日子过得极为舒服。

这个家里都是不识规矩的土包子，见了皇帝也不知道要下跪，好在巽帝也不以为意。毕竟魏铁衣性子耿直，远比那些油滑的老臣值得信任。巽帝想到这里，觉得他木讷老实也是好事。

巽帝看着后院中，魏雪衣在与侍卫过招练习，随口问燕追："照你看，这魏雪衣和柳梦零，武功谁高谁低？"

"只怕不相上下。"燕追知道这些日子巽帝病了，心头烦躁，于是稍微拍了点马屁。其实燕追心里清楚，柳梦零小小年纪，武功却已臻无招化境，天下罕有敌手，哪里是魏雪衣的庄稼把式能比？只好暗中吩咐侍卫喂她一些厉害招数，能提高多少算多少。

巽帝不习武，不知道燕追在撒谎。他自幼接触过的女子不是出身官宦世家，就是宫女舞姬，柳梦零是他见过的第一个习武的女子，而魏雪衣是第二个。在他看来，这两名奇女子都是同样武艺高强，同样不受世俗礼教束缚，就算很相似了。但他没有细想，魏雪衣是不知规矩，而柳梦零是藐视规矩。至于柳梦零的才情、学识，更是不识字的魏雪衣无法相比的。

习武结束,巽帝叫来魏雪衣,问:"你可想过嫁入王府,成为王妃?"

魏雪衣茫然地看着巽帝,对十五岁的她而言,这好像很遥远的事情,她问:"哪个王府?"

巽帝道:"云砂王府。"

"不嫁!"魏雪衣拒绝得干脆,"本姑娘嫁谁都可以,阿猫阿狗三教九流都行,就是不嫁祸害苍生的云砂王!"

毕竟经过巽帝的不懈努力,在各种朝廷暗桩密探编造的谣言里,云砂王的恶名已经天下皆知。巽帝这是要毁掉斟云的名声,削弱他夺位的能力。

流言总是越传越夸张,说斟云勾结偃师千乘妖人,为求治病修炼了一身妖术,吸食人血续命,甚至说他三更半夜飞天遁地,在云砂城中掠食过往商旅,无恶不作,简直是变成了妖怪。

巽帝却不反驳流言,只是叹气道:"朕有这样的弟弟,也不知道是犯了哪个天条,上天降生一个祸害在帝王家。朕也不知道那些流言是真是假,云砂郡路途遥远,朕也鞭长莫及。"

"皇帝也有做不到的事情?"魏雪衣天真的质疑倒是有几分可爱。

巽帝道:"朕只盼有人能嫁进王府,若是外头传的是虚假流言,就留在府里好好管束他,不让他为非作歹、祸害百姓;若是他真的无恶不作、无可救药,那就只好替天行道了。他防着别人,也许只有大义灭亲的枕边人才能得手。"

"那好,我去!"魏雪衣和她的兄长一样,身上有种侠义气质,昔日揭竿而起不求富贵,只求乡邻不被乱兵侵扰;今日让她去当王妃，她不为所动，让她去刺杀斟云为民除害，她却眉头都不皱一下。

巽帝离去，着手准备魏雪衣嫁入云砂王府的各项事宜，找了几个宫中女官教魏雪衣作为王妃的诸多礼节。听女官回报说，那些繁文缛节，魏雪衣向来嫌虚伪做作，从不愿学的，但是如今却很认真地学习，甚至主动虚心请教。

多好的姑娘家啊，颇有义薄云天的侠士风范。巽帝有时候想，自己是不是在把一个好姑娘往火坑里推。但是他又想到偃师千乘的可怕，要是将来偃师千乘当真要造反，扶持斟云为帝，兵祸一起，不知多少黎民百姓要横死战乱。舍不得牺牲一个魏雪衣，那就要牺牲无数百姓，孰轻孰重，让他不得不狠下心肠，冷血盘算。

半个月后，魏雪衣出阁前主动请求要一把趁手兵器。巽帝亲自带她到皇宫兵器库中挑选，库房里的每一件都是难得的神兵利器，她左挑右选，选了一把小巧的匕首，贴身藏着，又要了一把长剑防身。

出阁时，庞大的送嫁队伍又成了帝都里的一道风景，巽帝还特命她的父兄家嫂到皇宫宝库，随意挑选奇珍异宝作为魏雪衣的嫁妆。送嫁队伍离京时，巽帝站在城门，目送数百名侍卫护送着奢华的马车离去。

燕追道："陛下，队伍已经走远了，看不见了，回宫吧。"

巽帝转身回宫。燕追知道，陛下心里对魏雪衣是有些好感的，只是魏雪衣的性子像那种高山深谷中傲霜斗雪的野花，不是可以养在深宫温室里的名花艳卉。

赐婚的圣旨在魏雪衣手里，而情报已经通过缇骑等多方渠道送往云阳城，飞鸽传书、信使快马送报，甚至让缇骑密探打扮成商人，随着武装商队送信，只要能想得到的方法都用上了。这一切都是要确保把赐婚的消息提前送抵云砂王府，让他们做好迎接王妃的准备。

武装商队是巽帝心底的隐忧，朝廷的力量无法穿透那些战乱失控的郡县，伸不到云砂郡，流寇横生一度阻断了商路。但是这几个月，武装到牙齿的商队竟然能穿过这些战乱地区，重新打通塞外各国通向帝都的商路。那些商队规模不大，但是手中的劲弩、马槊，威力却不容小觑，武装比朝廷的正规军还要精良。甚至有密探发现，极个别的商队手中，竟然还有偃师千乘的特殊兵器：飞火铳刀。

"朕这皇位，就好像坐在烧红的铁块上。"回宫路上，巽帝掀开车帘一角，感叹着，看着街上往来的胡商。

巽帝万万没想到，偃师千乘传播消息的速度远比朝廷的要快。

"王爷，潜伏在帝都的千夫长发来的密信。"云砂王府中梁六快步走进迷梦园，对正在练武的斟云说道。

斟云一直很忙，修文习武占据了他绝大部分时间，那些柳梦零从天上带回来的神秘工匠书籍，连梁六都看不懂。外头的流言始终都是流言，十五岁的斟云最多只是跟雀怜影下下棋，听歌姬们弹奏几个曲儿，从来不近女色。他很怕只要对哪个歌姬流露出一星半点儿另眼相待的态度，就会引得那些女子不择手段地争宠。而这会让他想起娘亲的下场，不禁不寒而栗。

斟云接过密信，看了一眼，说道："假装不知道这事，我要看赵龙作何反应。"

再过数日，赵龙接到了巽帝发给暗桩们的飞鸽传书，心头大乱。他知道，如果要效忠斟云，今日就必须向斟云汇报，但如此一来就背叛了巽帝；若是要效忠巽帝，就假装不知道这事。也许再过两日，缇骑的信就要送到王府了。万一暗桩中有人被偃师千乘收买，斟云此刻应该已经知道这事。自己隐瞒不报，那就背叛了斟云。

赵龙回到王府，怀里揣着密信，却遇上一件对他而言并不算大事的事情：一名府兵与府内歌姬偷情，试图私奔，却东窗事发，两人被押到斟云面前听候发落。

"好大的胆子嘛，不守妇道，勾引本王的府兵。"斟云手中的黑剑，慢慢挑动着歌姬身上价值不菲的水晶耳环。这对耳环，府内每个歌姬都赏赐了一副，价值纹银数十两。数十两纹银要是拿来买婢纳妾，在灾年可以买得七八人。歌姬的身价还没这对耳环贵。

府兵试图把责任揽在自己身上："不……不关她的事，都是我……"

"不，都是我的错……"歌姬泣不成声，她就像无根的浮萍，不知将来年老色衰之后，命运会如何悲惨，只求能和心上人私奔，找个穷乡僻壤，好好过上哪怕贫穷却平静的寻常日子。

"你的名字？"斟云用剑指着府兵问。

"小的叫刘二狗……"小小的府兵并没有什么像样的大名。

斟云道："这歌姬本王也不要了，你喜欢就送你，以后好好工作。"

两人喜出望外，磕头道谢。

亲眼看到这件事，赵龙心里又感到不安了，别的王府的府兵领着微薄的薪水、讨不起老婆，王府中美艳的歌姬他们是想都不敢想的。小王爷并非任性，他并不喜欢歌姬，当初不顾柳仙子的反对，收下富商们送来的歌姬，只怕就是等着有府兵和歌姬私奔，趁机收揽府兵们的人心。

赵龙站着不动，斟云道："龙哥，过来练几招？"

赵龙拿起木剑，摆开架势，心头却难以平静，小王爷的城府只怕远比他想象的深很多。练武场上，除了十八般兵器，还有一个堆满了书的书桌，斟云往往是练剑累了就看书，看书倦了就练剑，从不荒废时间。

斟云换了木剑，两人对打，赵龙蓦然发觉小王爷的武功不低！虽然练剑时日还短，但是剑招极为精妙，行云流水、毫无拘束，并不是普通练家子那种一板一眼照着既定招数出招的套路，招招都直攻人体关节难以顾及的角度，逼得赵龙步步后退。

"这是什么剑法？"赵龙心头大骇。

斟云放下剑，擦去汗水，说道："无名剑法，无招无式，只不过是把人体看作机械活动的枢纽，找准对手关节扭动不便的角度，猛攻过去罢了。"

工匠技艺到了高处，竟然与最精妙的剑法相通？赵龙只觉得难以想象。他猜这次过招，只怕是小王爷的警告！他背脊冷汗直流，想起了暗桩的密信，赶紧双手奉上："王爷，陛下赐婚了！"

斟云看罢密信，顿感头疼："安国侯魏铁衣的妹妹？如果我没记错，魏侯爷是草莽出身，他那妹子多半也是个不知皇家礼数的练家子，哥哥这是想把咱们王府搅个天翻地覆。你去和曹公公商议一下，看他怎么看。"

这点斟云倒是没猜错，昊帝赐婚，虽说不知道魏雪衣到了王府会发生什么事，但至少在斟云和柳梦零之间打下一个楔子，就相当于在斟云和偃师千乘之间撕开一道口子。但是有些事情是昊帝想多了，在斟云眼里，大他两岁的柳梦零是姐姐一样的存在，并不掺杂男女之情。

这些日子，柳梦零一直在认真看书，偶尔抽点时间教杨月绮读书写字。柳梦零漫步在王府中，曹公公毕竟是老了，知识和能力都不足，她觉得这个王府缺了一个管事的女主人。

这些天，斟云留雀怜影在王府中管理账目，统管王府上下诸多杂事，虽说事情处理得井井有条，但是始终名不正言不顺，总不是长久之计。

柳梦零走到一堵墙前，手指一伸，戒指中的丝线钉在墙头，她借力飞向墙顶，落在墙头上继续散步。她向来不走寻常路，遇墙翻墙，遇水架设丝线踩着线也要走过去。她看见几个家丁正在收拾荒废了很长时间的兰院，心中难免感到些许的不安。兰院是以前云阳侯府内娘亲的住处，如今整理出来，显然是为即将嫁入王府的王妃作准备。

若是王妃来了，雀怜影又该置于何处？柳梦零跃上兰院屋顶，走在屋脊上，走到尽头，又用丝线钉住隔壁楼，仙子般踩在空中，飘向对面。

对面是雀怜影居住的清影阁。那是一个两层的小楼，一楼是客厅，面积七八丈见方，二楼是雀怜影的闺房，面积回缩到只有五六丈见方，二楼花窗下就是一楼的琉璃瓦屋顶。柳梦零坐在一楼屋顶，背靠着花窗，和雀怜影就只隔着一层薄薄的窗户纸。这些日子，柳梦零心里总有些疙瘩，至今没有正式与雀怜影见面。

花窗后，曹公公正向雀怜影汇报云砂王妃即将嫁入王府的消息，雀怜影没有任何回应，只是静静地听着，手中的笔并未停下，正在核对下人们送来的账本。王府名下产业遍布云砂郡各地，一些有合作关系的商队甚至把触角深入了帝都，各项事务错综复杂，实在费心。

曹公公告退，室内只剩下雀怜影，柳梦零听到眼泪落在纸上的声音。柳梦零隔窗道："明姐姐，如果你不想看见王妃嫁进府内，只要跟我说一声，让她不能活着踏进这大门的方法多得是。"

　　多久没听到别人提起她的姓氏了？雀怜影身体微微发抖，这天底下，知道她姓氏的人还剩几个？她就像无根野花一般随风飘零，如今正主儿要来了，哪里还有她的容身之处？柳梦零说要除掉王妃，这种流别人的血、鸠占鹊巢的事情，又如何做得？

　　柳梦零道："云砂王府不是正常的王府，它更像一群被放逐天边之人共同的家，大家抱团生存，你所熟悉的正常的王公贵族家庭的规矩是不适用的。你觉得全府上下，谁容得下一个楔子王妃？"

　　雀怜影想起了前几日，斟云和梁六带着她到云阳城远郊的小镇上看偃师千乘的工坊。冰雪消融的荒地寸草不生，大量的工坊拔地而起，烟囱冒着浓烟，蒸汽机械轰鸣作响，外地运来的丝麻在金木机枢下变成一匹匹布。这种机关妖术，是别处所不容的。

　　雀怜影小声道："柳姑娘想做的事，谁能拦得住？"

　　柳梦零道："等她能活着踏进云砂郡再说吧。"

　　从帝都到云砂郡，路途遥远，出了帝都，周围慢慢荒凉，半夜，送嫁的队伍在凤花郡郊外歇脚。他们原本想找个县城落脚，能找到的却都是废弃的残垣断壁，昔日繁华的城镇已经荒草丛生，无处落脚。

　　黑夜中，出现了一双双眼睛，是野兽？府兵们拿起刀，警惕地看着荒野外。

　　"是流民！流民！"有侍卫大声叫喊，一把锄头砸在他头上，顿时活不成了。

在这荒凉的郊外，流民是战乱之下最可怕的存在。他们饥肠辘辘，成群结队，在饿死和被打死之间艰难挣扎，所以往往是行尸走肉般四处洗掠，寻找一切可以充饥的东西。

双方打了起来，侍卫们训练有素，一名又一名流民惨变刀下亡魂，但是流民数量实在太多了，漫山遍野、前赴后继，他们慢慢挡不住了，一名侍卫被菜刀砍死，又一名侍卫被铁铲捅死。那些流民根本不管这是什么皇帝派去的送嫁队伍，只知道抢钱抢粮食，反正饿死和被打死，横竖都是死。

"王妃！快逃！"一名侍卫死死拦住流民，话音刚落，顿时变成流民刀下的亡魂。魏雪衣持剑杀了几名扑上来的流民，她想去救侍卫，但是汹涌的人海很快把大家都冲散了。她只能夺路而逃，在黑夜中一脚高、一脚低地奔逃。

当天蒙蒙亮时，魏雪衣发现茫茫天地间只剩她一人。身上值钱的只有嫁衣上的珠宝，一把匕首、一柄长剑，还有一道圣旨。

荒原上，树皮草根都被流民们啃光了，像极了老家的惨状。魏雪衣知道兵荒的厉害，若是和平年代风调雨顺，农夫们一年到头辛勤劳作，有粮食可以养家糊口，倒也罢了；若是战火一起，战乱误了农时，一年就颗粒无收，只能以树皮、草根充饥，衣食无着落的农夫们变成流民，席卷还有余粮的村庄，破坏一切，又形成规模更大的流民。最后如洪水决堤，毁灭世间一切。

哪怕是战火平息后，这样的灾荒仍然持续好几年，才会慢慢停歇，而代价则是无数平民死于饥荒。

魏雪衣孤独地朝塞外走，靠着自己的两条腿赶路，靠着童年时和哥哥在荒山捕捉野兽和采集野果的经验活下去，靠着为民除害的信念，继续往云砂郡的方向走。

一日又一日，日升日落，魏雪衣开始时还记自己走了多少天，后来就忘了，只知道不停往前走，把捡来的死人衣服穿在身上，换下自己珠光宝气的嫁衣，慢慢变得衣衫褴褛，形如乞丐。在路上，她见过被饥寒的盗匪杀死、抢光的商旅横尸山野，也见过尸骨散落的荒村，偶尔也可以见到偃师千乘旗下的商队。

偃师千乘的商队与寻常商队完全两样，他们的武力更为强悍，哪怕是潮水般的流民，也无法越过防线一寸，倒下的尸体堆积如山。但是这样的商队也极贵，寻常商家想加入他们的商队，需要缴纳的入队金非常高昂，毕竟连珠弩、飞火铳、箭矢弹丸的成本极高。魏雪衣问了商队老大，最终也只能无奈离开。她钱不多，虽说珠宝还是有一些的，但是那都是皇家的东西，要是被偃师千乘认出了，只怕凶多吉少。

"你等一下，孤身女子走这条路可不寻常，你是什么人？"商队老大起了疑心。

魏雪衣道："不过是江湖逐浪人，无根浮萍，四处游走，哪里好讨口饭吃就去哪里。"这是她和哥哥在诸皇子之乱前的和平岁月里过的其中一种生活，农忙时在家务农，农闲时到附近镇上的集市里卖艺。

其实江湖卖艺和行侠仗义，甚至和打家劫舍三者之间都没有武艺高低的区别，最大的区别只在于守不守王法。魏雪衣见过武艺比哥哥还高的人街头卖艺凑盘缠，一路卖艺到帝都，试图给高官巨富当护卫，谋取一官半职，也见过全然不会武功的小贼拦路打劫。

"阿土，和她过两招！"商队老大对一名镖师下令。

"姑娘请赐教！"镖师施展起剑招，摆起架势，陈旧的镔铁剑曾经取过好几名山贼的性命。

魏雪衣提起剑，同样是崩了口的旧铁剑，粗糙的式样是出自乡下铁匠之手。原来那把从皇宫兵器库里拿的好剑还是遗失了。

双方交手，剑招都是最寻常的乡下武夫把式，缺乏美感，但是简单实用，十五招过后，阿土看见无法取胜，突然变招，使出一招极为厉害的杀招，魏雪衣长剑脱手，落败。

"姑娘，多得罪了，我没想到这招威力如此之大。"阿土扶起魏雪衣，看着她手臂上的伤，心中愧疚。

"阿土，柳仙子教你这杀招时，不是说过不能轻易使用吗？"商队老大骂骂咧咧着。柳梦零任性，与旗下商队喝酒时，有时高兴会随手教众人几招，全然没有寻常江湖人物那种把武功招数视为珍宝、秘不外传的脾气。

魏雪衣的武功比寻常武夫高，却仍不如偃师千乘旗下的镖师。商队老大原本不想收留，但是既然手下的人伤了她，也不好丢下她不管，只好让商队里的一名舞姬为她包扎伤口，带她一同前往云阳城。

那名舞姬面容姣好，却没有华丽的衣裳，她们攀谈了几句，魏雪衣得知这只是天底下常见的悲剧之一：她自幼家贫，父母病逝之后，无处可去，于是只好寄人篱下，以美色取悦别人求生。如今中土衰落，她听说云砂郡那头往来胡商多，生意好做，于是试图到云阳城去，投奔当地巨富金万钧旗下青楼，讨个生意做。

同行几日，魏雪衣与商队镖师们也有点儿熟悉了，他们大多是来自中土的练家子，武功门派混杂，为了糊口，投奔塞外偃师千乘，做个最低微的镖师。商队歇脚打尖时，他们会聚在一起喝酒赌钱，或是切磋武艺。他们大多学过两种以上的武功，一种是投奔塞外之前的家传武艺，仍然严守规矩概不外传；一种是投奔偃师千乘之后学到的功夫，每人都会几招，倒是经常切磋交流。

一日，两名镖师吵得面红耳赤，打了起来，要不是商队老大劝架，只怕要一死一伤。他们在吵"一百七十二路追风剑"和"回斩剑"谁更强，前者剑走轻灵，剑招绚烂如夏花绽放，快如闪电；后者是极为怪异的反手握剑，将拳法和剑法融为一体，招式简单威猛。让魏雪衣震惊的是，这两种截然不同的剑法都是柳梦零亲传。

"柳仙子最擅长哪种剑法？"魏雪衣随口问镖师们，以为最擅长的必定就是柳梦零最强的剑法。

众人大笑："她不常用剑，趁手兵器是谪仙子亲传的天蛛丝！"

魏雪衣暗暗心惊：柳梦零的武功到底高到何种地步？她要是贸然进入云砂王府，那还不是死路一条？

又过几日，商队遇上一股山贼，魏雪衣敢拼敢打，给镖师们留下了不错的印象。这是进入云砂郡前的最后一股山贼。等到了云砂郡境内，就再也没有山贼了，毕竟那是偃师千乘的地盘，真正为非作歹的山贼会被无情镇压，而衣食无着落的流民会被招往各地的工坊，出卖劳力，换取一日三餐。

当夜，他们在一座小镇歇脚。镇上的集市兜售南北杂货，各路商旅交流消息，很是热闹。商队老大和落脚的商家攀谈，双方都是偃师千乘旗下商号，自然也谈得来。镖师这种刀尖舐血的工作薪酬可不低，一些镖师在商号里购买珠宝，作为带给老婆和闺女的礼物。

"这位大兄弟眼光真好，这可是皇宫大内的金丝盘翠镯！"老板一个劲儿地赞镖头有眼光。

镖头问："皇宫的东西怎么会在这里？"

老板道："前些日子，云砂王妃的出嫁队伍不是被流民洗劫了吗？随嫁的金银珠宝大多都是皇宫里的宝物啊！这王妃也真可怜，还没进门，就下落不明了，只怕是凶多吉少哪！唉……"

镖头与老板闲聊："老兄，照你看，这云砂王妃，你觉得是嫁进王府好，还是别进王府好？"

老板一手打算盘，一手记账，小声说道："说句实在话，对我们这种人而言，王妃自然是永远别进王府的好。柳仙子是咱们偃师千乘的十万夫长，好处不必多说；咱们能有武装商队打通商路，也多亏了小王爷的全力支持，才能让这中土不产的机织布匹、精巧工具销往帝国各郡县，赚得盆满钵满。当然也多亏了雀姑娘能像个主母般打点庞大的产业。要是这王妃一进府，哪里还容得了柳仙子和雀姑娘？就怕这神仙打架，殃及咱们老百姓，连生意都没得做啊！"

"老板，这把剑怎么卖？"魏雪衣看见了她从皇宫带出的长剑。

老板头都不抬："这是女子用的剑，对男人而言太轻、太细，不称手，卖不出去的东西。你喜欢就五十个铜板，卖给你了。"五十个铜板对于这样一把削铁如泥的宝剑而言并不算贵，但是这价钱也相当于寻常人家两个月的开销，又不能算便宜。魏雪衣的第一笔薪水就全都拿来买这把剑了，于是又落得个口袋空空。

又隔两日，商队到达云阳城时，已经是塞外阳春。商队解散，镖师返回镖局，商队老大回行会交接生意，只剩魏雪衣不知何去何从。

魏雪衣将一身珠光宝气的嫁衣，连同赐婚的圣旨，埋葬在城外荒谷中，然后穿着一身旧衣，用布包裹了长剑，背在身上，走进云阳城。

这座塞外第一雄城果然名不虚传，广厦林立、飞檐斗拱，酒肆茶馆林立，往来胡商如织。最为神奇的是虽然云阳侯已经过世多年，云阳孤军仍然代代镇守此城；朝廷号令无法到达此处，云阳县令仍然兢兢业业，将城里城外维持得井井有条。

"话说这云砂妖王啊，身高十丈、青面獠牙，一吐气，飞沙走石，一餐要吃十头牛、二十匹骆驼，一脚踩下去就倒塌一座城，不知多少百姓死于非命。当然，本故事纯属虚构，若有雷同，纯属巧合……"来自中土的说书人正在茶馆讲述云砂妖王的故事，听得听众们一愣一愣的。

"听说那云砂王妃，落到了上万名流民手里，死得惨啊！"街边贩夫走卒的小道消息听在魏雪衣耳里，让她对流言的威力初有体会。

魏雪衣顺着大路，走到云砂王府正门前，看着那朱红色的两丈高墙，她知道自己进不去。毕竟外头关于她的死讯已经传得沸沸扬扬，哪怕是手持圣旨也没用，说不准被人视为捡了圣旨冒充王妃的骗子而处死。

王府正门向来是不开的，毕竟这偏僻的云砂郡不会有比王爷还大的贵客大驾光临。魏雪衣顺着围墙边的街道走到侧门。虽是侧门，却也比寻常富户的正门要宽敞很多。一辆马车停在门边，车边是骑着高头大马的府兵，一名女子在丫鬟的搀扶下登上马车，举手投足间尽是大家闺秀风范，就连身边那名丫鬟身上也是上好的衣裳，比寻常小富人家的千金还穿得好。

"雀姐姐，小心点儿，别摔着。"丫鬟的声音让魏雪衣心头一震，那就是传闻中独得小王爷恩宠的名妓雀怜影？只有出身显贵豪门的女子才会有这样的绰约风姿。她到底是什么人？

　　"孙头领，去东引村的蒸汽锻铁作坊。"雀怜影轻声吩咐，于是车队启程。

　　魏雪衣目送车队离去，她需要找个容身之所，找个能充饥的方法。然后接下来的日子怎么办？她也不知道。

六、东引村的工坊

云砂王为非作歹、无恶不作，人人得而诛之。

先不论实情如何，流言传得多了，自然有正义人士脑子一热，潜入王府试图行刺。对巽帝而言，散播流言以吸引天下仁人志士行刺斟云，也不失是一个低成本的好方法。只是迄今为止，潜入王府试图暗杀斟云的刺客都是竖着进去，横着出来。

魏雪衣在王府附近的酒肆打短工，伺机打探消息。她薪水低微，不如那些性感暴露的胡姬。做了一段时间，她大概摸清了斟云身边的防守力量：一是以赵龙为首的三百府兵，武功平平，对斟云忠心耿耿；二是王府外围以梁六为首的偃师千乘佣兵，平时散居城中，有事则一呼百应，但是遇上孤身潜入的刺客，难免反应不及时；三是曹公公重金聘请的护院江湖高手，其中不乏颇有名气的邪派人士，只认钱不认人。

"你问曹公公的武功？拉倒吧！不是每个公公都是武林高手，他能爬两层楼不大喘气，就算是厉害了。"有跟王府家丁相熟的酒客闲聊时提起。

四是柳梦零。"柳仙子？那可是一等一的煞星，没人能在她手下走出两招！天蛛丝您见过吧？当然您没见过，见过的人都死翘翘啦！只是柳仙子酷爱云游，不知什么时候就踪迹全无，又不知道什么时候突然出现，谁都不知道她在不在王府。"

魏雪衣挑了个月黑风高的夜晚，换上夜行衣，带上长剑和匕首，试图潜进王府碰碰运气。

王府内莺歌燕舞，隔着围墙都能听到歌舞声，魏雪衣只以为王爷必定在府内，却不知道斟云并不喜欢歌舞，每逢这种场合，多半是府兵家丁和舞女歌姬们自娱自乐。按照斟云的规矩，若是两情相悦那就自行带走成家去，他懒得管。

有人来了！魏雪衣缩在街边拐角处，只看见几个人翻墙进入王府，他们的武功很高，踩踏着高墙上稍微凸起的青砖，飞鸟般翻过墙头，动作一气呵成。她认得那是江湖上赫赫有名的侠士"一剑追风""铁掌碎山"和"双刀无敌"。然后，就没动静了，过了很久都没动静。

魏雪衣知道这三人定是遭到不测，但是让他们哼都没哼一声就没了动静，这府内的高手到底是有多深不可测的武功？她不敢大意，小心翼翼地爬上围墙，每挪动一次手脚都万分小心，待到爬上墙头，突然觉得手指一痛，一滴血珠挂在指尖上。

高墙上布有看不见的细丝！非常锋利！围墙后面，那三名高手过于大意，仗着武艺高强一跃而下，早已被墙后纵横交错的细丝切成碎块，连死都不知道自己是怎么死的。

"三更半夜偷偷摸摸翻墙，这就是堂堂王妃的作风？"一个声音出现在墙头，一名女子站在墙上等候多时，魏雪衣竟然没有发觉！如此无声无息的行踪，必定轻功极高，不用想都知道是传闻中的柳仙子，柳梦零。

"你认识我？"魏雪衣扯下蒙面的黑布，心想此时也没必要隐瞒身份了。

柳梦零道："盯你好几天了，真是浪费我时间。"她干脆坐在墙头，从口袋里掏出一包零食，还问魏雪衣吃不吃。

魏雪衣紧紧握住怀里的匕首，盘算着要是动手，能有几分胜算。

柳梦零道："不要抱侥幸心理，你这三脚猫功夫，我只一招，你就死了。"

魏雪衣松开剑柄，她知道柳梦零所言非虚。柳梦零道："回去告诉斟巽，别玩这种下三烂的刺杀。就算能闯过这一关，到了我偃师千乘面前，武功再高也是一枪撂倒。"

魏雪衣进退两难，她来云阳城，本来就已经抱着必死的决心，又怎会轻易离开？奇怪的音乐声响起，柳梦零从口袋里掏出一个奇怪的方片状发光物体，说了几句话，把物体塞回口袋，说道："我没空管你了，斟云找我。还是那句话，不怕白白送了性命，你就闯进来。怕死就滚。"

柳梦零站起身，慢慢走在墙头，走到拐角处，踏在半空中，竟然如履平地，朝一栋高楼慢慢走去。想必她脚下有看不见的细丝。

刺杀不了斟云，白白送命是没有意义的。魏雪衣犹豫半响，也只能离开王府，再做打算。

迷梦园，演武厅，灯火通明。三名江湖豪客站在斟云面前，"天南鬼爪""邪风刀客""索命双钩"，均是武林中让人闻风丧胆的邪派高手。

斟云手持木剑，面对"索命双钩"攻势凌厉的奇门兵器，冷静地避开锋芒，一旦看出破绽，手中木剑就猝然刺出。"索命双钩"终究是老江湖，对自己武功中的破绽如何不知？他回钩格挡，斟云却突然反手持剑，剑刃位于手臂外，剑柄朝对手的手肘击去！这是什么怪异招数？对方手臂一麻，铁钩脱手，输了这一战。"小王爷武艺高强，招数前所未见，实在厉害。"对手输得心服口服。

"我说斟云，我教你武功，是让你强身健体，不是让你争狠斗勇的。"柳梦零的声音从门外传来。她走进门，三名江湖高手均毕恭毕敬。他们也曾经和柳梦零交过手，都是一招落败，知道柳仙子武功深不可测。

斟云道："好，今夜到此为止，大家都散去吧。"他按下墙壁一块凸起的砖头，一道暗门升起，门后是密室。外人不得小王爷命令，不许进入。即使是府内的家丁府兵，也不知道小王爷晚上会在这迷宫般的迷梦园里哪个隐蔽处所歇息。

柳梦零跟随斟云走进密室，密室后面还有好几扇秘门。斟云推开其中一道，门后是书房，房中是一台数据分析仪，正分析演武厅里隐藏的高速摄像机拍下的过招视频，导入到格斗训练分析软件中，就可以分析每一招的得失、对手的武功套路，还能计算斟云的招式应该如何改进。

墙上挂满不属于这个世界的照片，其中最大的一幅，是半埋在沙漠中的上古先民飞天巨船。

斟云道："遇到你之前，我从来不敢相信，那些自古流传的上古先民神话竟然是真的。"

柳梦零道："我还以为你无法接受呢！毕竟你不像我，在很小的时候就被妘妈带到高科技的世界去了。"

斟云向着照片伸出手掌，用手指凌空一划，飞天巨船的照片变成了浩瀚星海。这竟然是一个巨大的薄膜显示器，由手势遥控。"老实说，你把这些东西放在我眼前时，我被震撼住了，就和我来云砂城路上，第一次看见衣不蔽体的穷人时那般震撼。两者对我而言是类似的，都是看见了自己以前从不知道的世界。"斟云说道。

毕竟当时斟云只是十五岁的孩子，对新事物还有很强的接受能力。要是换了四五十岁的中年人，思维已经定型，只怕会完全无法接受这些前所未见的新事物，要么吓疯，要么以为是妖孽作祟。

斟云的手在屏幕前滑动，镜头不断拉近，出现了一颗蔚蓝的星球，广袤的海洋中镶嵌着几块较大的陆地。斟云继续拉近镜头，陆地不断放大，出现一个个边界模糊不清的国家。这个世界的国家更类似农耕时期的地球各国，并没有泾渭分明的国境线，最多只有约定俗成的传统边界。一些大国之间甚至隔着广袤的沙漠、海洋或瘴气弥漫的丛林，又或者被无人区隔开，老死不相往来。

斟云在地图上找到了自己的国家。那是快马纵横数十日才能够横穿的辽阔疆域，虽说在整个星球上也算是面积数一数二的大国，但是在眼前的大陆全图中也只能算作偏安一隅的方寸之地。毕竟时代越落后，一个国家的有效统治范围就越小，帝国扩张到云砂郡一带已经到达了它的控制力之极限。

这一小块世界，却向来被世人视为整个天下。

柳梦零道："这世界原本是不适合人类生存的荒星。远古祖先们刚刚来到这个世界时，把荒星进行地球化改造，耗尽了飞船携带的全部能量和工具；他们想从零开始重建高科技世界，却发现这个世界没有煤这种化石燃料，石油的埋藏深度也深得令人难以想象。经历了好几代人的努力，他们终于发现改造计划卡在了无法启动工业革命的问题上。"

斟云换了个画面。画面上是前些日子，谪仙子从黄沙下的飞船中找到的视频记录，是七千年前的上古先民利用飞船中最后一丁点儿能量拍摄给后世子孙的视频影像。视频中的人穿着封闭式的工作服，在镜头前哭着诉说他们所处的绝望境地。

斟云看着画面，喃喃道："听说来自天上的人，穿的衣服不是凡间的布料，并非针线所织，衣服上看不到任何接缝，因此才叫'天衣无缝'。"

柳梦零道："这是宇航服，所有的飞船上都备有的，发生意外时可以穿着出舱维修飞船，有缝隙那还不是送死？改天送你一套？"

上古先民说他们想重建地球联邦式的先进世界，但是没有燃料，没有冷链物流，没有自动化农场，没有汽车。他们在定居点周围开辟农田，用石头打磨成原始的农具，靠着两条腿在农田和定居点之间往返，很快他们就发现失去现代工业提供的农药和化肥，农作物产量迅速退回农耕时代的水平。定居点的规模被两条腿一天所能奔走的距离所限制，人口则被粮食产量限制，兴建大城市是不可能的，他们只能遣散幸存的人们，分头寻找新的农耕地点兴建村庄。曾经拥有先进科技的上古先民们，在短短的几十年之内，就迅速退化回工业革命之前的落后农业时代。

重建先进的科技时代是没指望了。古代先民们做了一个重要决定，他们翻遍从地球带来的古籍，寻找和落后的生存模式配套的社会制度。先进科技是保不住了，至少也要保得人类文明一息尚存。有些幸存者往西迁徙，他们带走了一种古老的社会结构，由祭司、国王、总督、封建领主和农夫组成；往东迁徙的人群带走了另一种同样古老的社会结构，由皇帝、大臣、郡县官员和平民组成。那时的他们只知道尽量保住属于人类的文明形态，哪怕是人类文明中一些比较古老的形态，却对这样做所带来的后果，并没有清醒的预判。

而留在飞船坠毁的贫瘠沙漠中的一群人则竭尽所能地试图将祖先们的科技传承下去，他们成了偃师千乘的祖先。那些复杂的科技书籍，两三代人之后就没人能看懂了，于是他们把量子力学、相对论、分子生物学等当成咒语一般，不求甚解地全部背诵下来，代代相传。他们只希望将来哪天重建高科技世界时，这些知识能再次发挥作用。

柳梦零道："我见过偃师千乘的藏经洞，里面全是地球时代科技资料的石刻，由数百名最年长的机关师把守，每人都可以把那些科技资料倒背如流，但是他们却不知道这些咒语般拗口的文字背后所表达的意义。"

偃师千乘，是余魔尊和谪仙子来到这世界之后才迅速崛起的组织。他们和另一个科技比地球时代还先进的地球人后裔世界有联系。柳梦零道："过些日子，我要回星舰联盟考大学，你好好照顾自己。书上有什么看不懂的地方，就打电话给妘妈，她交代过的。对了，魏雪衣来过，被我赶走了。"

"哦。"斟云的全副心思都放在眼前的"天书"上，这是一本亚当·斯密的经济学书籍，他每天晚上都要学习到三更半夜。

柳梦零离开后，斟云召唤手下："呼延廷、独孤狐。"

"属下在。"这两人是斟云收留的外族江湖高手，既非偃师千乘佣兵，也非赵龙麾下府兵，算是斟云自己的人。

斟云道："你们暗中保护魏雪衣，别让她发生意外。女孩子家一个，无依无靠，很难活下去的。"

有些事情，斟云并不好直面指责柳梦零的做法。柳梦零属于异类，武功太高，背后又有偃师千乘撑腰，什么龙潭虎穴她都如闲庭信步，走南闯北只当是旅游；但是魏雪衣比她弱很多，孤身一人，难免会被人欺负。

下完命令，已经是夜半，准确来说是晚上十一点零五分，斟云的手机有时间显示。他打开一道秘门，走进密道，密道通往城外。柳梦零是很任性的人，来到云阳城之后发现手机没信号，就直接找到谪仙子，让"渺云千仞雪号"飞船发射一颗人造卫星在大气层顶端做手机信号中继，顺便也给斟云送了一部手机。

密道尽头是一座小村庄，以前是云阳守军的据点。十几年前朝廷诛杀云阳侯时，在这里交战，后来就荒废了。直到偃师千乘来了才重建村庄，并在村庄外围建设蒸汽和水力工坊，现在俨然已是一片小小的工业革命早期工业区。

密道出口位于一座不起眼的小院内，小院外头的道路悬挂着风铃般的汽灯，照得村庄明晃晃的。斟云走出门，遇上刚好从蒸汽作坊下班的工匠们。中土富商们的订单排成了长龙，蒸汽作坊每日都是三班倒工作。工匠们正在路边小摊吃夜宵，热情地招呼："阿云！过来一起坐！咱们刚点了一些花生和酒！"

斟云笑了，也不客气，和他们共饮。在这里，没人知道他是小王爷，大家都只知道他是"机关师阿云"。

一壶酒、一碗扁食、一碟花生、一碟水煮肉，虽不起眼，但是在短短的七八年前，这些还是城中富户偶尔才能享受到的美食。如今新技术带来的财富，一点一滴地改变着这个原本荒凉贫穷的边陲小郡，让很多以前想都不敢想的东西进入寻常百姓家。

"阿云，隔壁老王头要把他家二丫介绍给你做老婆，怎么你不答应？"有工匠对斟云提起这件事。

斟云只是腼腆地笑了笑，并不作答。另一个工匠取笑道："咱们阿云怎么会答应？老王头家那二丫，还没咱阿云兄弟俊俏哪！"

这种寻常百姓的街边饮食文化很对斟云的胃口，大家勾肩搭背、称兄道弟，远比在王府中孤独地高高在上舒服得多。

与此同时，云阳城内，魏雪衣找了个偏僻的角落，丢掉夜行衣，汇入夜半的人流，消失在人海中。云阳城居然不宵禁，无论多晚，街上总有醉醺醺的胡商在下人小厮的搀扶下东倒西歪地走在大街上，也有风尘仆仆的远方商旅凌晨赶到。明晃晃的汽灯罩在价值不菲的琉璃做成的红灯笼中，挂在街边飞檐下，这在帝国的其他城市里是很罕见的。

云阳城与常见城池相似，城墙之后是纵横交错的街道。平民按照十户一邻，设一邻长；十邻一里，设一里长；十里一坊，设一坊长的布局管理和居住，每邻围成院落，每里修院墙分隔，每坊以街道为界。若是以柳梦零的话来描述，则是"一个院子十户人家，一个小区十个院子，一个街区十个小区"。但是城中也有富户，一户人家就占了一邻或一里之地，规模宏大的云阳王府更是独自占了一坊大小的面积。

在帝国别的城池里，邻里坊外开辟有"市"，即城中特定的区域，供商户销售南北杂货、互通有无，商业活动被严格限制在集市内。但是云阳城较为特殊，它的"市"有两种，是以前云阳侯时代留下的传统集市，和别处少见的"街市"混用，街市贯穿全城几条大街，大街两旁商铺众多、酒肆林立，难以宵禁，干脆不禁。每里、每坊由里长、坊长组织年轻人打更巡逻，街市则由衙役三班倒，通宵维持治安。

这云阳城繁华程度直追帝都，又拥兵自重，难怪陛下无法放心。魏雪衣看着这全然陌生的繁华都市，隐约中有种直觉：这世道，只怕要变了。

魏雪衣眼下最需要的，却是如何寻觅到一个安身的地方。原本工作的酒肆是不能再待了，酒肆距离王府那么近，总归是不安全。

魏雪衣饥肠辘辘，街边酒肆茶馆却不分昼夜地飘出酒肉香，做好迎接远方商旅的准备。她看见一栋灯火通明的两层小楼，很多年轻女子花枝招展、笑颜如花，欢笑着招揽来往客商。魏雪衣不识字，不知招牌上写的是万春楼，但是看这场面，也知道必定是城中青楼。

她想起了以前陪伴在兄长身边南征北战时，听兄长和同袍战友们聊起的世间不平事，得知有些女子因为战乱与家人失散，为求温饱，为求一个栖身之所，不得不把自己卖入青楼。

魏雪衣抬头看着那些妖艳的青楼女子，那些青楼女子也看着她，交头接耳，眼角唇边尽是耻笑的神色。富人看不起青楼卖笑的女子，青楼女子又看不起街头流浪的穷人，魏雪衣知道自己被鄙视了。这三更半夜还在街上游荡的女人，除了风月场所不夜天的烟花女子，大概就只有无家可归的流浪孤女了。

"老板，这炊饼怎么卖？"既然有夜行的客人，街上就仍然有夜半摆摊赚点辛苦钱的摊贩。一名身材高挑的异域女子站在摊贩面前买吃的，她背着一把长剑，腰间挂着一个大袋子，显然是江湖人士。魏雪衣才知道云阳城居然不禁民间私带兵器，这在中土的城里是犯禁的重罪。

魏雪衣大着胆子问："这位姐姐，请问，这城里有什么地方，是让无家可归的人暂住的？"很显然，魏雪衣问的是可以让江湖人士暂时容身的地方。

魏雪衣知道，在任何地方总有些官府管不到的角落，它可以是一家地下黑市、一座见不得光的赌场，也可以是皇权不及的穷乡僻壤。这云阳城里，最龙蛇混杂、最让官府想管却又有心无力的地方是哪里？

女子道："很多啊！西城门外的佣兵行馆，只要舍得拿命换钱，就会有商队雇用你当保镖；北城门外的苦力棚区，也多的是想靠一膀子力气换点辛苦钱讨生活的无家流民；再者如果真的武艺高强，到云阳王府，能过得了护院武师那关，王府总管曹公公就会雇你当护院武师；云阳衙门外的校场也有悬赏通缉榜，你要是能抓个江洋大盗去领赏，也可以发笔小财。都是不错的去处。"

魏雪衣实在是无处可去，说道："这位姐姐，不知道我可否跟着您，打打下手，换个可以遮风挡雨的屋顶，换得吃饱饭？"

女子上下打量了魏雪衣几眼，说道："那也行，只要你敢跟着。我叫独孤狐，请问你怎么称呼？"

"叫我虎妞就好。"这是魏雪衣的原名。

独孤狐居然朝官府方向走去，她腰间的大袋子渗着血，让魏雪衣心惊。官府门口，她将袋子丢给衙门专司缉拿要犯的值夜典史，典史打开袋子，血腥味扑鼻而来，顿时皱眉别过头去，捏着鼻子道："独孤姑娘好本事，三个江洋大盗都伏诛了，这是给您的赏钱。"

独孤狐接过赏钱，转身又去看墙上的悬赏令，这次她揭了云砂郡外商路上为非作歹的山贼头领的悬赏令，当真是艺高人胆大。"要和我一起去吗？"她问魏雪衣。

魏雪衣胆怯，自己有几斤几两，她还是清楚的。

她们沿着繁华街市向北走，离开城中心后，繁华街市慢慢变成街边冷清的小店，再然后，即使没有宵禁，街边小店也主动打烊了。

云阳城的城门是复杂的瓮城。城门之上是三层高的崇楼，左右两侧设有翼楼，城门外是半圆形的瓮墙，为防止敌人的冲车檑木进攻，瓮城门和主城门并不在一条直线上，而是位于瓮城左右两侧，与主城门垂直。深夜城门紧闭，但是城门旁边开了一个厚实的瓮洞，它原本是为增强防御功能的藏兵洞，如今开辟成供人夜行的通道，云阳孤军会严格盘查夜行人的身份，过了这一关才可以从城里通向瓮城内部。

人站在瓮城里，抬头只看到四面高高的城墙上方井口大小的天空，以及城墙顶端密集的箭弩发射机。独孤狐感叹道："云阳城号称塞外第一雄城，听说当年朝廷诛杀云阳侯，派出三十万大军强攻云阳城，其中不少士兵就战死在这里，尸积如山，惨不忍睹。"

左右两扇厚重的瓮城门只开了左门一道缝，仅容单人通行，同样是重兵把守，盘查夜行人。

走出北城门，才知道城墙之外又是另一个世界。一座村庄紧挨着城墙外的护城河而建，石砖木头搭建成的房子稍显凌乱，房子之间是两面围墙随意夹成的曲折小巷，每一间房子都被木栅栏、烂布条分割成一个个逼仄的小房间，住满了人，连阁楼和屋檐都用破布遮挡起来塞满了住客。时间已是夜半，小村里租客们的鼾声此起彼伏。云阳孤军和偃师千乘的人联合在这里巡逻，维持秩序。

这座小村里还有很多人连这样的小房间都住不起，只能蜷缩在村庄外围的茅草窝棚里，稻草一盖，照样鼾声雷动。村里的善堂支了几口大锅，锅里的粥水仍有余温，刚从工地回来的雇工蹲在善堂旁，捧着旧碗，呼噜呼噜地喝起来，吃饱喝足之后，在茅草窝棚里找了个角落，躺下就睡，片刻之后，鼾声响起。

这是城里以云砂王为首的七十二家富户联手设立的善堂，对穷人分文不取，很多流民都拖家带口，来到这云砂城外的小村谋生。

小村里有好几个雇佣所，每当有招工告示贴出来，雇佣所略通文墨的小厮就会站出来，向众人大声宣读告示上所招的工种，愿意去工作的就跟着工头走，做完一日的工作，领了一日的工钱，明日的工作明日再来雇佣所碰运气。但是如今子时已过，雇佣所里除了几名在桌边打盹的小厮、一名在汽灯下低头算账的掌柜，也没别人。

"老呼延，你这里缺打杂的吗？"独孤狐走进雇佣所，问掌柜。

掌柜呼延廷抬头，一双黑色的眼睛眼窝甚深，似是边民与戎狄的混血，他说道："既缺又不缺，两条腿的苦力多的是，两只眼睛的识字人难找。既然是独孤姑娘带过来的人，我总不能轰出去。"

魏雪衣就此留在了这龙蛇混杂的北门村。掌柜呼延廷管吃管喝管住，吃喝待遇与寻常流民相同，住的地方是柴房，只是多了把锁确保不被流民侵扰。住了几日之后，魏雪衣自己已经不好意思白吃白喝待下去，决定找工作。

寻常苦工是最不缺的，工钱每日七八个铜板；端茶倒水的活儿也不缺人，工钱每日四五个铜板；识字的帮佣比较缺，工钱每日二十四五个铜板。要是做得工匠活儿，懂得使用圆规直尺，还懂点儿字，可以维护那些复杂的机器，工钱就迅速飙升到每日三四十个铜板，算得上北门村里炙手可热的匠人了。

然而魏雪衣不识字，只能和那些瘦骨嶙峋的流民们一起做最辛苦、报酬最低的体力活。

北门村要修一条钢铁道路，由两条钉在成排木头上的钢铁轨道建成，用来将更为遥远的矿山里开采的矿石送到东引村的蒸汽工坊，需要征用很多工人。繁重的修建工作持续了好几个月，北门村的苦工甚至为此一度人手不足，连老人、孩子和女人都去帮忙搬运石渣、枕木，才算是修建完成。

"从今日起，又算是多了个新工种——拉矿车。他们大概又要雇用不少苦工。"呼延廷把新的雇工告示贴在雇佣所墙上。魏雪衣并不犹豫，当即就要了这份新工作。

呼延廷叹气道："你女孩子家一个，怎么就不学点儿字，非要和一群大老爷们儿一起，做这种辛苦的体力活儿？"

魏雪衣笑道："天底下，哪有女孩子家读书写字的？"她那笑容，像极了荒山上迎着朝阳盛开的野花。

在她童年时生活的小山村里，聘请个教书先生都不容易，就连地主老财家也只是让账房先生兼职教小少爷识几个字。男娃娃想读书都很难，何况是女娃娃？

次日，魏雪衣拉车归来，却看见雇佣所门前停着马车，几名王府府兵警惕地守在门外，呼延廷毕恭毕敬地站在一旁，一名女子正在认真对账，手中的细毛笔一撇一捺，字字认真。那是雀怜影。

魏雪衣愣住了：天底下，哪有女孩子家读书写字的？偏偏雀怜影就懂得读书写字。

从那日见到雀怜影开始，魏雪衣便多留了个心眼。矿石从远方矿山送抵东引村的工坊之后，苦工们领了工钱，都到村里小摊买几杯水酒解乏，魏雪衣却留在矿车旁，仔细看识字的帮佣辨别插在矿车上的铁片，上面是用红漆写的矿石种类的文字。

识字人的工作工资高一倍，还很轻松，就只负责看看铁牌，在账本上写字记账。魏雪衣羡慕地看着，试图认真记下那龙飞凤舞的字形，却始终像看天书般不得要领，捉摸不透那变化莫测的文字背后蕴含的意义。

东引村的蒸汽作坊有很多工匠，那是平日里魏雪衣能接触到的薪酬最高的人，每日三四十个铜板，一个月下来就抵得寻常农夫一年辛苦耕作的收入。而这还只是起步价，他们要是做得好，往往会被富商直接聘用，成为作坊的长期工匠，薪水更是能翻好几倍。

然而在工匠之上，还有一种叫作"机关师"的更优秀的存在。他们懂得如何设计各种精妙机关，是可遇而不可求的优秀人才。富商们甚至会为最优秀的机关师聘请保镖，确保他们的安全就是确保了自己的财源。

"阿云，听说你小子刚领了这个月的工钱？你们机关师都是薪酬奇高的宝贝疙瘩啊！请大伙儿吃一顿怎样？"几名工匠走在黑色的石浆路上，听说那是用地下的黑油提炼油脂后剩下的残渣铺成的路。

"好啊！城里任何一家酒肆茶楼，随便你们挑。"这些工匠并不知道，斟云向来是自己给自己发薪酬。

那就是机关师？他们擦肩而过，魏雪衣转身，却蓦然发现斟云也恰好转头，瞬间惊呆了。天底下竟然有如此秀气的男子？

这是王爷和王妃的初次相遇。

七、红绳千绕

春夏之交，帝都，深宫之中，迎来第一个灼热的中午。

一杆飞火铳刀放在巽帝面前，这是商队进贡上来的。巽帝慢慢拿起铳刀，想起了柳梦零手持铳刀时的飒爽英姿。

一名大臣跪地奏请道："陛下，飞火铳刀，威力极大……"

巽帝问："我们可以仿制吗？"

大臣的声音提高了几度："飞火铳刀，威力极大，必须严令禁止民间打造！"

巽帝的声音也提高了好几度："我们可以仿制吗？"

群臣噤声，过了片刻，工部尚书才道："铳刀所用镔铁、火药均极为特殊，臣让匠作坊尝试已久，均不成功。"

巽帝盯着那名提议禁绝飞火铳刀的大臣，问："禁绝？很好，你这就作为朕的钦差大臣，去云砂郡，宣旨禁绝飞火铳刀！"

大臣大惊失色，磕头如捣蒜，直磕得额头都出血了。群臣鸦雀无声。从帝都到云砂郡，数千里之遥，途经早已失控、盗贼横生的郡县，实在是九死一生，谁又敢去？但是他们去不了，云砂郡的商队却来得，那些飞火铳刀的威力让沿途盗贼不敢轻易造次。

巽帝道："去吧，朕亲自为你饯行。"

巽帝说到做到，当即亲自送大臣到帝都外，让他前往云砂城宣读圣旨。从此之后，再也没人见过这名大臣，不知道是半路逃跑了，还是被山贼杀死了。

每当四下无人时，巽帝总是独自在书房里，看着柳梦零的画像发呆，他永远无法忘记和柳梦零的初次见面……不，更确切而言，是相隔多年后的见面。那时帝都郊外荒庙上空隐约有闷雷出现，浮空的巨船从天而降，不知是何等神仙所为。十五岁的柳梦零从船中走出，恍惚间，让他似乎看到童年时的影子。

初次见面，已经是更久之前的事了。

"喂！我是云阳郡主！你们叫什么名字？"童年时的荒院，一个五六岁的女娃娃趴在墙头，问着院中不得宠的两名小皇子。

"明姐姐！这里有好玩的！"云阳郡主是个野丫头，小小年纪就经常跟着父亲云阳侯、偃师千乘的余魔尊和谪仙子四处打猎，到了宫中也全然不把宫里规矩放在眼中，只知道找同龄的孩子坑婴。

凤城贵女气喘吁吁地跑来，她比云阳郡主大两岁，恭谨守礼，但是这几日也被云阳郡主带坏了。

"我叫斟巽，这是我弟弟斟云。"斟巽与云阳郡主年纪相仿，宫中小心谨慎的生活，让他有些少年老成。

初次见面的时光虽然短暂，云阳郡主的笑容却像阳光一般划破了深宫的阴霾。只是后来他们再也没见过面，大人世界的纷争他们很难理解，后来才知道，就在他们见面过后不久，云阳侯被族诛，凤城侯也被株连处死。

听说凤城侯府上下数百口人，男人被发配充军，女人被贬为娼妓，偌大一个侯府就此散了。

云阳郡主柳梦零，巽帝真没想过，居然今生还能跟她再见面。

"陛下，安国侯魏铁衣求见。"一名太监低着头小心禀报。

"宣。"巽帝道。他知道，魏雪衣在嫁去云砂王府途中失踪，魏铁衣如今像疯了一般，急巴巴地把账都算在了斟云头上，只要假以时日，训练好新军，魏铁衣必然像头疯虎一样找斟云算账，倒是个对付斟云的极好人选。

偃师千乘的情报网向来很迅速，当魏铁衣组建新军的消息传来时，柳梦零正在看书，坐在屋檐上看书。身后的窗里是雀怜影的闺房。"柳妹妹，这只怕不是好兆头呢。"雀怜影隔着窗，对柳梦零说道。

柳梦零道："迟早的事，换谁当皇帝都受不了云砂郡。中土多少真金白银随着商路流到咱们郡里啊？但是他那大军组建起来可不便宜，想装备清一色的火铳和战马，正不断从咱们商队手中购置飞火铳刀呢！"她手中的书，讲述的是地球时代的英国光荣革命史。

这事情，雀怜影自然也是知道的。东引村的工坊里就在生产这样的武器，最大的卖主就是乔装成民间富商的朝廷密探。除此之外，中土生产的生丝、苎麻，也源源不断地从商路运往云砂郡，又成批变成各种布匹，运回中土各郡县销售。蒸汽作坊效率高，一台蒸汽织机一日可以织出数十匹布，而寻常农家一日只能织出一两尺布，哪怕加上运费和高额的课税，也远比传统土布便宜。

这样的效率，对中土传统男耕女织生产模式的打击是毁灭性的。朝廷或许可以对无数农户的纷纷破产无动于衷，但是当这些破产农民拖家带口形成庞大的流民，汇入先前因诸皇子之乱而毁灭家园的流民队伍后，无论是谁，都再也坐不住了。

云砂郡并非只面向帝国，它面向的是旗下商队所能到达的任何一个国家。中土的生丝织成的丝绸同样销往塞外更为遥远的蛮荒之地，塞外戎狄诸国的矿砂黑油运回云砂郡，制成的灯油、火铳，也同样销往中土，四方各国的银两变成贸易利润，源源不断地滋润着曾经荒凉贫瘠的云阳城。

"为什么，你对这山雨欲来般的形势不觉得紧张呢？"雀怜影隔着窗问柳梦零。

柳梦零淡然说道："我们都是见过惊涛骇浪的人，对吧，明姐姐？"

雀怜影叹息，良久才道："也罢，王爷说要怎么做，我就怎么做。如果不是小王爷把我捡回来，那样不堪的日子，还真不知道什么时候才是尽头。"

"喝酸奶吗？从天上带回来的。"柳梦零反手把一瓶酸奶扔给窗边的雀怜影。雀怜影只觉得入手冰凉，像从三九寒冬的冰窖中拿出来的。

她对柳梦零有几分羡慕，又有几分妒忌。昔日同为侯府千金，她们却在后来走上了天壤之别的路。听说当年，偃师千乘的谪仙子日夜兼程数千里，独自赶赴云阳城，歼灭三十万大军，只为救回这小郡主。当时年仅七岁的柳梦零被谪仙子带到天上的世界，所见所用均是人间无法想象；而她雀怜影，凤城侯明家与偃师千乘并无丝毫交情，所以她也就只能无奈地流落风尘。

赵龙把来自帝都的情报交到斟云手里时，斟云刚好结束晨练。放下黑剑，斟云用布擦干汗水，看完情报后说道："安国侯既然要组建新军，那就由得他组建去，武器照卖，钱照赚。"

赵龙担忧地问道："王爷，您不担心朝廷安你个谋反罪名？"

斟云道："谋反算什么？我要做的事，是要撬动整个天下。"

赵龙还想再问，却看见斟云走进密道，去了城外东引村。他也只能叹气，这云阳城内外的世界变化太快，他已经看不懂了。

安国侯魏铁衣试图组建三十万人的新军——清一色的骑兵，装备飞火铳刀、奔雷火炮，代价实在是不小，无论火药还是铁珠，均售价高昂，所需技术并非中土所能达到。斟云走在密道里，想起了前些日子偃师千乘密探来报，说是巽帝发了圣旨，广招能工巧匠，试图复制偃师千乘的火器，皇榜张贴后，能征召到的能工巧匠却数量极少，亦无法知晓火药配比和铁珠炼制秘法。

你当这工业体系是说有就有的？你以为只要皇榜一贴，就会有民间能人异士双手捧着制造秘法上贡朝廷？就算有，配套的工业所需的技术工匠数量极多，又怎么是一时半会儿能凑齐的？在这塞外沙漠之外、更为遥远的山和海的那一头，偃师千乘耗费了多少代人的心血，打下多少基础，才算是稍微建立勉强看得过去的工业体系。

纵使如此，古代先民们飞天遁地的超级科技仍然是偃师千乘遥不可及的梦。

斟云从密道的另一个出口走出，那是兵器作坊的地下室。他顺着楼梯走到作坊里，机关师们正指导工匠加工零件，他与机关师们寒暄几句，互相交流了情报，一名老机关师只表示这种事情经历过太多了，不必放在心上。

斟云问："老叔，我听说，昔日云阳侯被诛杀的其中一条罪名是勾结偃师千乘妖人？"

老机关师说道："咱们偃师千乘，去到哪里不是异类？在哪国不被驱赶？这世上有些事只能说是无奈，我们要做的事，放在哪里都是冒天下之大不韪。"

斟云走出作坊，门外太阳刺目，东引村工坊林立，俨然已是具备雏形的工业城，城中烟囱浓烟滚滚。远古先民们始终无法启动的工业革命，在余魔尊和谪仙子到来之后，借助背后遥远星空外的另一支地球人后裔——星舰联盟的帮助，终于算是绕过了以前大山般无法逾越的结构性障碍：这颗星球不存在煤层，现如今开始继续向前推进了。

听柳姐姐所说，当初谪仙子来到这世界时，偃师千乘只剩下几个老人还记得要寻找煤层，重启工业化，其余机关师们早已不知道古书上所说的"煤"为何物。谪仙子用"渺云千仞雪号"上的激光炮洞穿地层丁余丈，黑色的液体喷涌而出，问曰："要煤没有，石油可否？"

这星球的石油，准确而言，是星球诞生之初的内生型液态烃矿，成矿原理与传说中的地球故乡并不完全相同。斟云看着街道铁轨上人牵牛拉的货车里不少是圆筒形的巨大容器，里面就是从沙漠深处采来的石油。没有煤，石油也可以作为燃料燃烧，只是以地球远古祖先们的视角看稍嫌奢侈了点儿。

五座飞楼镇守着东引村这片重工业基地。飞楼这种巨型兵器，斟云想要更多，但是柳姐姐说这是属于更先进时代的造物，别指望能造出更多，它们分散在大陆上各国边陲重镇，镇守着重要的工业节点。

"就只能造一千零二十一台，这都是用偃师千乘小心保管了几千年的地球时代机器人的中枢电脑芯片制造的。当然，如果妘妈愿意回星舰联盟找弓雨晴阿姨，也能买得到。但是她脾气倔，才不愿开口相求呢！"当时柳梦零这样回答。

什么是机器人中枢电脑芯片？谁又是弓阿姨？只要讨论到技术层面，总有些斟云听不懂的词。

"在重启工业化这个问题上，余伊大叔，我是说余魔尊啦！曾经和弓阿姨、杨叔叔、郑阿姨、阿史那老师都吵过架，他们才不管这些地球联邦毁灭后遗留的殖民星的死活呢！他们只关心星舰联盟的星辰大海，哪里管你是活在石器时代还是信息时代。余伊大叔气不过，还跟杨叔叔打过一架，所以你也别指望他会突发善心伸出援手。想改变这里落后的面貌，就只能靠我们自己。"柳梦零曾经对斟云说过"天上"那个世界的冲突。

那时，柳梦零曾经当着雀怜影的面，问过斟云："工业化，你知道会砸了多少人的饭碗吗？你愿意冒着千夫所指，成为芸芸众生口中最邪恶的魔尊，去推动工业化吗？"

斟云和雀怜影不同，雀怜影是水中浮萍，谁收留她，她就听谁的，细心做事却不会有自己的立场和主见；但是斟云，无论他是否情愿，他都是云砂郡的小王爷，必须自己拿主意。

东引村里，明岗暗哨，大多是斟云的亲信。工业化为东引村带来很多新人，虽说不少是薪水低微的苦工，但是也不乏大量薪酬丰厚的工匠，当地村民就算摆个地摊卖茶水也能发财，几乎是一夜暴富地从农夫踏入了小财主阶层。一家村民正在婚嫁，生怕别人不知道他有钱，摆了流水席宴请全村，三媒五聘、文定问名，学着城里富户那般，把烦琐的礼俗规矩备足了全套。

而东引村外围贫民窟里的年轻男女，同样是嫁娶，因为贫穷，所以礼数简单很多。年轻男女两情相悦，女子为工地上的男子送一顿饭，男子为女子送一件小礼物，就算是缘定终生，再邀几个亲朋好友共同见证，搬到一起居住，就算正式夫妻了。

但是也有一些贫民来自别的郡，破家之前也算是当地的小富户，纵使已经破落，但是仍守着规矩。两情相悦之后，随便找几个老嬷嬷当媒婆象征性地走一下流程也算做媒；拿不出真金白银，三五个铜板用红纸包了也算聘礼。

斟云看到了魏雪衣，她穿着寻常百姓的粗布衣服，和几个相熟的年轻女子在一起，似乎已经在东引村居住一段时间了。

"虎妞，上啊！勇敢点儿！"身边的女子们一个劲儿地鼓励魏雪衣。魏雪衣红着脸，提着饭盒跑到斟云面前，把饭盒往斟云怀里一塞，转身就跑。

斟云抱着饭盒，怔怔站着，脸茫然。

一支骑兵疾驰而过，魏雪衣闪避不及，斟云冲上前抱住她滚离街道，避免被马蹄踩伤。骑兵下马贴了告示，征召工匠制作新的蜡烛制造机。其实不用贴告示，也有能工巧匠钻研机械，几乎每月都有新机械问世，以求闻达于富户之间，带来新的财源。

告示前人头攒动，一个瘦弱的读书人叹气道："这云砂王的告示，可真是杀人不见血哪！以往蜡烛多用耕牛油脂制作，朝廷规定耕牛不得私自宰杀，油脂难得，若非大富大贵，寻常人家谁烧得起？如今改用矿油渣炼制，必定销量大增，天下银两汇入云阳城，只怕不出几年，朝廷就再无可征之银两了。”

魏雪衣挣脱斟云的怀抱，和他保持着一段距离，脸红扑扑的，却又不愿走太远。

斟云不知道自己是怎样回到自己在东引村的住处，又是怎样度过这一整个上午的，满屋子的图纸，他完全没有心思看进去，眼前却总是魏雪衣的身影。

平心而论，魏雪衣长得普通，在太阳底下晒得黑里透红，是最寻常不过的乡下丫头，并非柳梦零那种特立独行、让人过目难忘的奇女子，也不是雀怜影那种才情俱佳、让人心生怜悯的弱女子。她大咧咧的，在这东引村和北方矿山之间靠着自己的双手卖力工作、赚钱谋生，像山间顽强的野草。

盒饭放了一个上午，这是一个很粗糙的盒子，粗陶烧制成，打开盒盖，里面是粟米加上一点野菜。斟云尝了一口，没盐没油，难以下咽，才想起王府里的小丫鬟杨月绮说过，民间盐贵，山区内陆更是缺盐，而油更属于奢侈品。自己以前在皇宫中备受冷落，吃的残羹剩饭对寻常百姓来说也属于山珍美味了。

魏雪衣心中就没有一星半点儿的对荣华富贵的追求？斟云不敢想象，她好歹也是安国侯府的大小姐，居然能重新安于这种贫苦的生活。

下午，斟云顺着密道回到王府，却听到柳梦零的声音从头顶屋檐传来：“哟！月老的红线扯不断哟！我已经听东引村的侍卫们说了，你就不担心她背后给你一刀？"

斟云道："她又不知道我就是云砂王。"

柳梦零问："你觉得她永远都不会知道吗？哪天你哥让画师把你的画像画出来，标个悬赏价码要你的脑袋，满大街张贴，大家还认不出你来？"

斟云不作声，往王府库房的方向走去。柳梦零踏着丝线走在空中，问："你真对那小丫头动心了？那样的女人，满大街都是，真不知道你看上她哪一点。"

柳梦零讨厌魏雪衣，斟云很明显感觉到这一点，她对待雀怜影可完全不是这种态度。柳梦零道："要是用妘妈的话来说，就是你才几岁啊？好好读书！别早恋！"

但是斟云并不明白，柳梦零是把他当小弟弟看待的，觉得身为大姐姐，应该管管他，免得在人生的道路上走错。若是寻常的早恋也就罢了，魏雪衣本来就是异帝打入王府的楔子，这王府哪里容得了她？

斟云道："我没想那么多，谈不上喜欢不喜欢的，她当着那么多人面前给我送饭，我要是拒绝了，她面子往哪里搁？以后还用不用做人？"

库房里的名贵珠宝堆了大半个屋子。斟云想给魏雪衣一件回礼，挑来拣去总觉得不合适，这里的东西都太名贵，不少还打着王府的印记，一旦拿出手，这身份也就暴露了。他抬头看着室外的小花园，干脆用刀削了一段树枝，小心雕刻，制成了一支荆钗，材料虽然分文不值，却精雕细琢，仔细镂空，上面的飞鸟和花草更是极为精细复杂，好像他拿的不是树枝，而是价值连城的玉石。

在云砂城外工作的这几个月里，魏雪衣很努力地攒钱。她从没细想雇佣所的掌柜呼延延为什么那么大方，让她免费吃住在雇佣所，只以为和睡在简易工棚、吃在善堂的那些穷人们一样免费。攒了些钱之后，魏雪衣原本想按照在地广人稀的乡下老家那样，找个空地盖个属于自己的茅草小屋，一问才知道云阳城外方圆数百里，竟然早已被巽帝送给偃师千乘，作为当初雇用他们争夺皇位的报酬。广阔的天地间竟然没有一寸土地是无主之地。

"租金每月五十个铜板。"无奈之下，魏雪衣只能租住乡下一间小小的石砖房，好歹也算是有了自己的小窝。她把这间房间收拾得整整齐齐，简陋的小书桌上整齐叠着她从各处寻觅来的别人不要的带字纸片，想着认真学习些文字，找份更好的工作。

天底下哪有女孩子家读书识字的？以前她总觉得自己这种想法天经地义。她并没有意识到，时代在这不知不觉中已经慢慢发生改变。小村免费居住的草棚里很少有识字的人，毕竟识字的人大多都能找到不错的工作，买了属于自己的房子，再不济也租了个像样的地方居住，很少和大字不识一个的苦力们挤在草棚里。

然而凡事都有例外，雇佣所对面的草棚中就真有个识字的落魄公子，三四十岁了，一事无成。他只要有点钱就借酒浇愁，喝高了就大骂朝廷，大骂王爷，换作是在帝国腹地的中土地区，只怕早已被拉去砍头了，在这边陲的云砂城，大家都只当他是疯子。

魏雪衣常拿着带字的废纸，向他讨教字意，他总是眼珠子一瞪，讥笑道："天底下哪有女孩子家读书识字的？"她照例往破落公子手中塞两个铜板，于是这人就很不情愿地教她识得几个字，边教边骂云砂王："这妖王不死，天下难得太平！"

但是今日，魏雪衣却看见她心爱的阿云出现在村口，他的微笑像扫尽工坊丑陋烟囱冒出浓烟的阳光，让她怦然心动。

"喜欢吗？"斟云把亲手雕琢的荆钗插在魏雪衣的发髻上，很配她那身洗得发白的粗布裙。

"教我识字。"魏雪衣可不懂什么矜持，大庭广众之下牵起斟云的手。她的手很粗糙，他的手却很细嫩。

城外堆满矿渣的小山岗，他们坐在那里，背靠着迎风矗立的孤树，在高大的树冠下习字，每一个字的来龙去脉，斟云都解释得清清楚楚，魏雪衣最多只听进去一半，更多的时候是怔怔地看着斟云的脸，微笑着发呆。

"你的名字，虎妞。"斟云用树枝在沙地上写下她的名字。

"那么你的名字呢？就叫'云'？"魏雪衣托着腮帮子，一脸幸福地问。

"我？还真的就只叫'云'。"斟云觉得还是不便透露他那极其罕见的皇族姓氏。

魏雪衣倒也不觉得奇怪。在这外族杂居的边陲地带，民俗与中土大不相同，有些人根本就没有姓氏。

一队背着剑的行旅骑着马疾驰而过，不知道是不是试图到城里镖局混口饭吃的江湖练家子；一群扶老携幼的贫民从远方赶来云砂城，他们听说这里的王爷大发善心，有粥喝还有工作。

那个落魄公子大白天的又撒酒疯了，在小村中间的空地，对着来往的贫民大声喊："妖王不死！天下难平！你们为什么一贫如洗？以前男耕女织，种田吃饭、织布换钱、家家丰衣足食！如今织布已无法卖出好价钱，家中无法再积攒余财，一有饥寒疾病，只能卖田卖地地求医问药！哪里还能不穷？"

"说得好有道理。"斟云看着那个落魄公子，感叹道。

魏雪衣心头却好像有一片冰水在扩散，让她从热恋中霎时清醒过来，想起了巽帝给她的秘密任务是刺杀云砂王。她却在看到阿云的那一刻起，一见钟情，全然忘了刺杀任务。

云砂妖王身边高手众多，这是九死一生、纵然身死也未必成功的事，魏雪衣顿时对这场爱恋打了退堂鼓，自己刺杀失败不打紧，连累阿云就糟了。

是违抗圣旨放弃刺杀？还是刺杀妖王为民除害？她问斟云："你见过云砂王吗？他真的像传闻中那么坏？"

"我想，比传闻中还要坏吧？"斟云认定自己是个坏人，明知道强力推动工业革命的结果是什么，但还是毫不犹豫地做了。

从这日起，斟云和魏雪衣常常见面，相聚的快乐时光之后，各自又分头忙自己的事情。云阳城的工坊中制造了数不清的以前从未有过的商品，蜡烛、汽灯、如水般清澈的火油，源源不断地销往各地。

魏雪衣学了些字，从最底端的苦力上升为记账员，她看着往来城里城外的武装商队大把大把地掏钱购置货物，钱多得让她心惊，这天下凡是商队所到之处，都被源源不断地吸取着真金白银，富了云砂郡，穷了全天下。

直到那一日，冶铁作坊中有人不慎跌落满池铁水中，顿时火光大作，化为飞灰，尸骨无存，那撕心裂肺的惨叫声似乎能撕裂人的灵魂。

抚恤金非常高，但是再高也换不回一条人命，苦工们包围了整个作坊，却被偃师千乘镇压，魏雪衣再一次动了刺杀云砂王的念头。

"明天，我打算教你《九章算术》，这是很有用的工具书。"斟云似乎对冶铁作坊的灾难并不关心，相聚的时光里，仍想着教魏雪衣读书识字。

"好的，那我们明天见！"夏初的斜阳下，魏雪衣甜甜地挥手告别的笑容烙在斟云心头。然而一转身，魏雪衣的泪水就滑落下来。她已经和城里潜伏的仁人侠士搭上线，今夜就要讨论如何刺杀云砂王，此去凶多吉少。

八、和你一起浪迹天涯

当夜，云阳城里，云来客栈，一群立志为天下除害的侠士歃血为盟，秘密商讨如何动手。为首的侠士小声道："我们在一个山谷里发现了朝廷赐婚的圣旨、嫁衣和画像，云砂王妃只怕真的遭了毒手。我们可以假扮成救下王妃的江湖侠士，护卫王妃进府，再伺机动手！老四，你把王府的地图拿出来！虎妞，你和画像上的云砂王妃有七八分相似，王妃由你来冒充！"

"不是冒充哟！她就是真的王妃！"一个声音突然传来，让大家心头一惊。走漏风声了！

众人纷纷拔刀，大喝："什么人？"火铳声起，群豪顿时死伤过半，这些江湖中颇有名气的高手在全然不会武功的偃师千乘火铳阵前，纷纷倒地。

为首的侠客大喝："暗器伤人！算什么好汉？"

"那好，我们单挑，你们一个个来还是一起上？"一名女子从孤军的火铳阵中走出来，戴着一双白色的齐肘手套，手里一把铮亮如镜的长剑，竟是生平仅见的神兵利刃！他已经不用问女子的尊姓大名，能拿出这等神兵的，只有偃师千乘的柳仙子。

真是没见过世面的土包子！柳梦零很烦别人贪婪地盯着她的剑。这不过是一把钛钨钢长剑，她讨厌生锈，又懒得经常擦拭，所以镀了镜子般明亮的铬合金防锈层。但是和这时代最常见的做工简陋的碳钢长剑相比，算是举世无双的神兵。

很多人都是第一次看见柳仙子出手，寒芒如虹，那些江湖侠士纵横江湖多年，举剑格挡，满以为招架住了她的剑锋，却不料被她连剑劈成两半！几招过后，只剩为首的侠客还站着。柳梦零看了一眼手中的剑，防锈涂层被划出几道很浅的伤痕，就像漂亮的跑车被刮伤般，让她无法忍受，于是手一松，把这柄神兵利刃丢掉不要了，反正她的兵器多的是。

最后的侠客持剑刺出，柳梦零侧身避过，一拳正中鼻梁。侠客倒下，柳梦零道："我空手也比你强啊！"

魏雪衣缩在角落瑟瑟发抖，同为练家子，她很清楚，自己的武功在柳梦零面前就像三岁小孩般无力。柳梦零蹲在魏雪衣面前，拭去她的眼泪："我说王妃殿下，你这功夫连三脚猫都不如，哪来这么大的胆子刺杀王爷？我放你走，你还死缠烂打了是不是？"

魏雪衣眼睁睁地看着同伴们被随后赶来的衙役们押走，柳梦零唯独放过了她。魏雪衣终究是个烫手山芋，她的兄长是安国侯魏铁衣，杀不得，要是押回衙门一审，她这正牌王妃身份必定让冯县令难以处理，不如放走，让她自生自灭。

柳梦零走了，魏雪衣孤独地缩在角落里，想逃，却双腿发软，动弹不得。她听见云阳孤军走下楼梯，听到典史带着衙役在客栈门外的呼喝声，却唯独听不到柳梦零的脚步声。偃师千乘的柳仙子不走寻常路，如仙女般足不沾地，踩着看不见的细丝翩然飘走，那深不可测的武功让人畏惧。

客栈门口又传来争执声，似乎是柳梦零又与谁发生了争吵。是谁，有那么大的胆子，敢顶撞柳仙子？魏雪衣不敢去看，只敢缩在客人早已逃光的客栈里发抖。

斟云赶来了。客栈门外，斟云仍是寻常的平民打扮，他极不喜欢锦绣华丽的王爷蟒袍，手中一把乌黑长剑，透着隐隐杀气。赵龙带着府兵，梁六带着偃师千乘的佣兵，还有曹公公高薪聘请的江湖高手，围住了整个街道，街上行人早已四散而逃。冯县令、典史、县丞等衙内诸位官吏都心惊胆战地看着这王府内讧的剑拔弩张。个个都是惹不起的主儿，哪里有他小小的冯县令说话的余地？

"你知道他们在做什么吗？如果他们要杀的是别人，我才不会管！"柳梦零指着客栈二楼，大声对斟云说道。

斟云默不作声，慢慢捏起剑诀，手中黑剑指着柳梦零。

这孩子，只怕是真的喜欢乡下丫头魏雪衣，柳梦零多次告诫过他好好学习别早恋，他根本听不进去！

斟云出招，速度快如闪电！柳梦零空手入白刃，同样是唯快不破的武功，那眼花缭乱的招式看呆了周围的江湖好手。斟云看准破绽，长剑直刺，柳梦零伸手抓住剑刃，大声吼："我是你表姐！我会害你不成？"

周围的王府侠客们都惊呆了，他们知道斟云的黑剑异常锋利，吹毛断发，柳梦零却能牢牢抓住剑刃，毫发无伤！他们不知道，她的手套是用凯夫拉纤维织成，刀剑无法刺穿，只以为她武功已达刀枪不入的化境！

表姐？这个表姐专杀表亲！斟云记得去年皇宫大殿上，柳梦零的飞火铳刀击毙十三皇兄，那殷红的鲜血流淌在殿前云龙浮雕的丹陛石上，宛若龙的血泪。

亲情，是柳梦零美好而短暂的童年里最珍贵的回忆。记得就在这大街上，父亲曾经带她走在街头，看着百废待兴的云阳城逐步繁华起来，诉说着让百姓安居乐业的成就感：封侯非我意，但愿海波平。

那时的她，万千宠爱在一身，父亲带她到宫中面见舅舅，舅舅和表哥们对她都极为疼爱，尤其是十三表哥，带她到皇家猎场骑马狩猎，那策马奔腾的春风扑面而来。她以为这种快乐的日子会永远持续下去，却未曾想到，有一日会血流成河。十三表哥带了舅舅的圣旨，要诛杀云阳王府满门上下。娘亲是帝尊最小的妹妹，也被迫自缢。转眼间全府上下只剩她一人。

柳梦零慢慢松开剑锋。她的亲人已经不多了，直系亲属全部死绝，表亲也寥寥无几，斟云是她见过的亲人当中年龄最小的，寄托着她对亲情的那点儿念想。

斟云握着剑，红着眼睛看着柳梦零，他和魏雪衣之间隔了一个柳梦零。

"还不愿意乖乖回家吗？我要动真格了。"柳梦零慢慢脱下手套，露出纤细的手指上雕刻着蜘蛛浮雕的十枚戒指。这天底下，没有人能敌得过她戒指中的天蛛丝，据说昔日谪仙子孤身迎战三十万大军，趁手兵器就是这鬼神莫测的天蛛丝。

"后退……大家快后退！"梁六脸色大变，他人过中年，亲眼见过当年谪仙子动用天蛛丝时毁天灭地的威力！

丝线极细，人眼难以分辨，异常锋利，穿金裂石，速度又极快，哪里是人类可以招架？天蛛丝如同雷霆风暴，环绕柳梦零全身，半个街道的亭台楼阁在细线的切削下坍塌，大块的石头、大段的木梁，断口整齐犹胜刀割。

斟云不知道自己是怎样闯过这方圆七八丈之巨的丝线绞魂阵的，这无敌的阵法攻守一体、挡者披靡，他只知道持剑护在身前，拼命挥砍着向前冲。丝线绞魂阵根本没有破解之法，能不能闯出去，纯粹看运气。

客栈塌了，里面传来魏雪衣的尖叫声！巨大的梁柱直压下来，她只知道尖叫，只见斟云突然出现，单手撑起眼看就要落在她头上的砖瓦，抱起她，夺路而逃。

柳梦零是何等可怕的人物？魏雪衣不敢相信，阿云竟然冒着生命危险来救她！

斟云逃了，柳梦零大声下令："云阳孤军！关闭城门！"负责传令的士兵正要骑马前往城门下令，却被斟云踢下军马。斟云抢了马匹，一手持剑，一手抱着魏雪衣，一路杀了出去！

今日不巧有一支颇为重要的大商队返城，深夜的城门只是半闭，让马车勉强可以通行，斟云驾马飞跃马车，在守城士兵们的惊呼声中消失在城门外。

士兵们这才手忙脚乱关闭城门，反而把柳梦零关在城里。她抬头看着高高的城墙，手中天蛛丝射出，钉紧城楼，飞身跃上，却早已无法找到斟云的行踪。

"妈呀，这几个小祖宗是想要老奴的命啊！一个比一个能折腾。"三更半夜的，曹公公那不男不女的声音哭起来让人鸡皮疙瘩都起来了。斟云是他看着长大的孩子，一直都很安分守己，怎么说跑就跑了呢？

云砂王府，王爷跑了，老宦官曹公公急得像热锅上的蚂蚁团团转，不停地下令府内众人绝不可对外透露半点消息，一定要假装王爷还在府内深居简出不理世事，不能让外头觉察出任何异状。

梁六禀报道："柳仙子已经去追了。"

那个柳梦零也是个闯祸精！曹公公不敢当着偃师千乘的面骂柳梦零，但是心底恨死她了！斟云都是被她带坏的！

迷梦园的听香阁前，赵龙向雀怜影禀报了今夜发生的事，雀怜影思考半晌，下了几个命令，让赵龙执行，把人心给暂时稳下来了。

柳梦零闯祸，那是迟早的事。早在十几年前小小年纪时，她就被父母宠坏了。哪怕是到了皇宫面见帝尊，也是照样敢仗人内上房揭瓦的主儿。若是普通人，到了礼教森严的皇宫大内，谁又敢到荒院中找那两名自生自灭的失宠小皇子玩耍呢？

到了偃师千乘，两位首领余魔尊和谪仙子更是把柳梦零宠上天去，真的把她带到天上世界去了。

雀怜影看着桌上柳梦零留下的叫作"视频"的东西，那是雀怜影无法想象的世界：楼宇高耸入云，道路洁净无尘，无须牛马牵拉的大车在路上疾驰，巨大的飞船穿梭在城市之巅，那是……传说中的上古先民的飞天巨船？记得第一眼看到这视频时，雀怜影不敢相信，原来那些古老的传说都是真的。

视频是上个月，柳梦零返回星舰联盟参加大学预备学历测试时拍摄的。视频中的她，穿着一身清凉的 T 恤和短运动裤，长发很随意地扎在脑后。她那身衣裳露胳膊露大腿的，雀怜影就算在青楼时，也不曾见过哪个女子敢做这么暴露的打扮。

柳梦零对着镜头说："明姐姐，你现在相信天外有天了吧？我现在站在新郓市的摩天大楼上，让你看看这城市风光。星舰联盟有落后星球扶持助学政策，虽说名额有限，但是我觉得合适的话，你也可以考一考嘛！我觉得我们总需要努力一把，好好改变周围落后的面貌。"

星舰联盟——昔日地球联邦解体后，散落宇宙的千百个地球人后裔文明中最强大的一支。很多地球人后裔的世界在联邦解体后迅速衰落、科技倒退，退化到农耕时代甚至更古老的石器时代，或者干脆活不下去全部死绝的，都不在少数。

柳梦零拍摄了很多视频，有大街上，有飞船里，也有会议上。会议室的画面里，柳梦零第一次看到偃师千乘的余魔尊。他为了能给落后世界多争取一些入学名额，指着一个年龄相仿的男人破口大骂："我老实告诉你！杨牧亦，要不是为了那些孩子的未来，我才不会回来求你们！你们现在是已探明宇宙范围内的顶级霸主了啊！你们回头看看，留在银河系故乡的那些地球人后裔殖民星都破败成了什么样子？刀耕火种！食不果腹！平均寿命不到四十岁！你摸摸自己的良心，你还是不是地球人？"

那个叫作杨牧亦的男人，坐在皮椅上说："很好，钱是小事。虽说星舰联盟的经济危机还没结束，但是这点做慈善的钱还是拿得出来的。关键是：你愿意为了启动工业革命，死多少人？别给我高谈阔论、慷慨陈词，死的又不是你。"

"小妞，水平退步了啊！才三招你就败了。"一个被柳梦零称为弓阿姨的女子轻松打败了偃师千乘最强大的谪仙子。

没事的时候，雀怜影就看看这些视频，深感天外有天。在这世界呼风唤雨、天下无敌的偃师千乘，在天上的世界竟然什么都不是。

传达完雀怜影的命令，赵龙回到王府待命。整个云阳城，甚至整个云砂郡，以云砂王府为最高指挥中枢，像一台大机器般有条不紊地运行着，各地的工坊、商号，命令之下井然有序。绝不能因为王爷失踪，让这台大机器的运行出问题，赵龙心想着。

赵龙坐在听香阁前，背后是彻夜通明的灯光。光源来自阁内夜明珠般的神秘球体，电力、人造光源，这种偃师千乘的顶级机关术，在他这种寻常人看来，宛如神迹。

"赵头领，不回去歇息吗？"雀怜影身边的小丫头杨月绮走过来，问他。

赵龙道："出了这样的事，哪里还能睡得安稳？不如在这里候着，看看崔姑娘还有什么指示。"

云砂王府是非常怪异的。小王爷万事不管，只沉迷于机关术；王府总管曹公公老迈，识字不多，管束一下佣仆尚可，真要让他主事，仅仅是每日送过来的无数账本，就能让他彻底抓瞎；柳梦零高来高去，潇洒快意，虽有才华，却不是管事的性子；那个至今进不了门的王妃，听说是个大字不识一个的村姑，凭着兄长立下战功、封了侯爵，才变成侯府千金，真要请她进来管事，只怕这王府会被她弄垮。

杨月绮看了一眼窗台的灯光，小声道："她姓明，只是不喜欢别人提起这姓氏。"

青楼女子大多不用真名。按照传统，女子名讳是只有嫁人之后，才能让夫君知晓，身份越高的女子越是如此。沦落青楼则隐去真名，算是这些可怜女子的最后一丝矜持。

赵龙小声问："是当年凤城侯明家的人？"

杨月绮轻轻点头："她是凤城侯明大人的孙女，你可不要对别人提起啊！"

赵龙点头，心想难怪她一派大家闺秀的气质，经杨月绮这么一说，所有的疑问都豁然开朗。

昔日开国重臣当中，凤城侯明大人最为年长，云阳侯柳将军最为年少，两人差了一个辈分，却是忘年之交。云阳侯被族诛时，凤城侯府也难免受牵连，两家一损俱损，均遭覆灭。

一日、二日、三日……小王爷杳无音信，就连柳梦零也不知所踪，云砂王府仍然运转如常。王府下属工坊、商队，均正常运作，各地主管头领一如既往地向王府汇报，赵龙需要做的就是把下面传来的消息转报雀怜影。

雀怜影很少出门，最多不过是在花园里静静地刺绣，任由侍女小厮们在繁盛的草木间穿花扑蝶。她是个没主见的人，小王爷交代过要做什么事情，她就照做，从来不问缘由，也不争论；但是她同时又是很有主意的人，小王爷只要给她一个方向，她就能安排得井井有条，让旗下各产业有条不紊地运转，从来不用别人多费心。

有时候赵龙觉得，同一个人，怎么会集两种如此极端的性格于一身？也许这就是大家闺秀的修养，一种自幼培养起的最理想的当家主母的风姿——对上温驯顺从，对下管理有方，外加举止得体，蔚蔚然的林下之风，让人折服。

　　和王府内很多人一样，赵龙起初很排斥雀怜影的青楼女子出身，但是接触久了，才慢慢发觉，这王府缺了谁都行，唯独不能缺了雀怜影。这个在王府中低调得如同空气，但是又像空气般不可缺少的女子。

　　王府前厅，赵龙接待了几名商队头领，头领们哭诉生意难做。帝都那头，巽帝为大量金银流往塞外而勃然大怒，以雷霆手段抄了帝都富商们的家，不少富商冒着生命危险行走商路赚到的钱，一夜之间化为乌有。

　　赵龙让他们稍候片刻，请来雀怜影，共同商讨对策。雀怜影摊开地图，图上标了各大商家的商贸路线，密密麻麻的，绝大部分都指向帝都方向。雀怜影道："三十多年前，帝尊定鼎天下，修建了规模宏大的都城，下令徙天下富户入都，天下财富汇集都城，要做生意，自然是前往富豪云集的帝都最为划算。但如今，巽帝急需钱财组建新军，自然是采取了非常手段。他不让我们在帝都做生意，咱们干脆就遂了他的愿，把商队改为前往周边郡县，价格不变，商品种类稍作调整……"

　　这是柳梦零定下的大方向，雀怜影思考制定出的具体策略。过了些时日，帝都窘境初显，组建新军所需的先进火器竟然断了原料。优质的镔铁砂、致密的火药粉、寻常作坊无法炼制的铳管，竟然全都断了货！原本以为抄了富商的钱财，足够招兵买马组建新军，却不曾想到，如今竟然千金难买原材料！

永远不要与偃师千乘合作！你这是与虎谋皮！父皇的警告犹在耳边。退朝后，巽帝孤独地坐在皇位上，看着金銮殿高高的斗拱，如今才知道，偃师千乘的手段比他高明得多。

巽帝看着殿上手臂粗细的蜡烛，那是从昨日早朝议事到深夜所点的蜡烛。偃师千乘的商品，价格公道、童叟无欺，仅仅是这些不起眼的蜡烛就是用长久以来数量稀少的石蜡做成，而非传统的牛油蜡烛，价格低廉，也更明亮，从达官贵人到寻常百姓都喜欢购买。哪怕是下旨抄了帝都的商号之后，仍有不少人托亲朋好友从管理不严的其他郡县代为购买，实在是查禁不绝。

类似的商品还有很多。诸如薄如细纱的麻布，同样的一斤苎麻，在云砂郡织出来的细布比传统粗布多四五倍，重量却是粗布的几分之一，比粗布还便宜，连农夫都可以轻易买得起，中土传统织机织不出来，传统粗布几无销路；又如云砂郡的夹棉厚布，保暖程度近乎名贵的貂皮狐裘，价格却只是粗布的两三倍，远胜于寻常百姓过去冬日御寒的夹絮麻衣。物美价廉，又事关御寒取暖，避免被冻死，自然是无法禁绝。

查禁、查禁、查禁！文臣们的提议就只有查禁，个个都把话说得冠冕堂皇，让缇骑暗中一查，却个个家里都有偃师千乘的商品。

要知道，连宫中都拦不住这偃师千乘的商品啊！尽管大多是并不贵的小物件，但是架不住销量奇大，白花花的银子仍然流水一般流向塞外。

武将们的思维倒是简单直接，上来就主张开战，要铲除偃师千乘的妖人，一劳永逸地解决后患。但是说得倒简单，那些武将大多没见识过偃师千乘的厉害，长期习惯于弓马作战，对自己不熟悉的新事物极为排斥，将飞火铳刀、飞楼痛斥为毫无用处的奇技淫巧。

想到这里，巽帝不由得叹气，要知道和偃师千乘交过手的武将从来就没有几个能活着回来讲述机关妖术的厉害；没见过偃师千乘的武将们，为了维护武将群体的利益，往往贬低战死于偃师千乘面前的武将的能力，将失败归咎于战死武将的无能。这满朝文武，真正站在偃师千乘面前，见过飞楼天下无敌的威力的恐就只有巽帝自己。

记得那时候，巽帝看着高高的飞楼集结成阵向前推进，好像一道迅速推进的镔铁巨墙，上达九霄、下抵九泉，左右均宽达千万丈，无法逃避、无法逾越，只能等待着被碾压成碎片的命运。

既然无法阻挡，那么，就只能换个法子。

想到这里，巽帝道："燕追，去把那些和偃师千乘勾结的大商家给放了，仍然让他们照样营业，抄家改为课以重税。"

燕追问道："多重为宜？"

巽帝寻思片刻，道："朕也不知多重为宜，不如，你派一些精通商贸的得力干将，隐去身份，也组建商队，去走这商路。自古士农工商，商为末流，三教九流，工匠也是下九流，偃师千乘能靠着这两者发家，壮大到今日足以撼动天下的地步，朕也不妨试试。"

巽帝只知道要见招拆招，只以为一切都是弟弟斟云所谋划，却不知道与他过招的，正是多年不见的童年玩伴明姐姐。

朝廷仍然不知魏雪衣的下落，更不知云砂王斟云已经失踪。

九、窗边故梦，难追忆

一个多月过去了，小王爷仍然下落不明，王府内仍然歌舞升平，王府外的寻常百姓仍然以为小王爷在奢华的王府中醉生梦死。在粉饰太平这件事上，老宦官曹公公有一手。

府中诸事，日常琐碎，照例是曹公公打理。至于大事，以前总是雀怜影与柳梦零商议，如今面对中土异军突起的"皇商"，却只有雀怜影一人苦思对策。窗外传来女子喧闹声，雀怜影以为是柳梦零回来了，开窗后却看见是外头花园的侍女们在玩蹴鞠，那是柳梦零教她们的游戏。

柳梦零仍然没有回来，只是偶有飞鸽传书报平安，雀怜影无法想象一个女孩子家在这兵荒马乱的世界独闯天涯的霸气。在雀怜影心里，只有这隔绝了外部世界的深深王府，雕花木窗内的小小闺阁，才是天地之间最安全的地方。

如果柳梦零回来，她喜爱去的地方就是雀怜影闺房窗外的屋檐，她们是好友，柳梦零却从不主动见面，永远隔着一层窗户纸，除非雀怜影主动开窗见她。雀怜影知道她心里有疙瘩。雀怜影窗前抚古琴，柳梦零却爱哼着塞外胡人的歌谣。

雀怜影的童年，一岁蹒跚学步，二岁牙牙学语，三岁学着娘亲的一举一动——要坐时端庄、站时亭立、笑不露齿、举止大方，只要稍微顽皮逾矩，就是戒尺一顿狠抽；待到四岁时，读书识字，抄写《女经》《女训》，在尚未懂事时，就知道活在世上的意义是在家从父、出嫁从夫，然后侍奉公婆、相夫教子；五岁研习琴棋书画，只是因为听娘亲说，女子若无才情，难以留住丈夫的心；六岁开始接触家业，只因娘亲说女子终有一日媳妇熬成婆，男主外、女主内，将来从大家闺秀熬成另一个大家的主母时要撑得起偌大的家业。

那时的她只感迷茫，世界对她而言，只是深深的侯府里小小的闺房，以及后院高高的四面围墙围起的深井般的院落。高墙外的一切全为未知。

第一次离家，是九岁那年，随爹入宫面见帝尊。那时四海升平，帝尊六十大寿，在帝王中也属高寿，天下王侯俱入宫庆贺，大宴群臣长达七日。山遥侯世子、天城侯贵女、南陆侯嫡孙……那时的她，第一次见到如此之多的同龄玩伴，个个都谨遵礼教，恭谦有礼，唯独云阳郡主例外。七岁的小郡主活泼调皮，是个敢在皇宫上房揭瓦的主儿，已经成年的十三皇子是小郡主的亲表兄，带她到围场狩猎，她小小年纪，面对高头大马，全然不惧。那时，她才知道，原来天底下也有不守森严礼教规矩的女子。

"可惜是女儿身，否则当像你爹那般驰骋沙场！这等气势，只怕连朕这帝都高墙都可以攻破！"那时，帝尊抚须大笑道，不知将来一语成谶。

短暂的相聚打开的一线窗，云阳郡主活泼的笑容像投进她日复一日严格死板生活中的一缕阳光，让她惊艳。

离别后，她又回到长宽不足两丈的闺房，接受娘亲忧心忡忡的教诲："不可学云阳郡主，郡主是四柱国之一的云阳侯嫡出，郡主娘舅是帝尊，自可锦衣玉食、不受约束，将来夫家大概也不敢管束她。你娘非正室，你非嫡出，虽说此时受宠，但是嫡庶身份不可同日而语。将来你的夫家也不会是与祖父大人同级的公侯，只能是低得多的乡侯。你要知道自己的处境。"

九岁，外人眼中锦衣玉食的侯府千金、外人所不知的如履薄冰，所有的一切都在这一年戛然而止。不知是谁参了一本，说是云阳侯勾结偃师千乘妖人，十三皇子亲自带兵诛杀云阳侯全府上下，侯爷战死、公主自尽，小郡主下落不明；紧接着是太子斟长生攻打璩国时被偃师千乘报复，全军覆没，太子阵亡；然后帝尊疯了，诛杀一切与云阳侯交好的大臣，四柱国、八贤臣俱灭。

作为八贤臣之一的凤城侯府难逃灭顶之灾，全府男丁或被处死，或被流放，或被充军；女眷贬为官妓，流落风尘。十岁、十一岁、十二岁……姨娘、姑母、诸婶不堪受辱，短短的几年里都香消玉殒；因为有她在，娘亲苦熬了过来，倚栏卖笑，在夜深人静时仍然坚持教她作为一个当家主母要学习的一切知识，未来已经无望，娘亲只是在无客人时，假装那小小的方寸闺房仍然平静，用羸弱的双臂，试图为她创造一个生活仍然美好的假象。

这种保护是徒劳的，十四岁那年，娘亲病逝，娘亲生前教她恭顺驯从，却不敢教她从一而终、坚贞守节，怕她在这种地方活不下来。十四岁，放在寻常人家，只怕已经开始谈婚说嫁，而她，却只能踏上娘亲那条路。姣好的相貌、琴棋书画无一不精、自幼养成的大家闺秀风范，她一登场，就成了令人惊艳的花魁。至于当家主母的能力，那是无人感兴趣的。她从来不笑，风尘中的浪荡公子们趋之若鹜，却千金难买美人一笑。

然后是诸皇子之乱，繁华都市城郭破、教坊残、女闾碎，莺莺燕燕各自纷飞逃生。她不知道寻常人家如何逃避兵灾，只知道随着老鸨辗转各座城市逃亡，有时候是她跟着别人逃，有时候是被卖往异国他乡。但是对她而言，都无太大区别。

居无定所，如残叶在风中漂泊，辗转中她换了好几个假名：卿小怜、水玉儿、莫君忆。直到十五岁那年，她被塞外经营风月场所的巨富金万钧买下，改名雀怜影，连同几十名同样可怜的女子，带往塞外天堑关营生，她才过上两年安稳日子。

就在她以为这一生就在风尘里度过的时候，偃师千乘高高在上的首领余魔尊酒后狎妓，打翻了另一名首领谪仙子的醋坛子，派人砸场子。以偃师千乘向来行事乖张的脾气，只怕要不留活口。谁知那一天她却看见多年不见的熟人，昔日的云阳侯府小郡主，今日的偃师千乘柳仙子。

砸了这里，逼娼为良。柳梦零是这样想的。

砸了这里，我何处安身？我不是你，一身武功、高来高去，无论何处都能生存。

罢了，都是一群无家可归的可怜人。柳梦零收剑，放过她，也放过了金万钧，带着一肚子的怒火离开，盘算着去砸这一切悲剧的始作俑者的场子——帝尊的帝都。

雀怜影原本以为，这次偶遇过后，以后不会再见面。却不曾想到，她又被金万钧带到云砂城，开了家更大的妓院，然后遇上已经成为云砂王的斟云。小孩子不讲理，见了一次面，就常邀请她到王府，全然不顾外头的非议，强留她在府中，是再也走不掉了。

柳梦零的养父余魔尊与生父云阳侯是莫逆之交，面对雀怜影，她心中总有些疙瘩。她们多半时候是隔着窗交谈，却从不敢讨论悲剧的起源。

中土百姓皆说，昔日云阳侯镇守边疆，原本是为了防范以偃师千乘为首的、不服王化的狂徒和蛮族邪寇入侵。云阳侯竟然与偃师千乘的妖人们来往，才有后来的灭门惨祸。然而到了塞外，雀怜影亲眼见过偃师千乘的水力机关是如何抽取地下暗河，让寸草不生的荒原变成万顷良田，让食不果腹的穷人变得丰衣足食。也让雀怜影重新思考：昔日云阳侯的做法，究竟是对是错？

雀怜影不是柳梦零，她不擅长思考大问题，只擅长按照别人给她定的方向制订具体措施。午后的王府蝉鸣声声，庭院流水潺潺，雀怜影独奏古琴，自娱自乐，却缺了玉笛和鸣，亭中玉笛是柳梦零的物件，佳人失踪一月有余，让人思念。

女训女德、三纲五常、闺阁举止，雀怜影原本以为柳梦零不懂，后来才知道她是不屑。雀怜影懂的，柳梦零都懂。雀怜影见过她一身华服，施施而行；也见过她光着脚丫，蹦来跳去。她的自由从容，让人羡慕。

"明姑娘，柳仙子来信。"赵龙将飞鸽传书双手奉上。以柳梦零的身手，竟然还没把小王爷追回来，也倒是奇事一桩。

雀怜影道："想必是有什么事让梦零分了心，没有全力追王爷。"

赵龙道："我想也是。"柳梦零做事不像雀怜影那般专注，容易节外生枝。

雀怜影对赵龙交代几句，赵龙领命离去。

柳梦零被困住了。困住她的不是武林高手，也不是朝廷大军，而是凤花郡手无寸铁的贫穷百姓。离开云砂郡，穿过天岭郡，踏入凤花郡境内，只有荒芜的旧村、寥寥的炊烟、衣不蔽体的贫民。

凤花郡穷，村庄多建于贫瘠的半山腰，筑有山墙围村，算是防御土匪，然而他们自己没饭吃时也当土匪，原本就是民匪一体。只是这几年，商队多了，有些武装商队不好打劫，逼着这些人在山寨外开店，做些小本生意，养家糊口。这一带的小店，要是商队无力自保，它就是杀人越货的黑店；要是商队武装强悍，它就是老实巴交的山村小店。

柳梦零进店时，店中客商纷纷侧目：如此世道，竟然有女子敢独行？她摘下防尘的面纱，把剑放在桌上，众人皆惊，剑鞘上是偃师千乘的图腾！来者是名震天下的柳仙子！于是黑店变成规矩的小店，商队老大纷纷们礼问好。

斟云逃不远的，柳梦零非常信任偃师千乘的情报网。于是她决定小住一夜，次日再追赶。

半夜，客栈后院传来哭声，吵得柳梦零心烦，她披上衣裳，走到后院，只见一个女人抱着奄奄一息的孩子痛哭。女人是村长的儿媳，孩子是村长的孙子，一家三代单传，唯一的孩子得了怪病，不停咯血，找了不知多少大夫，都治不好，眼看这一根独苗就要断了，哪能不哭？

"拿去，一日三次，每次三片，别吵我睡觉。"柳梦零丢了一个小药瓶给妇人，她知道这是肺吸虫病，凤花郡常见的疾病。这时代的青山绿水固然美，然而科技落后，缺乏水源净化技术，山中水源常有寄生虫。所以她只要外出，必定随身携带抗虫药。

柳梦零喜欢睡懒觉，一觉睡到次日中午，走出房门，却看见村长全家跪倒在地，一问才知昨日服药之后，小孙子的病情已经好转。然而麻烦的是，周边各村寨已经得知此事，村民们扶老携幼，凡是有疑难杂症的，都在往客栈的方向赶。

柳梦零策马离开，既是追赶斟云，也是躲避村民，她不愿看到那些贫病交加的穷苦人。很多在科技先进的时代不值一提的疾病，在这时代都是无药可治的绝症，柳梦零不愿悬壶济世，她知道自己救不了所有的病人。

"妦妈，这些疾病，从什么时候开始，才变得有药可治了呢？"小时候，柳梦零看着谪仙子给偶遇的穷人治病，曾经问过这样的问题。

谪仙子告诉当时年幼的柳梦零：工业革命之后，随着科技的进步、医学的发展，一些原本无药可治的疾病开始慢慢研究出了治愈方法，但是这离包治百病还很遥远。人类能治愈绝大部分疾病，已经是工业革命发生之后，再过一千年后的太空时代了。

行踪暴露了，无论去到哪里，都是求仙问药的病人，柳梦零发现自己被困住了，被数不清的穷苦病人团团围住，难以再追赶斟云。她有点儿明白养父余魔尊那不近人情的邪性了："想找我家小妦求仙问药？可以！你拿十条人命来抵，我家小妦就救活他！"

不是余魔尊不愿当好人，只是他无法拯救全天下的病人，只好开个高得让人无法接受的价码，吓退众人。

"柳梦零呼叫'渺云千仞雪号'，空投一吨青霉素下来。"柳梦零做不到余魔尊那样的铁石心肠，只能救多少算多少。而此时，斟云和魏雪衣已经越逃越远。

我们，要逃到哪里？

帝都的家虽大，但是嫁出去的女儿泼出去的水，已经是回不去了。魏雪衣并未忘记自己是王妃，进不了王府，杀不了王爷，她拿什么向巽帝交代？若是真如传闻中那样，王妃下落不明、凶多吉少，巽帝倒也治不了魏家的罪；若是贸然回到帝都家中，难免牵连全家。

帝都的家，那不叫家，皇宫高墙富丽堂皇，里面多少不堪？斟云觉得这一生中，与魏雪衣在一起的日子是最快乐的，他已经无法接受那身份高贵的冷清生活了。

隶天郡边缘，过了郡界就是帝都的范围，魏雪衣看着商队前往帝都，问斟云："阿云，我们该去哪儿？"

斟云道："去找下一份护镖的工作。"

隶天郡有一处江湖人士的落脚处，叫归石山庄，庄主是当地江湖名人，黑白两道都要给他几分面子，往来商队都在他这里歇息，拜码头缴贡礼，他也代为打点通气，至少确保商队在隶天郡境内的安全。不少江湖游侠也在这里接一些护镖工作，讨口饭吃。

这种特立独行的江湖山庄，放在和平年代，必定是朝廷清剿的对象，但是如今竟然能大张旗鼓地生存。斟云心头对皇兄巽帝控制天下的能力不由得产生几分担心。

偃师千乘的商队来了，这是唯一不用缴纳贡礼的商队，庞大的规模、精良的兵器，让人侧目。庄主自己也与偃师千乘有良好的合作关系，商队老大带来了庄主想要的琉璃茶壶、水晶夜光杯，这是庄主贿赂当地官员的重礼。价值连城的夜光杯一现世，周围江湖豪客即纷纷围上前去，只有斟云不为所动，独自在庭院练剑。

送别商队，庄主请斟云用茶："小兄弟不是凡人哪！和去年率领飞楼暂住敝庄的柳仙子一样，什么奇珍异宝都不入法眼。"

斟云已经换上一身书生青衣，不再做工匠打扮以掩人耳目，说道："奇珍异宝，只因数量稀少，世人以为奇，才价值连城；然而饥不能食、寒不能穿，又有何用？"

庄主也不追问，他是老江湖，知道有些人的身份细问不得，只是拿出一份商队清单，给斟云看。这是一种优待，庄里的顶尖高手，总是有这样的礼遇。斟云看到了几支特别的商队，皱眉问："皇商？"

庄主道："帝都大量真金白银被商队赚走，那年轻的皇帝禁也不是，不禁也不是，干脆自己也组建商队，试图把钱赚回来。这事儿让满朝文武哗然，纷纷反对。但是年轻人就那么大胆，皇帝的商队还是组建起来了，只是不太顺利。"

斟云问："如何不顺利？"

庄主笑道："皇商嘛！以为皇帝老儿的威名天下第一，旗号一打，无人敢动。谁知离了帝都周围的郡县，到了盗贼横生的边疆郡县，那些字都不识的山贼哪里管你皇商不皇商，照样打劫。起初皇商还能靠着麾下好手武艺高强，保得安全，但是这商路越走越远，没完没了的罗圈架，多厉害的高手都耗死，商队最终还是被劫了。"

庄主停顿，以茶润喉，又说道："朝廷中人向来不把江湖规矩放在眼里，但是经过几次损失惨重的被劫，他们不得不低头，按规矩雇用江湖好手、送贺礼、拜码头。"

斟云看到明日将有一支皇商过来，前往璩国。云砂郡在帝国版图的西北塞外，而璩国在帝国之外的南方。那是娘亲的故乡，斟云想去看看。

庄主告辞，夜色渐深，斟云仍在练剑，心头想的却是别的事情。若不是这次与虎妞私奔，他对自古以来"皇权不出县城"的窘境不会有多深的体会。在帝都时他不曾见过外面的世界，在云砂郡时，郡里的世界又和别处不一样。云砂郡安全得多，虽是边关，却流寇极少，尽管听老人说以前云砂郡也和别处一样流寇丛生。

记得以前与柳梦零聊起这事，柳梦零只是说道："要是人人安居乐业，天底下哪会有那么多土匪呀？真以为别人出娘胎就是坏人，非要提着自家脑袋，去做打家劫舍的勾当？让百姓安居乐业，辅以强大军力维持秩序，则匪患自绝。"

但是，难就难在"安居乐业"四个字上。很多时候，斟云并不愿深入思考这个问题，毕竟这是皇兄的职责，不是他一个工爷有资格考虑的。除非他想谋反。

次日清晨，皇商到来，马车队伍带了各色商品，学着民间商队那样互通有无、赚取差价，在这里招收江湖豪客充当保镖。商队老大姓沈，是六扇门的退休捕头，也算半个江湖人物。虽说捕头在朝廷中只是连官都不算的微末小吏，但是与官府沾上边，也让他在江湖人物面前把架子摆得高高的。

"老子要挑武功最高的。"沈老大开口了，皇商薪酬向来丰厚，自然吸引到不少江湖人士，摆开架势，或是打一套拳、舞一套剑，展示身手，或是两三人对打过招，拿出看家本领售与帝王家。

魏雪衣出手了，一套剑法，是不登大雅之堂的乡下庄稼把式，一出手就惹得江湖好手们耻笑。她气恼不过，叫了几名好手下场单挑，一交手众人才发觉竟然不是这么回事，招式虽简陋，威力却不小，一招一式毫无浮夸，却简单实用。

"这女子的武功介于二流和三流之间，可用可不用。"沈老大身边的江湖高手小声说道。

轮到斟云出场了，斟云持剑站立，道："让我凭空演示一套剑法，我不会，我只知道怎样打败对手。"

沈老大撇了撇嘴，身边一名顶尖高手跃下场，手持齐眉铁棍："小兄弟好大的口气！我来讨教讨教！"说罢铁棍横扫！

一招，仅仅一招，那人心口出现一个破洞，斟云长剑刺穿衣裳，却不伤皮肉，明眼人都看得出是手下留情了。那人一愣，他闯荡江湖成名多年，哪有过一出手就被后生晚辈打败？他恼羞成怒，连连进攻，却招招落败，围观的江湖人士纷纷喝倒彩：比试武艺理应点到为止，哪有这样一败涂地还纠缠不休的？那人衣角、裤子纷纷出现破洞，直至臀部一凉，裤子掉了下来，才知道裤腰带已被斟云削断。

全场鸦雀无声，这俊俏的年轻书生竟然武功奇高，却又全然看不出师承来历，他的剑法根本不能称为剑法，无招无式，只是看准对手破绽就直刺过去，却又非常厉害，根本无法招架。

这就是顶尖高手吗？斟云有点失望，与曹公公高薪聘请的那些江湖好手并没有多大区别，与梦零姐更是云泥之别。家中演武场随手乱丢的武功秘籍中记载的剑法，他一招都还没用上。

"武功是有上限的，它无法超越人的体能极限。"在家中习武时，柳梦零提起过这事。

那时，斟云问："如果双方都修炼到极致，谁会赢？"

那时，柳梦零道："那就和体育竞技类似啦！拼先天禀赋，拼后天训练，以微弱差距分胜负。"

斟云入选沈老大的护镖队伍，沈老大原本不想收留武功半吊子的魏雪衣，但看得出他们是情侣，也只好一并收留了。

商队行走了几日，离开隶天郡后，进入了不太安全的南承郡，这是斟云一生第一次往帝都以南的方向走，所见所闻，与云砂郡的北国民风迥异。这里的人不如北方彪悍高大，普遍偏矮，瘦弱中透着斯文气，让斟云生出莫名的亲近感。毕竟，离娘亲的故乡是越来越近了。

但是，土匪仍然是有的，那些人占山为王，自称开宗立派，不像北方的盗匪那般没文化，个个都起了好听的门派名称。有些自诩名门正派，也像寻常的山庄地主般收租为生，商队让人带了礼物，拜了山头，于是那些人也按照礼数，礼送出境；有些则贪得无厌，吃相难看，白天收礼，晚上带人打劫商队，于是被人称为邪派。

"真是不曾想过世界这么大。"很多时候，斟云坐在货车上，看着天边白云苍狗，像个没见过世面的书生般感叹。

寻常镖师江湖客们，没事就赌钱豪饮，每到城镇就狎妓亵玩。斟云跟那些镖师混不到一块儿，他最常做的却是观察路边平民，看他们穿什么、吃什么，看山林水色，看农田庄稼，看一切他在王府里看不到的东西。这里的财主还不如云砂郡的农夫富裕，至于穷人，那更是穷得连一条完好的裤子都没有。

每逢远离村镇，看不到平民时，斟云会拿出诗书，教身边的丫头虎妞读书识字。

沈老大多了个心眼：这个名叫阿云的年轻人，明明是非富即贵的公子气质，是谁家公子武功如此之高？他身边那名叫作虎妞的女子，平凡无奇，不过是乡下丫头的见识。

又过几日，遇上土匪劫货，镖师们纷纷出手，沈老大又留意到小小的异样：无论敌人多强大，虎妞总是护在阿云身前，从不畏惧，也不退让半步。而阿云，比较憋屈，站在虎妞身后，只能不时看准空当出招替虎妞解围，不好叫她让开，怕伤她自尊心。

虎妞以为自己在保护阿云，却不知道是阿云在身后保护她。要不是有阿云在背后，以她的三脚猫功夫，早死好几回了。

他们，是富贵公子和丫鬟私奔吧？自古穷文富武，富家公子会武功也是有的。沈老大觉得应该是这样。

到了一座小县城，沈老大联络上朝廷的密探，让人画了这两人的画像，秘密送往六扇门调查底细。那女子也就罢了，这俊俏却又武功奇高的贵公子实在可疑。

六扇门中，谁又见过王爷？江湖中再出名的捕头，在官员品级上也不过八九品小吏，他们或许记得很多江洋大盗的画像，却不曾见过高高在上的皇室成员。于是画像被送来，确认不是有过案底的嫌犯，也就不再被重视了。

然而，颜值太高有时候会坏事的。"啧啧，这谁家公子啊？这么俊俏？李捕头你这是要说亲吗？"刑部主事在巡查卷宗时发现了这张画像，得到李捕头否认之后，他一时兴起，要拿给刑部员外郎看看，天底下竟然有如此秀气的公子。

刑部员外郎不过五品官，也不曾见过王爷，只是这秀气让他实在惊叹，于是又带去让刑部侍郎开开眼界，却不料侍郎大人只看了一眼，顿时面如土色。刑部侍郎三品官，偶尔有政事可以上朝面圣，见过皇帝。这画像上的少年，实在太像巽帝了！"立即给老夫查清楚！谁在何处见过此人？所有相关卷宗一同送上来！"

帝国的官僚机构，层级过多、效率低下、反应迟钝。当画像和相关卷宗送到巽帝手中时，事情又过了大半个月。

"燕追啊，你说自古以来，哪有王爷和王妃私奔的道理？朕是越来越不懂这个弟弟了。别人私奔，是有情却难成眷属，不得已逃离桎梏、双宿双飞。他俩私奔图个啥？朕昨夜看到密报，笑了整整一夜。"巽帝的笑点有点低，到现在还在笑，直到太监递来的汤药让他直皱眉。

燕追沉思片刻，道："王爷只怕不是私奔，而是与王妃逃离偃师千乘。他与偃师千乘或许已经出现裂痕。"

巽帝收起笑容，正色道："传朕密旨：趁着斟云脱离偃师千乘的保护，秘密追杀斟云！如有必要，连王妃一起杀了！"

十、南方海滨的小国

这皇宫很冷清，有些想做的事，始终做不成，比如追杀斟云。当密旨层层转达到商队时，商队已经进入璩国都城多时，斟云和魏雪衣已经离开，璩国偏偏也在偃师千乘的保护下，只怕不易得手。

斟云的讣告已经写了好几份，巽帝御笔书写，薨亡原因有病逝、溺亡、酗酒，甚至纵欲过度。总之不能是明目张胆的刺杀，更不能将他召回皇宫，秘密埋伏杀手斩杀。斟云要死得自然，不能让偃师千乘抓住把柄，巽帝也早已做好准备，准备在听到斟云死讯时哭到昏厥。偏偏斟云就是不死，让巽帝极为无奈。

有些不想做的事，却始终都要去做，比如成亲。今日早朝，又有大臣提起此事："陛下，恕老臣直言，您这样成何体统？云砂王是您亲弟，比您小三岁，都已经成亲了。您身为天下之尊，却三宫六院全数空缺，膝下更无一儿半女，让天下如何看待？"

退朝时，另一位老臣赶紧对那位大臣说道："何大人，您这是不要命了？您不知道陛下最恐惧的是什么？”

宫中比以前热闹些了，那些大臣都在打巽帝下半身的主意，只恨不能把他绑了强行配种，于是只好把家中未出阁的女子塞进宫里担任女官，指望有朝一日被巽帝临幸，升为嫔妃，为家族的荣华富贵再添一层保障。要是能诞下皇子，那就更是荣耀，说不准哪日摇身一变，就成了只手遮天的外戚。

“陛下。”一名宫女怯生生地下跪行礼。她是另一个边陲小国进贡的美女，让巽帝想起了娘亲的悲剧。然而巽帝还是赐予了该国使者金银财宝和藩王金册，然后在使者离开的路上，让燕追把使者套上麻袋揍了个鼻青脸肿。有些事，关系国体，不好公然发火，只好如此下三烂地泄愤。

“陛下。”一名女官下跪行礼，明媚动人，一笑一颦都让人倾心。那是吏部尚书的孙女。

巽帝叫来身边的公公：“传朕旨意，凡是敢靠近朕十步之内的女子，一律打入天牢！”

公公转身传旨，只剩燕追伴随巽帝左右，“陛下，男大当婚，女大当嫁，您刚才的圣旨……”

“你可留意到她身上的香气？”巽帝打断问。

燕追压低声音：“青楼名妓常用的催情香。”

人，为了权力，到底能扭曲到何种地步？燕追见识过。这些被父兄塞进宫中担任女官的女子，谁家不是四品以上高官？女孩子家一个个原本都是好端端的大家闺秀，他们的父亲却为了令其在帝王前争宠，入宫之前，一家一家地都秘密聘请了青楼名妓，甚至是辣手调教过不知多少女子的老鸨，去调教自家未出阁的女儿，传授讨好男人的那套本事。

而这，只是序曲。巽帝知道，要等他哪天憋不住了，临幸了哪名女子，才会是宫斗大戏的开场。他最宠的女人将会是众矢之的，会被没得到他宠幸的女人用种种手段暗中弄死。

宫斗是没用的东西。巽帝记得去年父皇还在位时，后宫妃子们为了给儿子争夺继承权，斗得你死我活，全然不知宫外已经兵临城下。待到偃师千乘攻破宫墙，登上帝位的，却是在后宫中半点儿势力都没有的冷门皇子斟巽。

巽帝想到弟弟生活过的荒院走走，不经意路过冷宫，听到里面有女子又哭又笑的声音。他停下脚步，隔着宫门远远看了一眼，只看到几个父皇的宠妃，全都是几年前儿子在皇室争权中被别的兄弟害死，逃回皇宫求太上皇看在昔日情分上收留的，不见昔日的明媚，只是邋里邋遢。巽帝知道其中就有昔年暗中害死娘亲的凶手，去年他登基之后，还来不及动手报复，她们自己就吓疯了。不知道是真疯还是装疯，总之是疯了。

疯了也好，巽帝心软，不忍心赐死疯子，至少保得性命在。

巽帝离开冷宫，走到荒凉的院落前，看着斑驳的墙壁发呆。这里有巽帝童年的噩梦，在这里，娘亲被几个穷凶极恶的太监拖走。这里也有巽帝童年的美梦，斑驳的砖墙上四道高低不一的刻线，是他仅有的童年玩伴，在这院落里玩耍时，比身高时留下的。

那时，四岁的斟云最矮；女孩儿家发育早，六岁的云阳郡主比七岁的斟巽还高小半个头，最高的却是八岁的凤城贵女。

那时大家都年幼无知，不知道女孩子家不可随意透露闺名，所以墙上刻线旁都留下了稚嫩的字迹：云阳郡主柳梦零，凤城贵女明镜珑。

大家当时约好，再过十年，再看谁高谁矮。只是如今，十年之期已过，童年约定却全成可笑的妄语。

　　冷宫陋室，八幅画纸，四幅绘制了大家童年时的画像，另外三幅是如今大家的模样，只剩一幅依然空白：昔日二十一皇子，今日云砂王；昔日十九皇子，今日皇帝；昔日云阳郡主，今日柳仙子；但是昔日凤城贵女，今日是何种模样？又流落何处？

　　"燕追，始终没有凤城贵女的下落吗？"巽帝轻声问道。

　　燕追道："臣多方打听，始终下落不明。"

　　巽帝道："罢了。给朕说说，朕的皇商队伍，近日如何？"

　　燕追道："臣的情报是，王爷与王妃私奔，云阳郡主亲自去追，三人均不在云砂郡。然而云砂郡的诸多商队、无数工坊，仍然有条不紊地运作着，丝毫不见群龙无首的乱象。我方皇商队伍，照样面临着偃师千乘商队的激烈竞争，并不乐观。似乎云砂王府那头，仍有不知名的高人坐镇指挥。"

　　巽帝道："看来朕这弟弟的王府内，能人异士很多啊！真是深不可测的龙潭虎穴。"

　　他不知道，位于王府的高墙内，在牢笼般的闺阁里，指挥千里之遥、无数商队的，正是他的童年玩伴、凤城贵女明镜珑。至此，童年玩伴尽成敌手。

　　巽帝道："皇商的事先放一放，你看能不能联络上王妃，背后给朕的弟弟一刀。"

　　巽帝下旨时，手中画笔仍在纸上勾勒弟弟的容貌。他思念弟弟不假，毕竟那是亲弟弟。但是皇权面前，亲父子都可以反目成仇，手足相残，又算什么？更何况，这个弟弟已经是他的心腹之患。

巽帝憎恨这皇权，却又离不开这皇权。巽帝最大的遗憾是：时光无法停留在毫无猜忌的童年。

璩国是一个小国，方圆不过数百里，却小得精致，富庶安康，唯一的隐忧只有边境线上随时可能入侵的重兵。然而如今，巽帝登基，巽帝身上流着一半璩国的血液，让璩国百姓乐观地认为隐忧已经化解大半。

璩国都城，璩阳城，车水马龙，号称南方繁华无双城。国君为保命护国，曾经自降一格，在帝尊面前自称藩属国王，原本就不大的皇宫也拆除大半，自降为王府。如今换了巽帝登基，也依然不变。

王宫一墙之隔，是嫱侯府。嫱侯是穷渔夫出身，唯一的本事是生了个漂亮的女儿，却因为一场大病，请了大夫，欠了药钱，只能卖女儿抵债。女儿被璩国作为贡女献给帝尊，从此再无音讯。

未曾料到，多年后一场血腥的诸皇子之乱，贡女所生的儿子登基为帝，穷渔夫也被国王以非常尊贵的仪式请出海滨的破茅屋，搬入侯府，渔夫的孙女也被纳为璩国太子妃，一步登天。对璩国王室而言，太子妃是否有教养、是否端庄、是否可以母仪天下，都不重要，重要的是能和巽帝攀上亲戚关系。

至少，这层亲戚关系是有用的，毕竟当初贡女的另一个儿子，如今是帝国诸王中实力最强的云砂王。璩国仰赖偃师千乘保护，而偃师千乘在璩国的驻军多少看在云砂王和柳仙子的渊源上，稍微听从璩国召唤。

"真是荒谬，女儿尸骨无存，当爹的却平步青云。"侯府高墙外，斟云看着墙头透出的华丽楼阁叹道。他对这个从未见过面的外公毫无感情。

都城房价高。似乎这世界，只要是都城，房子都不便宜。魏雪衣好不容易才在城外渔村租到一间面朝大海的小屋，然而璩国都城外的大海是没有什么美景的，只有扑鼻而来的咸腥海风，沙滩边停泊着渔船，开辟了晒盐场，建了海鱼腌制坊。高高的灯塔矗立在沙滩后的小山冈顶端，不分昼夜地为渔船指示着归家的方向。

渔村并不是偃师千乘的防御重点，村镇里只有不足百名偃师千乘的佣兵，为自家的商队撑腰。但是据说百里之外的黑石矿山那头有多达七百人的佣兵队伍保护，还有十二座飞楼，防止重要的钨矿产地落入帝国手里。

魏雪衣不想再走镖了，想找份工作定居下来。这里不管是离帝都，还是离云阳城都非常遥远，或许正是隐姓埋名过日子的好地方。

"有些渔船，出去之后就再没回来过。有时候会发现废船搁浅在海边，船夫要么不知所踪，要么早已化为枯骨。"离房子不远的渔夫行会中一名老渔夫坐在门前的大石头上，看着波涛汹涌的大海，对魏雪衣说道。

渔民出海也是拿命来讨生活，离海岸近的地方鱼不多，离海岸远的又容易迷航，遇上无风、大雾天气，被困在海上找不到回来的方向，就很容易被活活困死，要是遇上台风，更是凶多吉少。

渔夫行会和渔村祠堂毗邻，这里一个村就是一个宗族，祠堂坐供奉的逝者牌位，不知道有多少是出海之后杳无音信的渔民。

老渔夫说道："咱们这渔村，五百多户人家，有一百多户是孤儿寡母。以前渔村穷，只能听天由命，如今不像以往那样穷了，大伙儿开始雇更穷的人，代替自己出海捕鱼。"

魏雪衣问："为什么以前没人雇别人出海捕鱼呢？"

老渔夫叹了口气，道："以前鱼不值钱，辛辛苦苦出海十天半月，勉强可以糊口，渔夫就是最穷的那群人；现在鱼价翻筋斗般上涨，捕多少都不够卖，有钱赚，也就有钱雇人出海捕鱼。但是，我们不雇女人出海。"

"为什么？"魏雪衣只觉得老渔夫在歧视人。

老渔夫笑了："咱们打鱼的人，为了下水时不被海藻缆绳缠住头发，都要剪去长发；淡水珍贵，一出海就得十天半月不能洗澡；海上风吹日晒，海风湿热难耐，汗水在衣服上能晒出一层黏糊糊的盐渍来，大伙儿一出海，干脆浑身上下脱得赤条条的。一艘渔船三四个大汉子，一丝不挂地干活，待到返航才穿上衣服。你一个大姑娘家，做得了这活儿？"

魏雪衣只能打消这个念头，另找工作，然而寻觅了一个下午都没有合适的，只能回家。狭小简陋的家中，斟云刚刚下班，他学识好，又有一身力气，找工作很容易，目前在工匠行会做晒盐机的维修工作。能工巧匠千金难求，他的工酬自然也不低。

斟云道："找不着工作没关系，我养你。"他不明白女孩子家为何要出去工作，他以前接触的人非富即贵，家中女眷自然是不用为生活操劳的。

魏雪衣道："我只是不习惯。"她记得兄长发迹之前，娘亲也是每日操劳，织布补贴家用的。后来偃师千乘的机织布出现了，土布无人问津，只能采山中的荆条，编织更加辛苦、价钱却便宜得多的箩筐在集市上贩卖。

斟云道："我说虎妞，你留在家里，多读书识字，这村镇里好几个行会都缺能读书写字的记账先生。缺人太厉害，女的也要。活儿轻松，钱又多。"

时代，真的是在慢慢改变。魏雪衣在渔村住了一些日子，这里也正如云砂郡那样，蜂拥而来的试图混得温饱的文盲苦力多如牛毛，识字的人却非常缺，各行会里都张贴着各种公告，招识字的人记账、抄写商务往来的书信、管理协调越来越多的下属分工作坊。她不知道这时代从什么时候起，开始需要大量读书人了，只知道阿云见识广，阿云让她多读书，一定不是坏事。

不知从什么时候起，魏雪衣发现自己识字越来越多，不懂的字越来越少，她偶尔到行商行馆帮些记账和读布告的小忙，补贴家用。

行馆里并不安宁，形形色色的商人常为了抢夺货源打起来，其中最为势同水火的，自然是帝国皇商和偃师千乘。璜国官府夹在中间战战兢兢，哪头都惹不起。

他们争夺的主要货源是海盐和咸鱼。前者是自古以来的硬通货，在远离大海的内陆地区可以卖出很高的价钱；后者虽在海滨不值钱，但是只要贩卖到内陆中的大城市，却是只有王公贵族才品尝得起的珍馐佳肴。

魏雪衣记得第一次品尝到海鱼，已经是兄长成为安国侯之后的事情。帝都远离大海，海盐腌制的海鱼在帝都也是珍品，一尾海鱼的价钱往往抵得寻常百姓大半年的收入。但是听说这一两年，原本只有王公贵族才吃得起的海鱼，随着商路的繁荣，价钱已经降到一般富户也可以偶尔问津了。

今日，魏雪衣在小店帮忙抄写招工的布告，让小厮送往王城内外各街坊张贴，赚取了半吊铜钱，买了几个精美的瓷碗，这是帝国皇商带来的商品。璬国的泥土不适合烧制精瓷，据说以前，贵族固然可以高价购买帝国的瓷器，平民却只能用粗糙伤嘴的泥陶碗和容易损坏的木碗。

何为财富？魏雪衣有种说不清的模糊感觉，觉得能让以前只有贵族才用得起的贵重器物，进入寻常百姓家，就是有钱人的享受了；能大量生产、运输、销售这些珍贵器物，那就叫财富。

路过雇工坊时，魏雪衣又是另一番滋味在心头。她看见很多破了家的工匠，穷得只剩一身体力地讨生活。他们当中有泥陶匠、木碗匠、织补匠、补锅匠、箍桶匠、修鞋匠……很多人都是世代从事一个职业，父子相承，总有几手绝活儿不传外人。然而当这个职业遭到毁灭性冲击时，无论他们怎样努力保住饭碗，却都是徒劳的。

雇工坊旁的酒馆卖的是最便宜的酒水，生意却是出奇地好，那些破了家的穷人，只要有几个钱，就会在这里借酒浇愁，直至醉倒。酒馆的穷说书人的衣裳上补丁叠补丁，扇子在桌上一打，说起故事："要说这天底剧变，是几家欢喜几家愁，每有一户人发家致富，就有十户人破家没落。始作俑者，就是那远在塞北，操弄机关妖术的云砂妖王……"

魏雪衣在酒馆前驻足，她爱听这说书人讲故事。云砂王在云砂郡与偃师千乘勾结，操纵的机关术动摇了整个天下的平静，引发的社会改变前所未有，数不清的人被时代的巨轮碾得粉碎，从安稳的小日子中被抛到赤贫的最底层。她觉得世界不应该是这样子，妖王不死，天下难得太平。

我要回去刺杀云砂王吗？魏雪衣不止一次动摇过，然而她只要看见阿云爽朗的笑容，就不由得打消了这个念头，她舍不得阿云。

突然间，她觉得手掌一扯，手中的瓷碗被抢走了，这碗可不便宜！放在以前，只有富人家才用得起！她高喊抓贼，追赶那个偷走瓷碗的瘦小少年。少年衣衫褴褛，却在人群中左钻右钻，跟猴子般灵活。魏雪衣穷追不舍，追过好几条街，进到了两座熏鱼作坊的高墙夹成的小巷。

少年到了巷子，就不跑了，小巷里有埋伏！几名身穿红色官服的人，佩带刀剑，包围了魏雪衣。一个声音从她背后传来："下官是暗中驻扎璩国的缇骑百户，拜见云砂王妃。"

是巽帝直属的缇骑！

这一日，斟云回家特别迟，渔村里已经是汽灯高挂，偃师千乘的佣兵在街道上巡逻，与他错肩而过。

斟云满脑子都在想着改良工艺，让晒盐场出产更多更优质的食盐，连吃饭都忘了。他知道人若是缺盐，会罹患各种疾病。内陆地区的缺盐症是自古以来的问题。要解决这问题，一方面依赖于商贸的活跃，可以为内陆输送更多的盐；另一方面要提高产量、降低价格，让穷人也买得起。

家中亮着灯，饭菜都已经凉透了，魏雪衣端坐在客厅，她身后一左一右两扇门，分别通往两间卧室。他们一直分房而睡，毕竟两人作息习惯不同，她向来早睡，他却习惯熬夜研读工匠书籍。

大门无声无息地关上，门后站着换了平民衣裳、手持长剑的缇骑百户；卧室门慢慢打开，站着几名身穿夜行衣、手持刀剑的缇骑卫士。魏雪衣眼睛红红的，好像哭过。

魏雪衣问："阿云，我最后问你一次，你叫什么名字？"

斟云一看这架势，什么都明白了，说道："我叫斟云，云砂王，斟云。"

魏雪衣道："你说过云砂王是坏人！"

斟云道："是的，王妃，本王就是坏人。"

魏雪衣倒吸一口凉气：斟云一直都知道她的身份！

"王爷，该上路了，陛下连谥号都给您准备好了。"缇骑百户把长剑架在斟云脖子上。

斟云突然反手夺过长剑，几名缇骑杀过来被他一招解决，长剑翻转，架在缇骑百户脖子上。斟云问："什么谥号？说来听听！"

情报有误！燕追大人说过云砂王是个体弱多病的小王爷，怎么武功竟然这么高？一群缇骑破窗而入，却看见百户被斟云挟持，谁都不敢轻举妄动！百户大声下令："我已下了必死决心！杀了王爷！不必管我死活！"

火铳声响，几名缇骑倒地，驻守渔村的偃师千乘佣兵已经赶到，用飞火铳刀指着缇骑们的后脑勺。他们早接到过柳仙子的密令，暗中保护王爷。一名十夫长说道："你死不足惜！但是想在我们面前杀害王爷，不怕飞楼再攻破帝都？"

百户不作声，他原本想伪装匪徒杀害斟云，如今身份暴露，如果再贸然动手，必定会令偃师千乘再攻帝都。

偃师千乘的十夫长冷然下令："杀了他们。"

"谁敢动手！我就杀了他！"魏雪衣的匕首指着斟云的喉咙。她已经做好同归于尽的准备，斟云必须死，然后她再殉情。

他们僵持着，谁都不退让。

与此同时，璩国王府灯火通明，国君缩在寝宫里，瑟瑟发抖。缇骑百户下午送了密信过来，要他派遣两万禁军包围渔村，要是缇骑刺杀失败，就以禁军与偃师千乘佣兵起矛盾为由，强攻渔村，在乱军中杀死斟云。

帝国皇帝斟巽和最强藩王斟云，寻常小国只要抱得其中一条大腿，就可以保得国泰民安。璩国却不幸同时抱到两条大腿，这亲兄弟之间的内斗，足以让被殃及的池鱼璩国灭国。

"飞楼！飞楼自己动了！"黑石矿山，偃师千乘的佣兵发现飞楼竟然自己迈开金属巨腿，慢慢站起来，不免惊慌失措。

镇守矿山的千夫长见多识广，当即跪倒，朗声道："属下千夫长姚千里，请问是余尊者大人还是谪仙子大人，在遥控飞楼？"

飞楼中传出声音："是我！柳梦零！你立即率领全部人马，前往渔村阻挡璩国禁军！保护斟云！"

是柳仙子！千夫长虽没见过她本尊，可也知道她是谪仙子的心头肉、偃师千乘屈指可数的十万夫长之一。但他仍在犹豫："仙子，我军飞楼需要防范帝国驻扎在边境的十万大军！不可轻易调动！"

柳梦零道："我知道！我正在赶往璩国的路上！你放心动手！那十万大军我来对付！"

偃师千乘连夜调动？发生了什么事情？帝国军营中安国侯魏铁衣收到探子来报，顿感困惑。他不知斟云在璩国，更不知陛下和斟云的矛盾已经到了你死我活的地步，只知道陛下给他的命令是：一旦有机可乘，就攻下璩国，吞并这富庶的鱼米之乡。

巽帝连亲弟弟都能下毒手，娘家算什么？

"事情蹊跷，再探！"魏铁衣不敢大意，麾下大军十万人，只有不足千人装备了先进的火铳。火药、铁珠不易得，军队虽庞大，未必敌得过对手十二座飞楼。他按捺不住想动手，却又担心事情有诈。

距离边境还有一千里，胯下快马累垮，柳梦零恨自己太有人性，把时间都浪费在救助沿途流民上了。一座小城之外，偃师千乘的秘密据点，掌柜试图劝阻柳梦零："仙子！再好的马，也不可能在天亮前赶到璩国！"

柳梦零掏出手机下令："'渺云千仞雪号'，给我空投一辆越野车！"

在民间，流传着偃师千乘"鬼马车"的恐怖传说。据说余魔尊和谪仙子有时候会半夜乘坐钢铁做成的马车，在旷野上呼啸而过。"鬼马车"有一双巨大的眼珠子，发出的光柱把夜晚照得刺目明亮。"鬼马车"不见牛马牵拉，速度却比最快的快马还要快两三倍。有人说，那是在用机关妖术、驾驭九神八鬼之力牵拉马车，才会如此风驰电掣。

掌柜整个人都呆住了，身旁的偃师千乘佣兵们也都吓傻了，他们看见传说中的"鬼马车"从天而降，一双巨眼（车头灯）像传闻中那般射出光柱，宛若趴在四个轮子上的钢铁怪兽。

柳梦零上车，打开自动驾驶功能，目标帝国军营地，越野车以一百五十多公里的时速绝尘而去。她不常在这个世界飙车，毕竟这里不是星舰联盟，汽车消耗的能量不好补给。

天边泛起鱼肚白，安国侯魏铁衣终于确认偃师千乘撤离了黑石矿山。那座矿山里的矿石，帝国本无相配的冶炼技术，但是地势易守难攻，又是咽喉要塞。若想征服璩国，就必须攻占这个战略要地。

"拔营！出征！"魏铁衣大声下令。

璩国在边境只有三千守军，平时借着实力强大的偃师千乘飞楼，算是高枕无忧，防守向来松懈。当帝国大军大举入侵时，守军仍在呼呼大睡，瞬间就像洪水中的沙土堤坝般被彻底击垮。

帝国大军刀锋指向距离边关最近的城镇。璩国在偃师千乘的保护下承平日久，城墙年久失修，不少人甚至拆了城墙砖，在城墙地基上盖房子。如今战乱骤起，全城百姓争相逃命，大军到时，全城一片混乱。

知道什么叫兵匪一家吗？天蒙蒙亮时，柳梦零终于赶到这座城镇，以前百姓安居乐业的繁华，已经变成眼前的人间地狱。

也许是科技水平相似，文化和制度也复刻自地球古代，这个时代的军队行为与地球封建时代类似。破城时，都是烧杀抢掠，拼命搜刮钱财，稍有反抗就拔刀杀人。在星舰联盟读书时，柳梦零很难想象古书中记载的那些战乱是何等毫无人性。直到小学毕业后，第一次随谪仙子回故乡，才亲眼看见这炼狱。

那时，妘妈告诉过她："秋毫无犯，那是工业时代才慢慢出现的规矩。工业化保障了士兵们的后勤，他们不像封建时代的兵卒们那般赤贫。一些富裕国家的士兵在战场上得到的后勤保障甚至比战乱地区平民的生活保障还高，烧杀抢掠对他们而言既费事又得不偿失。将领们更倾向于勒令士兵遵守规矩，便于日后统治。"

魏铁衣并没有要约束手下士兵的意思，自古以来，士兵的粮饷都是一个国家巨大的负担。大量的粮草会损耗在漫长的运输过程中，所以只要条件许可，大军总倾向于就地补给。每逢大战，士兵们立了战功，朝廷却很难当场拿出真金白银来奖赏有功的士卒。于是破城之后，允许士兵洗劫城池，就成了各国通行的规则。

柳梦零金钗玉坠、丝绣长裙，身后是"鬼马车"。她还是稍微顾及旁人观感的，穿的是这个世界的衣裳款式，而不是在星舰联盟时的打扮。她站在街中间，身后是逃命的平民，身前是蜂拥而来的帝国军。她捡起一根木棍，在地上画了一道界线，一人面对千军万马。

士兵们越过界线打劫，一切值钱的、不值钱的，都是他们哄抢的目标，甚至杀人抢劫。一个士兵脸上、身上出现血痕，血痕裂开，士兵像倒塌的积木般支离破碎。然后是第二个、第三个……转眼间就死了十几个兵。柳梦零站立不动，街道早已布满锐利的天蛛丝，只要过线，必定死无全尸。

"将军！我们中埋伏了！"有士兵赶回来禀报。此时的城池已经化为修罗场，柳梦零的天蛛丝刺穿士兵的身体，把人像扯线木偶般提起来，操纵他们反击帝国军队。

魏铁衣大声问："有多少敌人？"

"一人！"士兵的回答让他震惊。一人就能抵挡千军万马？他想起了多年前的云阳城，谪仙子一人毁灭帝国三十万大军的传说。

他知道来者必定是偃师千乘的顶尖高手，于是亲自率领装备了飞火铳刀的新军赶赴战场。这不足千人的新军是巽帝的宝贝疙瘩，铳刀结阵、无坚不摧，胜过百万雄兵。在这血腥的废城里，他第一次看见传说中的云阳郡主，偃师千乘的柳仙子。

"'渺云千仞雪号'飞船，对地激光炮准备！"柳梦零用这世界的人听不懂的联盟通用语对着手机下令。帝国的大军很快就会见识到，科技的巨大差距是何等可怕！

十一、云阳妖女

魏铁衣败了，一败涂地，十万大军死伤大半，逃兵无数，只剩两百残兵，随他逃回帝都，等候陛下降罪。

柳仙子念起神秘的咒语，操纵天雷毁灭大军，这恐怖的传闻在帝国里传得沸沸扬扬，人心惶惶。世人多迷信，凡是遇上超出人力所能及的事情，往往归咎于鬼神之说。

既然与鬼神扯上关系，就免不了巫婆神汉纷纷登场，兜售各种驱邪除魔的秘法。一时间，桃木剑、黄纸符、照妖镜、黑狗血、红糯米、绿菖蒲、驴蹄子……纷纷卖到脱销。各地纷纷聘请得道高人设坛作法，在城墙上贴满驱妖符纸，防止柳梦零入侵。

帝都，早朝，一名大臣大声上奏："安国侯魏铁衣作战不力，损兵折将，有负皇恩！臣恳请……"

"天雷无妄，实非人力可敌，此战非魏将军之过！"也有大臣立即站出来反驳。

巽帝照例听朝臣争辩，一个字儿都没听进去，只是百无聊赖地看着一些大臣腰间新添的"驱妖香囊"。直至退朝，魏铁衣仍然是那个皇恩偏袒、不受丝毫责罚的魏铁衣。

退朝后的大殿里，魏铁衣仍然跪着："陛下，天雷实在可怕，臣不知妖人……"

"朕知道，朕见过偃师千乘。你随朕来吧。"巽帝扶起魏铁衣，说道。

奢华却又空虚寂寥的后宫，魏铁衣是第一次踏足，巽帝仍未婚配，倒是让外头议论纷纷。他带魏铁衣穿过精美的亭台楼榭，来到荒凉的孤院，干净萧索的屋内是巽帝的画室。

八幅画纸，绘了七个画像，一名女子站在屋内，怔怔地看着画像。柳梦零！她怎么会在宫中？魏铁衣冲上前，挡在她和巽帝之间。

柳梦零道："将军，你脚程真慢，我昨晚就到帝都了。"论脚程，魏铁衣自然是比不上柳梦零的"鬼马车"。

巽帝黯然道："铁衣，让开，这世上没人能阻拦云阳郡主。"巽帝的亲信燕追守在一旁，脸色极为难看，他知道陛下说的是实情。

昨夜，柳梦零大摇大摆地闯进皇宫，如入无人之境。燕追赶到时，她已经放倒一大片侍卫。这女人拦不得，要是被惹毛了，说不准真敢降下天雷，轰了皇宫。

柳梦零拿起画笔，在空白画纸上一笔一画地勾勒："我根本不想踏进这皇宫。要不是遇上我解决不了的事，我也不会过来求你，我的皇帝表哥。"

女人的心思难猜。巽帝知道，她根本没把皇权放在眼里。但是这天底下竟然也有柳仙子办不到的事，倒是出乎意料。

柳梦零道："斟云失踪了，生死不明。我找遍整个璩国，都找不到他。你做哥哥的，是不是觉得可以放下心头的大石，大摆筵席以示庆祝了？"

斟帝只觉得胸口好像被铁锤猛击，让他几乎站不稳。是的，他想除掉斟云，这个对皇位最大的威胁。然而，那是自幼一同长大、最亲的亲弟弟。他希望自己可以生在平民家，与斟云兄友弟恭、一生和睦。然而这是今生无望的事，只要斟云还活着，就有在偃师千乘的扶持下登上皇位的可能，他斟异就有横死的风险。

魏铁衣按住腰间的佩剑，死死盯着柳梦零。武将入宫原本不能佩带兵器，但是这佩剑是陛下御赐，斟帝亲自带他进来，皇恩殊荣至此，也无人敢当着斟帝的面收缴他的剑。

画纸慢慢勾勒出女子的轮廓，柳梦零道："一同失踪的，还有云砂王妃。王爷王妃伉俪情深、不离不弃，实在让人羡慕。魏将军，您说是吧？"

魏铁衣心中一惊：王爷擅自离开塞外封地，在千万里外的璩国失踪，已经够让人吃惊了。竟然连云砂王妃，他的妹子魏雪衣，也一并在璩国失踪了？

王妃的责任是刺杀王爷，柳梦零不点破，但是斟帝的脸色已经够难看了。斟云和魏雪衣，他俩到底是在相爱还是相杀？

画纸慢慢浮现女子倾国倾城的容貌，明眸略悲，像笼中雀儿，让人心生怜悯，衣裳虽然华丽，却是青楼女子打扮。

柳梦零道："无论是你要杀斟云，还是我要保护斟云，都要先找到他。偃师千乘人手不足，我无法翻遍整个天下把他找出来，或许你可以。反正他如今武功极高，你想杀他也不容易，不妨大家一起找。"

巽帝问："既然他武功极高，足以自保，你为何还要担心他的安全？"

柳梦零搁笔，怒道："我不能忍受他早恋又离家出走，我要捉他回家好好读书！"柳仙子的行为，向来不被这世界的人理解。

画纸上的女子有几分眼熟，柳梦零娟秀的字迹震惊了巽帝：凤城贵女明镜珑！

"你知道明姐姐的下落？"巽帝大声问她。

柳梦零道："知道啊！但是偏不告诉你！天底下那么多妓院，你一家家慢慢找吧！找到了又能如何？砍死你爹，替她出气不成？"

巽帝看着柳梦零转身离开，看着她那一身鬼神莫测的轻功，翻上皇宫的琉璃屋顶，闲庭信步般在屋脊上慢慢走远，慢慢消失。童年的四人玩耍，是他一生中最快乐的时光。哪怕只有短短一日，也足以让他无法忘怀。

朝廷发布了通缉令，开出重赏，务必要生擒斟云和魏雪衣。画像是真画像，身份却是假的，分别是"机关妖匠阿云"和"江洋大盗虎妞"。巽帝不敢公布两人的真实身份，毕竟皇家丢不起这脸。

巽帝犹豫再三，决定同时贴出画像，寻找凤城贵女明镜珑，这是他对童年美好回忆的念想。凤城贵女的名字和身份是不敢提及的，毕竟这是罪臣之女，涉及太上皇的颜面，巽帝并不想将父子俩的矛盾暴露在天下万民面前。画像上，只敢写这是陛下梦中所见之人，只求能相见一面。

三幅画像，巽帝让帝都最好的画师临摹了上百份，送往皇权所能抵达的每一个郡县。这些郡县的名单并非固定不变的，有些郡县以前在帝国统治下，但是一个民变，转眼间就失去控制；有些郡县原本已经失控多年，但朝廷大军平定了叛乱，又重归治下。天下大势就这样起起伏伏，朝廷大军为平乱疲于奔命，总也见不到宁日。

然而，那些发生民变的郡县总归是癣疥之疾。坐落在蛮夷部落和叛乱郡县的层层包围中，却从未生变的塞外孤郡云砂郡才是心腹大患。狭窄漫长的商路，像一根脐带，穿过失控的郡县，连接着帝国腹地和遥远的云砂郡。

巽帝要派御史前往云砂郡。御史的责任是下察民情、上督王府。多少王爷在御史面前都战战兢兢，生怕稍有差错，被御史参上一本，被皇帝定罪削藩，甚至贬为庶民。云砂王怕御史吗？自然是不怕的。勾结妖人、纵容商贾、私铸兵器、擅离封地，条条都是大罪，云砂王最不缺的就是罪名。

朝廷派出多少探子刺客都奈何不了云砂王府，暗的行不通，巽帝打算来明的，心想王府总不至于当街追砍朝廷命官。然而这也难说，斟酌也就罢了，柳梦零可是个不按常理出牌的主儿。

"董大人，您怕死吗？云砂郡可是连朕都奈何不得的龙潭虎穴。"书房里，巽帝召见了即将赴任的御史。董大人两鬓斑白，目光刚直，是不畏权贵、为民请命的铁汉子。

董大人道："若是臣怕死，又何苦主动请缨，担任御史？"

离京当日，御史董大人与家人诀别，在家祠里拜祭了列祖列宗。云砂妖王的名头太响亮，也太恐怖，御史这一去就没想过要活着回来。巽帝亲自送御史到帝都城门前，亲口交代了一些不能外传的机密事宜，看着侍卫护送御史远去。

此去云砂郡，路程千万里，沿途盗寇横生，千里流民、叛乱的州县、荒芜的城池不时可见。叛乱，有时候是不需要什么大理由的，灾年歉收、饥民无食，自然叛乱。然而想让天下万民丰衣足食，却又千难万难，毕竟水旱灾害、丰年灾年，并非人力可以控制。

御史队伍这一遭是与商队同行，以确保安全。寻常商队和气生财倒也罢了，就连平时势同水火的皇商与偃师千乘商队，出了稍微和平的几个郡县，远离帝都之后，也不得不放下成见，抱团求生。深夜常有流民袭击商队，御史只能假装没听见刀剑搏斗和火铳开火的声音。

有一日，响马劫商，商队死伤惨重，御史缩在马车中，却听见局势顿时反转，贼人被杀戮殆尽，似乎是有高人相救。御史掀开车帘，只见一名女子站在前头，手中长剑滴血，她低头垂眉，似乎心也在滴血。

那女子的大名如雷贯耳：云阳郡主，柳梦零。

亲者、仇家，有时候并非泾渭分明，柳梦零知道御史此去云砂郡，是为了对付云砂王府。然而她不想看见御史枉死途中，御史是个好官，他们之间也无私仇。

柳梦零轻纱蒙面，并非隐藏身份，只是不想一路风尘伤了俏脸肌肤。她骑马与御史马车并行，说道："素闻董大人刚正不阿、为民请命，方才我杀人时，为何大人不站出来为饥民请命？"

御史道："外人如此传说也就罢了，有些事，那是做不到的，朝廷已无余粮可以赈灾。倒是听说偃师千乘日进斗金、谷粟盈仓，却也不见赈灾。"

柳梦零道："我们是坏人。"

御史问："郡主可想过弃恶从善？"

柳梦零问："若是牺牲天下两百余年七八代人，换取后世万民无尽福祉，大人认为是善是恶？"

御史道："老夫不知。"

柳梦零道："这天下，富庶之地终究极少，多的是贫瘠不毛的荒原，粮食产出极低。纵使丰年，十户农夫辛苦劳作，也只能供养一个不事劳作的闲人；若是灾年，则求自身温饱也不可得，怎能不乱？换作另一个世界，一名农夫可供养数千人，谷粟盈仓而消耗不尽，供得无数闲人歌舞为乐，则自然丰衣足食、安居乐业。"

御史道："郡主说笑了，天下可有如此美好之事？"

柳梦零问："牺牲天下几代人，换取这样一个世界，是善是恶？"

御史觉得郡主是痴人说梦，只好拒绝回答。

又行几日，队伍进入云砂郡内，顿时又是另一番光景。流民仍有，只是不复闹事。官道两旁多的是粥舍善棚，各商家行会纷纷派出工头挑选强壮流民为雇工。官道外的农田间，风车在塞外终年不息的风中旋转，利用风力提升地下水源，木制水斛自暗井不断升起，将水自动倒入青石板覆盖的水渠，无边荒漠尽成良田，同时述省人门中土地区农夫挑水灌溉的人力。一名劳力可耕种的土地面积远胜中土数倍，让董御史啧啧称奇。

工匠在此地往往成为座上宾，只因为有他们在，荒漠成良田；无他们时，良田成荒漠。

士农工商，这品级贵贱的排序在云砂郡是反过来的。难怪这偃师千乘、势力强大的云砂郡，会成为举朝上下的眼中钉。

柳梦零道："大人，我们就此别过。云砂郡的事，你要不要管，悉听尊便，但是你若瞎插手，别怪我翻脸无情。"

马车进城，云阳孤军阵容严整，丝毫不见群龙无首的混乱。县令冯大人亲自迎接，心头却忐忑不安：多少年没见过朝廷派来的御史了？这意味着皇权的触手再次伸向边远的云砂郡，是祸是福，实在难以预料。

刺探民情是御史的工作，董大人从来不假他人之手。到了府邸，他换上平民服饰，带了几名护卫，没有歇息就出门了。他知道这里是龙潭虎穴，一出门就会被偃师千乘的无数双眼睛盯上，但是他早已把生死置之度外，也不畏惧。

如果说从帝都到云砂郡的商路像一条脐带，连接着中土与塞外的郡县；那么从云砂郡通往塞外的商路，则像复杂的蛛网，四通八达，穿过沙漠、横跨高山、远渡重洋，通向中土人士极少听说的陌生国度。

云阳城是相当怪异的，车水马龙的大道上来来往往都是各国胡商，却不见寻常城池对外族的严密防范。城里酒肆林立、客栈遍地，有些说书人向酒客说着中土传来的让人胆寒的云砂妖王的故事，也有听客大声反驳，维护云砂王的清誉。

柳仙子一人毁灭朝廷十万大军的故事已经流传到云阳城，然而也有一群铁杆拥趸坚持认为此事纯属虚构，城里还同时流传着她救死扶伤的故事。种种不知是真是假的流言四处横行，冯县令却也不加以禁止。

街上有江湖算命先生兜售驱赶妖姬的符咒，与中土人的迷信行为并无多大区别，然而购买者不多，毕竟在这城里，机关术是被广为接受的事物。甚至还有书香门第突破旧观念，送孩子到偃师千乘的学馆，研习工匠绝活儿。

来自帝都的斟云三人的画像，冯县令始终都不曾让人贴出来，这种违抗朝廷命令的行为，也算大逆不道了。御史心知动不得这云砂城的人，也只好暂时记下，不便发作。

"看来，老夫需要去一趟王府。"御史对护卫说道。

云砂王府从得知朝廷派了御史前往云砂郡那日起，老宦官曹公公就急得团团转，然而全府上下就只有他心急如焚。

"咱们王府违反的朝廷律例，多得我都记不清了，也不缺这条罪状。"偃师千乘百夫长梁六的劝慰让曹公公更焦虑了。

"哟？这是什么？妖姬退散？"柳梦零不知何时出现在王府，看着墙上的黄纸符。

府兵首领赵龙道："曹公公暗地里买的驱妖符，显然没什么用。"因为柳梦零已经进来了。

"柳姑娘回来了！"王府的下人们奔走相告，这王府的主心骨终于回来了。

"哎呀我的小祖宗呀！王爷追回来没？"曹公公看见柳梦零，急得都快哭出来了。

柳梦零道："什么小祖宗？我没你这种后代！人没追回来，怎么了？"

曹公公这次真的哭出来了："这可是要掉脑袋的大罪啊！"

柳梦零道："不怕！我刚轰了他十万大军，不怕再轰十万。"

“明姑娘，柳仙子回来了。”闺房里，丫鬟杨月绮向雀怜影禀报。

“在忙什么呢？”柳梦零的声音在窗外传来。丫鬟踏进闺房时，她也到了窗外屋檐。

雀怜影道：“我在估算今年夏收的农田亩产，确认可以养活多少流民、为工坊提供多少劳力，计算应该扶持怎样的产业、抑制怎样的产业，才能获取最大化的利益。”

柳梦零拿出一瓶葡萄酒，说道：“有你在，巽帝真是遇上对手了，如今云砂郡云集的财富比帝都还胜一筹。巽帝国库空虚，处处赈灾又需要钱粮，闹得焦头烂额的。咱们庆祝一下，喝两杯？”

雀怜影道：“天下不靖，并不是值得庆祝的事。”

葡萄美酒夜光杯，云砂王府最不缺这种奢侈品。柳梦零自酌一杯，把酒瓶摆在雀怜影窗边桌上：“你看这瓶酒，是酒贵，还是瓶贵？”

雀怜影拿起酒瓶，晶莹剔透，似是水晶，说道：“这瓶子可以算是价值连城的珍宝。”

柳梦零道：“在星舰联盟，这瓶子当废品回收，五毛钱一个。科技会改变一切。”说罢又打算倒一杯酒。

雀怜影拿走酒瓶：“你这是借酒浇愁吧？哪有庆祝的样子？”

柳梦零道：“我擅自动用激光炮的事被妘妈知道了，她打电话骂了我一顿。我们偃师千乘，用风车抽地下暗河，开垦农田，百姓一看，觉得这巧妙，看得懂，会跟着学，就慢慢接受科技启蒙了；我一炮轰了帝国大军，百姓一看，哎呀这是妖术！只会敬而远之。对了，妘妈最近在万里之遥的另一个国家，忙着冶炼铂铑合金，要是成功，就可以动手建设合成氨工厂了，到时候粮食产量还能再提高一大截。造反算什么，偃师千乘认真起来，整个世界都能掀个底朝天。”

雀怜影很少看见柳梦零这样喋喋不休地唠叨，她酒量不好又偏借酒浇愁，真不知算不算醉话。

柳梦零突然说道："明日，我要回星舰联盟考大学。寻找斟云和魏雪衣的事，就交给你了，一定要把这小混蛋捉回来好好读书！你这般才华，真的不跟我回去考大学？"

"明姑娘，董御史在客厅，要见能主事的人。"闺房外，突然传来赵龙的声音。全府上下早已认定雀怜影才是实际上的当家主母。

谁才是这云砂王府的主心骨？御史身穿官服，上门拜见王爷。管事太监曹公公支支吾吾，拼命找话搪塞，在御史逼问下，不得已承认王爷和王妃均不在府内。

这事固然严重违反朝廷律令，却不能拿来问王爷的罪，要知道连陛下都无可奈何。御史说有急事相求，不可拖延，只求能见到王府中可以话事的人，动之以情、晓之以理，从百姓生计的大义说到皇家兄弟的手足情，实在是推辞不得。

曹公公知道自己也就能管管王府里的小厮用人，大事他说了不算。御史在暗中观察这王府到底谁说了算。梁六？那始终是外人。赵龙？一介武夫，不像有能力撑起庞大的云砂郡工商产业的人。御史要替陛下弄清楚，谁才是王府的主心骨。

雀怜影来了。按照大户人家的规矩，家中女眷不轻易抛头露面，只隔着帘子与外人交谈，御史自恃身份，也不好让她掀开帘子。御史以为柳梦零才是王府的话事人，雀怜影一开口，才知道竟然另有其人。

御史开门见山：朝廷要借钱粮赈灾。

这是巽帝的计策，借钱借粮自然是有借无还的。要是王府不答应，为富不仁的恶名就扣在斟云头上，就算除不掉他，也要把他名声搞臭，无法再继承皇位；要是王府答应了，借了他的钱粮，自然就没有余力招兵买马，也就削减了云砂郡的实力。

雀怜影略一思索，道："要多少，给个数字。"云砂郡的家底，外人是不知道的，他们往往低估工业庞大的产能。

御史道："朝廷需要十万石粮食、七十万两白银。"这是相当惊人的数字，巽帝相信云砂郡拿不出来。

"七十万两白银……"曹公公站在一旁，听到这巨大的数字，双脚都发软了。

雀怜影犹豫道："给我二十日时间，我想想办法。"赵龙未免担忧，他极少看见雀怜影为难。

送别御史后，赵龙担心地问："明姑娘，这数额……"

雀怜影道："钱比粮多，给灾民发钱也买不到粮食，照理说不如直接划拨粮食实在。陛下这不是要赈灾，是要钱征召流民，重建新军。"

他们走在王府庭院中，天上泛起乌云，这仲夏的雨总是说下就下。雀怜影看着豆大的雨点在晒得发烫的石板路上砸起的灰尘，问："这老天爷下雨，你听说过把雨水都下完了，以后再也无雨可下吗？"

赵龙道："不曾听说。"

雀怜影道："钱粮照给，这些都是小事。"

下雨了。云砂郡原本不应缺水，只是土质多为破碎的砂岩层，雨水下渗形成地下暗河，地面却缺水变成荒漠。回府的马车上，御史听本地雇用的车夫说起十几年前，云阳侯与余魔尊商讨如何留住雨水、改良土壤，言语中尽是感激之情："大人您只怕无法想象，这千里良田下面是夯实的沙砾打底，沙漠的细沙为土，硬是在寸草不生的碎石荒原上开辟出来的。我们老百姓哪里知道还能这样垦荒？偏偏余魔尊和谪仙子就知道。"

御史问起车夫，云砂王到底是怎样的人。车夫说云砂王行事荒唐却不扰民，广征民夫大建亭台楼榭只为讨好青楼名妓，然而所付工钱却是寻常富户的数倍，大伙儿虽然辛苦却也情愿。"那个名妓雀怜影啊，听说比小王爷还要大几岁，妖艳动人。但是我在王府做下人的堂兄说，雀怜影原本姓明，身份来历却是个谜……"

姓明？难道是凤城贵女明镜珑？昔年八贤臣之一的户部尚书凤城侯家的人！家学渊源非同小可，看来她才是撑起整个云砂郡庞大产业的人。

明镜珑只怕比柳梦零更难对付。两人虽然同是聪颖过人，然而柳梦零自幼娇宠，武功又太高，几近天下无敌，可以动手时绝不费事动脑，行事不免欠周全；明镜珑却是手无缚鸡之力，自幼习惯了小心谨慎，心思自然更缜密。

御史见过明镜珑的画像，画像却未透露明镜珑的身份，王府一见又隔着帘子。线索就如此失之交臂，他不知道明镜珑就是巽帝要找的人。

朝廷要的钱粮不是小数目，为何明镜珑会一口答应？御史冥思苦想，却猜不透她的后招儿。

"我没有后招儿，只是必胜罢了。"王府后花园，雀怜影与赵龙、杨月绮小酌，不分高低贵贱，红酒的玻璃瓶在这世界里价值连城。

当夜,隐藏在夜幕中的"渺云千仞雪号"飞船投下光柱。"别担心,入学考试一结束,我就回来。"柳梦零一身绮罗长裙,背起心爱的小熊图案背包,在众目睽睽之下,踏进光柱营造的反重力环境,缓缓飞升。

柳仙子返回天庭了,城里不识字的平民们是这样认为的。很多人焚香膜拜。

十二、皇家选秀这件事

高手过招，往往是无声之处听惊雷。

御史出发后，安国侯魏铁衣却耽搁了几日才出发，他要征招流民编为军队，还要整训、武装，几日时间已经非常仓促了。

"你与御史大人配合，见机行事。满朝文武只有你见过偃师千乘的厉害，想必你不会再莽撞行事。换了别人，朕不放心。"行军路上，魏铁衣想起巽帝的嘱咐，心中觉得悲凉。不知道的人以为诸皇子之乱的战火已经平息，只要收拾旧河山，等到饥荒逐渐平息，就可得享天下太平；知道的人却能看到天下初靖背后的潜流暗涌，这临时拼凑的五万大军，哪里是偃师千乘的对手？

昔日帝尊诛杀群臣杀得太干净，才华卓绝的四柱国、八贤臣一个不剩。后来诸皇子之乱又牵连处死了大批朝臣，这才导致今日巽帝既无权臣掣肘，也无能臣可用，更无娘家外戚撑腰，成了真正的孤家寡人。

偃师千乘的实力深不可测。魏铁衣从未见过他们有超过千人的部队，然而一旦鏖战起来，区区数百人却能压倒千军万马。魏铁衣在心头百般思索着偃师千乘的弱点。

人数！对，人数过少是偃师千乘的软肋！他想起了与柳梦零的一战，结阵冲锋是他的指挥失误，这种在过去无往不胜的战术在柳梦零面前正好是个便于一网打尽的大靶子。若是十万大军分散开来，漫山遍野，她柳梦零纵使天下无敌，最多也只是像奔腾大河中的一个孤立铁柱，不会被洪水冲垮，却也拦不住洪水。

经过十余日跋涉，大军来到云阳城时，迎接安国侯大军的是阵容整齐的云阳孤军。云阳孤军只有区区一万人，只雪盔银铠却是清一色极为昂贵的骑兵，身背火铳，手持骑槊，连马匹都罩着铠甲，装备精良尤胜朝廷精锐，难怪能镇守塞外屹立不倒。

主帅空缺、副将空缺，孤军有兵无将，既不叛国，也不听朝廷号令。一匹无人乘坐的白马，由马夫牵拉，立于阵前，就好像云阳侯仍然健在，高居马上。

安国侯心生畏惧，想攻下云阳城是不可能的。他童年时崇拜过的云阳侯，虎死余威在。冯县令出城迎接，从县令小心谨慎的表情来看，这云阳孤军也是他惹不得的。

双方均无二话，见过御史，县令引魏铁衣入王府，府内遵循朝廷规矩，先以国礼迎接侯爷，再以家礼款待娘舅。王爷与王妃均下落不明，多留也是无用，赵龙代王爷清点了粮食钱银，次日一早就送侯爷离开了云阳城。

运载着钱粮的车队从云阳城出发，车辙极深，深深地印在黄土路上。一车车的粮食、一箱箱的白银，在大军的护卫下，返回帝都。云阳城内外皆知是侯爷押送着赈灾的钱粮返回帝都，一时间看热闹的人沿路都是。这个消息很快从云阳城口耳相传，传到云砂郡与帝都之间深陷饥荒中的各郡县。

出了云砂郡，又过两个种植桑麻以供云砂工坊做原料赚钱谋生的郡县。桑麻种植园里尽是为了混口饱饭吃而辛苦工作的流民，地主家丁手持重金购自云砂郡的强弩和火铳，严防饥民作乱。出了这两个郡，到了前不抵帝都、后不至云砂郡的郡县，土地贫瘠，却又人口众多，才是真正的人间炼狱。

岁值大饥，人相食。史书上关于饥荒往往就几个字一笔带过，只有亲历者才会明白其中惨状。"侯爷！饥民劫营！"士兵来报，魏铁衣大步踏出营帐，只见数不清的饥民蜂拥而来。他们攀爬马车，争抢粮食，粮食哗啦啦地从麻袋破损处流下，在争抢中被踩踏进泥浆，饥民互相踩踏，死伤者众。一车原本可供百人食用的粮食，在争抢中损耗大半，不足让三四十人充饥。

魏铁衣大声下令："哄抢者，杀无赦！"

士兵刀锋过处，饥民像木头般栽倒，杀了一轮，终于无人再敢哄抢。人饿疯了，就不再是人，是野兽。不少饥民已经饿得丧失心智，竟然抢食同伴遗体。

赈灾最重要的东西，除了粮食，就是秩序。魏铁衣道："赈灾的粮食动不得，要送到帝都，让陛下分配。咱们把军粮拿出来，匀一匀，一日两餐改为一顿。让饥民排队领取粮食，不守秩序者当场格杀！"

军粮就这么多，饥民却多得数不清，这返回帝都的道路，走得艰难。待到过了那几个饥荒的郡县，士兵已和饥民般饿得面黄肌瘦，就连魏铁衣也只能用少量粮食混着树皮草根果腹，与士兵们同苦。

大军返回帝都时，赈灾的粮食安然无恙，受灾各郡御史统计灾情，巽帝按比例分配赈灾钱粮。然而不满的言论还是不胫而走，沿途郡县都说，陛下的大军护送着数不清的粮食，途经灾荒郡县，却不赈灾，只知杀戮饥民。

就许你巽帝抹黑我家小王爷？不许我还击？明镜珑似乎总是逆来顺受，像个没脾气的玩物。但是，在柳梦零飞升上天的那一刻起，明镜珑决定代替柳梦零，像姐姐一样护着斟云。

巽帝对此一无所知，甚至连民间对他的非议也不太清楚。身边那些阿谀奉承的大臣们可不会在脑门上写着"马屁精"三个大字。

更要命的是巽帝寻找明镜珑的画像如今已经贴满朝廷尚能控制的每一个郡县。巽帝不敢直说是要寻找失踪多年的凤城贵女，只敢说是梦中女子，只求能见一面。

巽帝不知道，这样的圣旨往往会坏事。各郡县的主官误判了巽帝的意思，以为这个不近女色的小皇帝终于开窍了，想选秀纳妃。于是各地官员下令禁止民间嫁娶，拿着画像挨家挨户寻找相貌相似的女子。

一时之间众生百态尽显：有富贵人家为了避免自己的女儿被送入深宫，重金贿赂官员；也有权欲熏心的人家让自家女儿打扮成画像中女子模样，贿赂官员试图送女入宫，取悦皇帝求得一嫔半妃地位，让家族飞黄腾达；然而更多的百姓却是在官府强行选秀之下，只因为自家女儿与画像上的女子有几分相似，就被强行带走，今生再难相见。

璨国边境，孤风寨，一个让寻常百姓闻风丧胆的地方。位于帝国境内两个郡和璩国接壤的三角地带，也是群山之中唯一的道路。寨主是一名独眼大汉，江湖人称独眼豹。

孤风寨风光过很多年，是有名的老山贼窝。这里的山贼大业曾经是父死子继的家族事业。直到十年前，帝国太子斟长生攻打璩国，战死于此，残存的太子亲兵自知回到帝都必定被帝尊处死，干脆当了逃兵，消灭了原先的土匪，占山为王，以拦路打劫为生。

他们踢过几次铁板，其中最大的一块叫偃师千乘。他们劫了偃师千乘的商队，当场被飞火铳刀教会了做人，独眼豹就是在那时失去了一只眼睛。要不是那个七岁的小丫头拦着，只怕连命都要丢了。

"梦零乖！余叔这就停手，别哭了。"见过余魔尊还能捡回一条命的实在不多。魔尊手上那柄黝黑的长剑，宛若夺命的恶魔；余魔尊也的确像传闻中那般无视一切礼教规矩，大男人一个，亲自带娃。从此以后，孤风寨不再敢劫偃师千乘的货物。

如今，那把噩梦般的黑剑又出现了，带着这把黑剑的是一名叫作阿云的年轻人。阿云看似文弱，武功却奇高，不输当年余魔尊。阿云也不是什么好人，来到山寨时，肩上扛着一名五花大绑的少女，用布堵着嘴，也不知道是从哪里劫来的。

独眼豹问："小兄弟，这女子……"

"帝国的大将军，安国侯魏铁衣的妹妹。"阿云的回答，差点儿吓破独眼豹的豹子胆。要知道前些日子，魏铁衣的大军从这里经过，攻打璩国，那威武的阵容让他们望风而逃，生怕殃及池鱼。再然后，传来的消息是十万大军被柳仙子一人之力摧毁。

柳仙子是偃师千乘的柳仙子，阿云手中的剑是余魔尊的剑，独眼豹是识相的人，不敢造次。"别让外人知道我在这里。"斟云要在孤风寨躲一阵子，毕竟满世界都是缉拿他和魏雪衣的画像。

斟云识字，在这时代，算是稀有技能。涉及记功劳和分赃事宜的山寨也需要识字的人记账分赃、读写书信。有些土匪窝实在没有人识字，甚至会下山掳来书生负责记账。这种记账先生在土匪黑话中被称为"笔山"。孤风寨以前的"笔山"是逃兵中的文书官，上半年病死了，目前正缺这样的人。

"我不当'笔山'，但是可以教你们识字。"斟云的大方让土匪们出乎意料。

土匪们高兴的反应让斟云愕然。识字这种稀有技能是读书人的看家本领，若非高薪聘请，就算刀架在脖子上也绝不外传，以免别人学得，砸了自己饭碗，斟云并不知道这条规矩。毕竟云砂王府比较怪异，柳梦零不喜欢文盲，就连家丁、小厮、长工、丫鬟都被她拉去读书识字。

独眼豹把斟云款待为上宾，住处是山寨里最宽敞的大屋，由厚重的石头砌成，斟云在房里加装了手臂粗的钢条，将屋子做成牢笼，把魏雪衣扔了进去。

"我一定要杀了你！"魏雪衣抓住钢条，红着眼睛怒吼。

"要是我死了，你一个人能活下来？"斟云对魏雪衣那三脚猫武功不以为然，这兵荒马乱的，她那点本事没法独活。

魏雪衣道："你死了我就自杀，咱们一起死。我也不稀罕什么荣华富贵。"

"好了，知道了，给我好好读书识字，不然不给你饭吃。"斟云扔了本书给魏雪衣。

魏雪衣坐在墙角，幽幽说道："我真的会杀了你。"

斟云道："知道了，不要每天都在我耳边唠叨好几遍。"

山贼窝的日子并不是每天都能大碗喝酒、大块吃肉的，大部分的时候也是过得很拮据，毕竟有胆子走商路的，没有几个是善茬儿，不好打劫。山贼们也养猪、种菜、打猎，自给自足一部分，另外一部分则靠常走这条商路的商人逢年过节献上的"买路钱"，精打细算地过日子。

"见过胆子大的，没见过胆子这么大的，居然敢到咱们山寨里打尖住宿，就留下一块石头当饭钱！"一日，送别偃师千乘的商队，独眼豹愤愤不平地对斟云说道。

"偃师千乘从不白吃白住，这是玛瑙。"斟云捏起那块血红的"石头"，对独眼豹说道。

"就是那种很值钱的玛瑙？坏了！"独眼豹一拍大腿，带斟云到了后山的垃圾堆，十年来偃师千乘打尖住宿所留的奇珍异宝全丢这里了。他粗人一个，不像斟云那样出身皇宫，识得珍宝。

占着商路、地势又好的山寨，斟云就没见过有几个穷的，就算挖口井卖粥水都不会人穷，穷成独眼豹这样也算是个奇葩了。

"想赚安稳钱吗？"斟云问独眼豹。

然后，孤风寨就在山脚下开了客栈，暖炕白面窝窝头，清水菜粥玉米棒，半夜住宿人货安全。山贼开的店价钱自然不会低，明码标价，爱吃吃，不吃滚，反正是方圆百里独一家的客栈。

黑店的规矩，凡是打尖住宿的客商必须在众目睽睽之下清点登记货物，以示本店今日心情好，秋毫无犯，离开时确保你货物分毫不少。

当然这是斟云定的规矩。

为表示不忘老本行，本店偶尔也拦路打劫。

斟云劫了皇商。好像普通商队对他来说不够刺激，非要劫个皇商才过瘾。丝绸、瓷器、锦缎、绫罗、美酒、玉器……斟云道："等我统计完货物的种类和数量，大伙儿就把值钱的东西分了。"

斟云住处有一面黑色的墙，用白色的石灰写满数字，标满了外人看不懂的曲线图。斟云常在这里，根据劫持的货物种类及数量，分析帝国的经济状况。山寨里，能陪他聊这些复杂的经济学问题的人，也就只有魏雪衣。

"皇兄治国，就像盲人骑瞎马，夜半临深池。"斟云看着曲线图，脸色凝重。

魏雪衣感觉到某种莫名的恐惧。牢房里，斟云给她的待遇很好，一切日常用品均按照最好的标准购置。最好的胭脂水粉产自大漠远方的异国他乡，琉璃书架晶莹剔透价值万金，最好的绣品精美繁复到连最巧手的绣娘都绣不出来。就连她头上的发钗，也是镂空的水晶做成，她出阁前巽帝特许到宫中挑选珠宝陪嫁时，都没见过这么精美的发钗。

"阿云兄弟，又有朝廷的队伍经过了，劫还是不劫？"独眼豹大步走进来，问斟云。

"劫。"斟云不假思索地放下手中的书，拿起黑剑，就出发了。

独眼豹与斟云并肩走出门，说道："我说阿云兄弟，我听老人说，女人读书太多不是好事。你天天教魏姑娘读书写字，不怕出事？"

斟云离开后，魏雪衣看准四下无人，在衣柜中找了一件披帛，缠绕在铁栅栏上，又抄起圆凳砸在墙上，凳子被砸个粉碎，她挑了最长的一段木板，用它绞紧披帛。铁栅栏慢慢扭曲，露出仅容一人通过的缝隙。

知识真的很有用，不然她都不知道用这个方法扭曲铁条"越狱"。魏雪衣将读书笔记卷作一团，塞进怀里，她钻出缝隙，逃出山寨。

山贼们发现她了，抄起砍刀围了过来，砍刀磨得锋利，魏雪衣抽出贴身珍藏许久的匕首，面对山贼，毫不畏惧。

这是阿云大哥的女人，伤不得，但是也放不得！山贼们慢慢逼近，其中一个还好言相劝："姑娘，放下匕首，别伤了自己！"

魏雪衣出手极快，锋利的匕首扫向山贼，山贼们纷纷后退，她一记侧踢，把山贼踢翻，顺着山道滚了下去。

这丫头居然武艺高强！几招过后，山贼们拦不住她！魏雪衣夺路而逃，沿着陡峭的山路跑走了。

山路尽头是山脚商道旁的客栈。几名行商正准备启程，看见山寨的方向一群人追着一名女子冲了下来，只求和气生财的他们哪里敢多事？赶紧驾起马车溜之大吉！满脸横肉的店小二提着菜刀冲出来索要酒钱，扭头看见山上这阵势，还没弄清楚发生了什么事，只见魏雪衣高高跃起，一脚踩在店小二脸上，跃上了客栈的屋檐。

山贼们纷纷攀爬屋顶，试图捉拿魏雪衣。魏雪衣不停地把屋顶上的瓦片和茅草踢向他们。他们拨开满脸的稻草，灰头土脸地爬上屋顶时，魏雪衣已经不知所踪。

斟云又劫了皇商。十七八辆紧闭的大马车，数十名彪形大汉护送，带队的除了常见的皇商，还有一名面白无须的发福中年男人，脸上涂脂抹粉，拈着兰花指，不男不女，让人直起鸡皮疙瘩。他趾高气扬，看见护商的大汉们纷纷倒地，也无动于衷。

直到鲜血溅到他的衣服上，他才猝然出手，独眼豹闪避不及，被他一掌打下，鲜血从嘴角呛出。中年男人跃下骏马，双掌翻飞，山贼们难以招架。他那让人不忍直视的兰花指留着锋利的指甲，一沾皮肉就把对手划得皮开肉绽。也不知道他爪子上淬了什么毒，只要擦破点皮，这些杀头都不眨眼的汉子们就剧痛难忍地惨叫起来！

"什么货物那么重要，竟然劳烦吴公公亲自护送？"一个熟悉的声音突然传来，吴公公猝不及防地被一柄锋利的黑剑以极快的速度连连进攻，没过几招，他那锋利的指甲就被剑锋削掉了，顺带着削掉了他的帽子。

这个拈着兰花指的发福男子竟然还中年秃顶，走起路来硕大的屁股一扭一扭的，十分恶心，好多兄弟都被他那身浓浓的胭脂水粉味熏到吐了。斟云认得他是宫中的大内高手吴公公，一手蜈蚣毒爪在江湖上罕有敌手。

"没有值钱的货物！车上全是年轻娘们儿！"弟兄们大声高叫，他们劫了那么多次货，这种事还是头一次遇到。

"全是年轻女子？我杀了你！"斟云听闻弟兄们的叫声，疯了般朝吴公公攻去，招招都是杀人的狠招！就连凶狠的土匪都吓傻了，他们知道阿云武功高强，却从未见过他如此疯狂地痛下杀手！

吴公公武功极高，竟然能避过斟云的剑招！两人武功不分轩轾，但是黑剑实在锋利，公公不得不步步后退，避开锋芒，身上的花衣裳在躲避时被剑锋削破，披头散发，狼狈不堪。

这少年容貌像极了陛下，难道是……吴公公想起了一个人，大骇：

"王爷？是您吗？王爷！"

"我要杀的就是王爷！"一个女声传来，吴公公看见一名女子手持匕首，根本不管身后一大群山贼在追赶，冲上前来就袭击斟云！招招都是只攻不守，端的是不要命的打法！

"王妃娘娘？"吴公公倒是认识魏雪衣，毕竟在安国侯府受陛下命令与王妃切磋过招，增进王妃的武艺时，他也有份儿。他却不知巽帝对魏雪衣下过密令，不明白为何王妃竟然不要命地试图刺杀亲夫。

局面混乱，山贼们不敢靠近，生怕被疯了的斟云刺伤。阿云要杀这不男不女的怪人，怪人不敢伤阿云，只好只守不攻，步步后退；虎妞要杀阿云，阿云却全力绕过虎妞，试图杀了妖人，好几次都被虎妞不要命地抢攻挡在前面。

"豹兄！先把女子们带走！"斟云大声下令。吴公公看见山贼们掳走女子，心中焦急，无奈王爷持剑挡在身前，又不敢真伤了王爷，想到无法完成陛下的心愿，悲从心来，伸手一掌就要击向自己的天灵盖自尽！

"公公且慢！替我送个信给陛下！事关天下安危，请务必亲手送达！"魏雪衣将怀中的笔记交给吴公公，舍命拦住斟云，让吴公公逃离。她努力抢在斟云面前保住皇商，就是想自个人能替她送信到朝廷。

魏雪衣不要命的缠斗，让斟云章法大乱，她手持匕首扑向黑剑，大喊："我们一起死！"

斟云武功比魏雪衣高得多，好不容易制住她，手臂却被匕首划出一道口子，再想追那个死人妖，却发现他早已逃得没影了。

"阿云兄弟，您……是王爷？"独眼豹变得拘谨很多。作为昔日太子的逃亡亲兵，他对皇室中人仍然残留着几分畏惧。

斟云黯然道："我就是云砂王，坊间传言的云砂妖王。这位是我的王妃。"

身份暴露，孤风寨的土匪们对斟云疏离了很多。云砂妖王的名气太大，传闻太可怕，今日劫商成功，山寨却不见平时的大碗喝酒大块吃肉的豪情，这让斟云感到孤独。他们不知道王妃为什么要刺杀王爷，却也不敢问，只知道斟云又把魏雪衣给绑了，丢在墙角。

独眼豹觉得自己是山寨的大当家，有些事还是要问问的，他壮着胆子过去问斟云，他和王妃是什么情况。斟云叹气，他也的确想找个人一吐心中抑郁，于是把事情都一五一十地直说了。

说完，斟云叹道："真是大义灭亲的奇女子，嫁过来的目的就是为天下除害。如果她要杀的不是我，一定会大声替她叫好。"

独眼豹觉得他们俩是真感情。若是斟云对魏雪衣无情，一剑杀了便是，何必护着她逃出云阳城，四处流浪？若是魏雪衣对斟云无情，又何必要杀了他之后再自尽？大可回去向巽帝复命，去享受她的荣华富贵。还有柳仙子那句"不许早恋"是什么意思？天底下这个年龄成亲的男女多的是。

独眼豹问："你们就没想过抛下一切，找个无人知道的地方隐居，好好地过恩爱的小日子？"

斟云看了魏雪衣一眼，黯然道："我想过啊，但是她不想。她觉得天下大义远比儿女私情重要得多。"

独眼豹不屑："天下大义？狗屁！那个皇帝老儿也不是个好东西！一个破圣旨，多少姑娘家从此见不到爹娘？他下半身的性福比老百姓的死活还重要？我们打家劫舍一次不过劫个三五家，他倒好，一次祸害天下多少好人家？"

斟云道："我皇兄不老，才十八岁。我觉得一定是哪里出了问题，这不像他会做的事。"

山寨里尽是女子哭声。无论是怎样的女子，被贼人掳入山寨，没有不哭的。斟云道："那些女子，如果送往官府，也不过是羊入虎口，还是会被送入宫。不如按照道上的规矩，让她们家人来赎。要是联系不上家人，或是不敢回家，你就看着办吧。山寨里不少兄弟的年纪都老大不小了。"

独眼豹叹道："阿云兄弟就是心肠软，见不得女子哭。"

斟云取出一支竹笛。竹笛是用这山寨后的翠竹做成。他面对着璩国的方向，吹奏起悲伤的笛声，夏末的夜风微冷。这是璩国的古曲，童年时娘亲教的。

身份暴露之后，离别的日子很快就到来了。秋日，天高气爽，偃师千乘的队伍来了，装备着清一色的飞火铳刀，带队的是百夫长梁六。一同到来的还有杨月绮，衣服上绣着两枚飞星，如今她也已经是小小的十夫长了。

偃师千乘向来以学识论高低，去年今日还大字不识的小丫鬟杨月绮现在已经粗通文墨，能帮得上雀怜影的忙了。

"柳姐姐托人从天上带回的药剂。"杨月绮将一枚针剂交给斟云。

"这是什么？你要对我做什么？"魏雪衣惊恐地看着针中的药剂慢慢注射到自己体内。

斟云道："一直绑着你也不是办法。这不过是肌肉松弛剂，废了你一身武功，免得你真的杀了我，然后自杀。"

绳子松开了，魏雪衣去抢匕首，却发现自己连匕首都拿不动，只剩下勉强可以走路的力气。习武之人武功被废，比被杀还难受，她跪在地上痛哭。

斟云道："你哭也没有用，武功这种东西，在下一个时代将会毫无用处。把这世界搅个天翻地覆、让我皇兄难以招架的明姐姐，她可不会半点武功。"

"我一定要杀了你……"魏雪衣哭得凄惨。

斟云道："我教你一句诗词：'一入侯门深似海，从此萧郎是路人。'你要进的是比侯门更深的王府，不妨从现在开始，学着习惯绝望。"

十三、王爷、王妃和皇帝的那些纠结

星舰联盟，蓬莱理工大学，室内体育馆。

"梦零！断球！""好！""又是三分球！"78∶35，篮球比赛上半场结束。柳梦零走下赛场，拿起毛巾擦汗。

"梦零上场就是不一样，反败为胜赢得漂亮！""这长发不碍事吗？听说是出娘胎就没剪过。""她老家的风俗习惯吧？"班上几个同学在交头接耳。

手机响了，是雀怜影打来的电话。柳梦零接了电话，顺手从自动售货机取了一瓶功能饮料补充体力。雀怜影告诉柳梦零，斟云回来了。雀怜影说这孩子不是不知分寸的人，你追得越紧，他逃得越远；你不去追，他就会自己回来。

柳梦零说："明姐姐你要弄清楚，他逃不逃家都不是问题，他跑了就当是社会实践，我不反对他满世界乱跑！关键是，好好读书！不许早恋！两个半大不小屁事不懂的大孩子，连责任两个字都不懂写，成什么家？"

雀怜影道："他是王爷。要是别的王府，早应该……"

"狗屁王爷！"柳梦零打断道，"别说是他，就算是他哥那混账，也不过是不知天有多高的土老财罢了！守着几万里地皮就以为自己是天子，坐拥整个天下？你到我书房里找世界地图来看看，他那帝国在整个大陆上能占多大点儿地盘？再抬头看看天空，见过绵延两个光年的地球人后裔太空家园吗？告诉斟云！不想一辈子待在那个落后的破星球当土包子，就给我认真读书！这是他唯一的出路！人家杨月绮进步都比他快！"

下半场的哨声响起，篮球这种源自几千年前地球时代的体育运动作为传统文化的一部分，一直都很流行。柳梦零打开手机的反重力悬浮功能，走下球场，手机悬停在体育馆内，拍摄她打球的视频。视频信号通过星舰联盟的网络，进入空间折跃超光速传播网，送到数万光年之遥的"渺云千仞雪号"飞船上，再传送到地面，传送到雀怜影的手机上。

篮球这种活动，在雀怜影看来是不知羞耻、难以理解的。一群年轻女子，露胳膊露大腿的，在大庭广众之下抢一颗球，弄得满身汗水，实在让她无法接受。

而雀怜影毫不反对斟云与魏雪衣在一起，也让柳梦零感到不舒服。十几岁的小娃娃不好好读书，却去谈婚论嫁，这事情让雀怜影和柳梦零争辩过好几次："这天下，饥荒、战乱从未平息过，世间百姓，可以活过三十岁的不足六成，真像你说的天上世界那样二三十岁才成亲，只怕过个两三代，人就死绝了。""别人我不管！斟云不可以！"

云砂郡，云阳城，云砂王府。斟云回到家中，只看见府内张灯结彩，一问才知道是掌事太监曹公公的意思。曹公公可悲可恨又可怜，当了一辈子奴仆，只知道按照皇家的规矩办事，大张旗鼓地迎接王妃嫁入王府。那些手握实权的年轻人的争执，他听不懂，只觉得一个个都离经叛道，却又不敢直言。

在这件事上，斟云表现出了十六岁孩子茫然无措之下的逃避心态，婚礼刚结束，宾客一走，他就找了个偏僻的角落躲着。

"王爷，这事情，是逃避不得的。"曹公公的头发已经全白了，腰身更加佝偻，手捧着赐婚的圣旨。

斟云并不接旨，他犹豫着要不要干脆谋反算了。手机上出现了柳梦零的留言："成亲太早会影响你的人生规划。在你受完教育、踏入社会之前，不宜考虑过早。否则你一辈子就被家庭禁锢在这个落后的世界里了。"

梦零姐人生目标明确，知道自己要做什么。随着婚礼的结束，斟云觉得自己曾经清晰过的人生目标又变成一片迷茫，不知道前路该如何走了。

斟云在书房里愣了一夜。王府很大，书房离魏雪衣独自呆坐的婚房足足有半里地远。若是人生就只如初见，那时他是机关师阿云，她是民女虎妞，大家都没有这些高贵的身份牵绊，那时的日子多美好。

远远传来摔东西的声音和魏雪衣的哭声，几名体格粗壮的嬷嬷正赶往婚房。这哭声要是传到外头，不知情的人还以为是小王爷强抢民女了。斟云很想下令放走魏雪衣，但是又很清楚，魏雪衣不会走，只会拼命找机会刺杀他，得手之后就会自杀殉情。

天亮了，斟云决定离开王府，在赵龙的护卫下前往东引村。斟云问："村里没人知道我的身份吧？"

赵龙道："除了暗哨的侍卫们，无人知晓您的身份。"

去东引村当个技艺精湛的机关师是斟云最大的乐趣。昨日听人禀报说，东引村已经扩大成规模宏大的工业基地，远胜于去年此时的工坊群。斟云想在那儿半工半读一段时间。

斟云换上工匠服饰，走到王府后门，却遇上几个让他不高兴的人：曹公公、两个当初他来到云砂郡时就一同来到王府的老嬷嬷以及城里妓院万春楼的几个老鸨。斟云只觉得一股寒意从背脊升起，寒毛根根倒竖。在皇宫长大的他如何不知这些人的手段？皇宫里总有些宁死不从的贞洁烈女，总不能让她们伤了皇帝，于是宫中就会有这种专司调教女子的嬷嬷，甚至每一座王府都会有。

斟云极为不悦，甚至带着冰冷的怒气："曹公公……"

曹公公恭谨慎微地低头："老奴要求不高，只求王妃不再伤害王爷即可。"

斟云无言以对，只好低声说道："适可而止。"

斟云去了东引村，几乎每日都和工匠们在一起。他在逃避，试图逃离这座王府，却又逃不远，毕竟王府中有他牵挂的人。

王妃的住处离雀怜影的小楼有些距离。隔着窗棂，雀怜影可以看见魏雪衣绝望地看着天空。短短几日时间，她瘦了一圈，想逃却逃不走。

也该上门拜见王妃了。雀怜影心里想着，带了几个侍女，走进魏雪衣的住处。这是很华丽的牢笼，魏雪衣所穿、所用都是天底下最好的，雅致的小院内营造了漂亮的假山流水，一草一木都是不惜巨资从魏雪衣的南方家乡移植而来。曹公公派了几个强壮的侍女，每时每刻寸步不离地盯着魏雪衣。

魏雪衣第一次看着雀怜影，判断不出她的身份。

王府是皇室的支脉，向来沿用等级森严的宫廷规矩，各色人等服饰装扮均有规定。后宫以皇后为尊，等级按照一后四妃三十六嫔依次排列，服饰花纹均有严格的等级区分；王府减一等，以王妃为尊，等级按照一正妃二侧妃一十八嫔排列，衣着打扮同样有严格规定，不可逾制。

魏雪衣见眼前这女子，衣着服饰并非姬妾嫱嫔之列，身旁婢女侍卫也非皇家礼仪规定之数。魏雪衣愣愣地看了半晌，才问："你是谁？"

雀怜影道："我？不过是客居在王府的食客罢了。我姓明。"

食客，是很泛泛的定义，可以是投靠的亲朋好友，也可以是招揽的幕僚。王侯府上有几个食客并不为奇，奇的是她身边站着的都是在正常的王府中应由王爷亲自指挥的府兵头领、诸事总管。看来她才是王府中的实权人物。

"你们退下。"雀怜影一声令下，身边的人全部离开闺房。这也证实了魏雪衣的推测。

看见那几个可怕的老嬷嬷离开了，魏雪衣才敢嘴唇微微翕动："救我。"

雀怜影道："你是王妃，只要你放弃行刺王爷，这王府就是你的天下。"

"决不放弃！"魏雪衣依旧倔强。袖口露出的半截手臂上全是伤痕，那些宫中出来的老嬷嬷从不会对女子客气。

雀怜影看着魏雪衣，尽管同情，却又为她坚定地站在对立面而惋惜。魏雪衣有情有义，可惜并不站在王府这一边。

雀怜影将一个本子丢在魏雪衣面前，正是她逃出孤风寨时，让吴公公送往朝廷的密信！雀怜影道："王妃天资聪颖，看得出咱们云砂郡的计划。但是，这种事少做为妙。"

魏雪衣绝望了：朝廷里有云砂王府的眼线！然而细想起来，此事也在情理之中。陛下尚未婚配，膝下无子，天下诸王以云砂王与陛下血缘最近，实力又最强。要是哪日陛下驾崩，最有可能成为新帝的就是云砂王。那些朝臣都是老奸巨猾之辈，自然要暗中留个后路，暗地里勾结云砂王也不足为奇。

雀怜影走出王妃闺房，老嬷嬷带着万春楼的老鸨走了进去。老鸨看见雀怜影，心里打了个寒战。雀怜影并没有理会老鸨，径直离开。

房里传出魏雪衣惨痛的哭声。

云砂王府大门外常有卫道士、旧夫子长跪不起，求王爷不要再倒行逆施、败坏纲常。甚至还有旧儒在王府门前撞墙而死，以死相谏，鲜血已经渗入朱墙，再也洗刷不去。

云砂郡正以一种缓慢而又深刻的方式，慢慢摧毁传统的尊卑观念，让守旧的卫道士们深感恐惧。男主外、女主内的传统，尽管依然稳固，却不再是牢不可破。

男女有别？这种事，在正值叛逆期的小王爷看来纯属放屁！生产线上在制造机械时，男子体力强，大块的金属零件常由男子组装；女子手巧细腻，细小精巧的部件通常由女子装配。在斟云看来，男女的确有别，尤其是工坊分工的时候。然而工坊里的规矩是，谁行谁上，才不管你性别。

这种事，一开始的确遭到很多人抵制。但是雇工们多是穷人出身，养家糊口才是最重要的，坚持"饿死事小、失节事大"理念的穷人并不太多。一个穷人家里，谁赚钱多，谁话语权就大，东引村慢慢出现了女子主外的家庭。尽管仍不普遍，也足以让很多持着老观念的人深感不安。

董御史在冯县令的带领下，踏足到烟气弥漫的东引村。这里的工坊烟囱林立，各种砖石厂房中运转的生产线像无数张牙舞爪的巨兽，让人望而生畏。

小王爷光着膀子，一身油污，在工坊中看着工匠们组装新的机器。这些日子，他常和工匠们吃住在一起，并不在意身份。冯县令咳嗽了几声，斟云转身，并没有让工匠们回避，而是自己走出厂房，带着县令和御史到达另一个偏僻的处所。御史是来辞行的，他要返回帝都复命，复命之前，将写好的奏折先呈小王爷过目。奏折上所列数十条大罪，每一条都是说小王爷如何不守皇家规矩，肆意妄为。

斟云看罢，说道："直禀无妨。御史您就私下呈给我皇兄，万不可在朝堂上公然禀报，免得皇兄为难。"

御史告辞，备了车马，离开了云砂郡。这一路上，手中的奏折宛若千钧巨石，让他难以承受。小王爷保得一方百姓安居乐业，但是所作所为又尽是难容的大罪。不弹劾，说不过去；若弹劾，逼反了他，只怕又是战火再起，民不聊生。

御史昼夜兼程十余日。皇宫，书房里，御史私下向巽帝禀报云砂王府的情况，巽帝听罢，沉默良久，才叹道："朕总觉得，朕是与一头凡人无法伤其分毫的巨兽搏斗。朕这弟弟，朕自幼看着他长大，却不知道他如此难对付。偃师千乘，好像不管是谁，只要沾上它，都会变成让人无法招架的魔鬼。"

御史道："臣托人多方打听，才知道小王爷背后还有高人。操纵整个云砂郡商队的，另有其人。"

巽帝问道："还有谁？余魔尊？谪仙子？仅仅一个云阳郡主，朕就难以招架了。"

御史慢慢展开画像："这是臣让画师根据王府中的下人描述，绘制的背后主事者的画像。陛下可识得此人？"

巽帝看着画像良久，道："原来，凤城贵女在云砂王府内，难怪云阳郡主知道她的近况。"

御史告退后，巽帝道："燕追。"

"臣在。"燕追出现在门外。

巽帝道："云砂王妃笔记失窃一事，有下落了吗？"

燕追道："暂无消息。"

巽帝道："继续暗中调查，切勿打草惊蛇。时间不早了，你也回去歇息吧。"

燕追告退，离开书房，不巧遇上几名精心打扮、奉旨伺候君王的女子。她们的妆容，有两人与画纸上的凤城贵女相仿，有一人与画纸上的云阳郡主相仿。

世间总有些奇女子，让人一见，就再也无法忘怀。燕追记得当巽帝还是弱势皇子时，暗中命他与偃师千乘联络，他九死一生穿越沙漠，见到柳梦零的第一面时，那惊为天人的感觉。

那时的她，丝毫不遵礼法约束，穿着一条露小腿的短裙，一件露胳膊的裋褐，堪称惊世骇俗的奇装异服，却坐在高大的飞楼机枢上，长发扎成两根小丫鬟式的麻花辫，不饰任何珠宝。与宫中的美女相比，柳梦零并不显得有多美，只是那双眼睛，透着恍若天人的灵气，绝非循规蹈矩的寻常女子能比。

巽帝让燕追暗中调查云砂王妃笔记失窃一案，那是不可能有结果的，因为笔记就是燕追偷的。

书房里，巽帝照例要看书到很晚，有时候甚至忙碌通宵，直到上早朝，早朝结束后才歇息。汽灯的光芒照得书房通亮，他无论多抗拒偃师千乘，都无法抗拒来自偃师千乘的器物。偃师千乘的蜡烛曾经流行过一时，收割了一轮财富；如今被偃师千乘的汽灯取代，又收割一轮财富，类似的还有诸多前所未有的生活用品。这才是最让他深感无力的地方。

伴君如伴虎，书房里的几名妙龄女子小心翼翼地替巽帝压纸、研墨。她们都是出身高贵的高官重臣家的女儿，只求侍奉君王，换得家族地位巩固。

她们听说几日之前，陛下因为秀女一事在朝堂上大发雷霆，当即革了几名大臣的官职。皇帝的心思难猜，画了梦中人的画像，命令天下百官寻找，百官们自然是按照画像选拔秀女，送入宫中，哪里知道陛下并不是这个意思？

这些日子，巽帝让人找出父皇在位时大臣们的奏折，细细阅读。

云阳侯在四柱国当中年纪最小、战功最高，也是当时唯一与偃师千乘交过手的将领，所陈奏折，多为禀报边关战事："机关之术，操纵金铁木石为兵，刀枪不入、水火难侵。听闻偃师千乘近日正在制造神兵名曰'飞楼'，一旦此物成形，则天下绝无可以抗击者！臣以为，趁眼下尚未与偃师千乘结仇，必须尽快派遣工匠前往塞外，模仿研习，以防将来我方落后，无法抗敌！"

凤城侯在八贤臣中最为年长稳重，常与云阳侯政见不合："若是依云阳侯之法，则奇技扩散、广为流传，天下匠人百工广握神器，有违放马南山、刀枪入库之策。若是天下太平、相安无事则罢；要是稍有动荡，则群豪并起，皆掌握奇术，朝廷禁军不再具备优势，只怕战乱绵延、永无休止！机关妖术，必须全力取缔禁绝！"

看罢，巽帝感叹：那时的四柱国、八贤臣，见识深远、一语中的，难怪父皇可以成就霸业。哪里是如今朝堂的酒囊饭袋们可比？

凤城侯与云阳侯政见不合，私交却是极好，一老一少，常在退朝后结伴到帝都郊外垂钓、畅谈，并不因为政见而疏远，是当时朝野称赞的君子之交。朝廷最终采用了凤城侯的政见，各种禁绝措施大多是凤城侯亲手制定，行之有效。短短几年，民间就再难见到能工巧匠。

"阿云，这么精巧的木枢机关，从哪里学来的？"那个时候，巽帝还是十三岁的孩子，看着十岁的弟弟做出可以在空中盘旋下降的小小木鸢，很是好奇。

那时，斟云说道："父皇下令要烧掉的书，我偷了几本回来，书上有制作之法。"

魏雪衣的笔记在失窃前，巽帝反反复复地读过好几遍，深感震惊，生怕遗忘，用最好的宣纸抄了好几遍：云砂工坊建立，天下奇货迭出，诸如汽灯、细纱、薄如蝉翼的铁纸，多为前所未有之器物，应用极广，世人一旦接触，则迅速习惯其便利，纵使课以重税仍无法禁绝。只要我中土各郡县仍是不能自造，无数真金白银则始终无可挽回地流向塞外。朝廷成立皇商试图竞争，实是毫无用处，只因诸多奇货，彼能制造，而我不能制造也。若是以为奇技淫巧不值一提，疏于防范，日后大器若成，则无法抵御……

巽帝冷汗直流：无法抵御！这可如何是好？

"来人！去荒院！"巽帝突然想起一事，大声下令。

大内侍卫们手持火把，照得荒院人影幢幢，巽帝在这童年生活过的荒院里，在落满灰尘的书架角落，亲手撬起地砖，找到了那几页制作木鸢的工匠书籍残卷。童年时的他，不知道父皇得知弟弟制作木鸢时为何大发雷霆，将书烧了，只剩下这几页残卷。若斟云不是皇子，只怕会被处死，而不是禁足在荒院中了事。

几页残纸，让巽帝冷汗直流。那奇技淫巧做成的木鸢只是孩童玩具？不！它的完整形态是一种叫作"天火飞鸢"的神器，体积长达一丈有余，可以装满火油，弹射出去乘风飞出数百丈之遥，是天底下射程最远的攻城武器！

父皇一统天下之后，这种攻城破国的神兵自然要禁绝，让其失传以永固江山。如今图纸已经焚毁，这天底下，只怕仅有斟云知道制作秘法！

"宣……宣安国侯魏铁衣！"巽帝大声下令！

魏铁衣连夜进殿，只看见巽帝亲自在殿前丈量距离，喃喃自语："当日，柳梦零就位于此处，击毙十三皇兄于丹陛石上，飞火铳刀射程应是八十丈到一百丈之间；攻破宫墙时，飞楼位于神武门，火炮弹丸落于万寿门前，射程应为一百五十丈；当时万寿门中弹起火坍塌，佣兵踩着万寿门的残垣败瓦杀进宫内，飞楼却未从此处攻入，而是另选位置，撞破宫墙而入……"

巽帝坐在台阶前，细细思索，看见魏铁衣到来，问："安国侯，你可见过飞楼？"

魏铁衣道："去云砂郡护送钱粮回帝都时见过。所有的飞楼均由百夫长以上妖人操作，寻常人等不许靠近。"

巽帝道："那就对了，飞楼必定有某种弱点，不敢让外人得知。"

皇商并不像魏雪衣认为的那样一无是处。他们翻山越岭、穿洋过海，凡是民间商队能去的地方，他们都要去闯一闯。毕竟皇商的底子是朝廷的缇骑，虽是皇帝直属亲兵，但是拿的是死俸禄，不像外派各郡县的官员那般有丰厚的油水可捞。如今机会摆在眼前，自然是怎样的穷山恶水都要去闯一闯，设法为自己的口袋赚取最大的差价。

巽帝似乎知道偃师千乘的情报网为何如此迅速灵通了。皇商模仿云阳城那般在帝都建立了类似行会的组织，互通情报，以尽可能快的速度传递商业消息。这世上有两种动力会让人疯狂地卖命，一种是对皇权的畏惧，不努力者将会被严惩，所以朝廷的信使总是日夜兼程、马不停蹄；另一种是对利益的追求，商人们只要比竞争对手提前一刻钟把消息送达目的地，获得的利润往往会远胜于对手，在金钱的驱使下拼命奔波。

"燕追，朕想知道，这天底下到底有几个国家和飞楼交过手？胜负几何？若是有人胜过，又是如何获胜？"皇命一出，情报陆续汇集归来：在塞北大漠以西，一个非常遥远的国度，还真有大军与飞楼交过手。那个国家的对手是余魔尊，三十万大军面对六十余座飞楼，拼死作战，击毁了飞楼六座。

"火攻？"巽帝亲自询问来自陌生国度的胡商。

胡商双眼含泪，通过翻译告诉巽帝："诱敌入城，关紧四面城门，放火，牺牲一座坚城，消灭飞楼。城墙约是飞楼三倍高，飞楼踩着飞楼，攀爬上城墙逃跑，最后三座无法逃跑的就焚毁了。另有三座飞楼为跳下城墙时意外摔毁。"

尽管巽帝并不知道飞楼是蒸汽动力驱动，燃料与楼中火炮火药均易燃，但是从情报推断，飞楼怕火，那是确凿无疑了。送别胡商之后，巽帝找来昔日跟随四柱国征战过的老兵，得知失传的天火飞鸢确实是超远程火攻的神器，心中打定主意：重造天火飞鸢，牵制飞楼。

巽帝翻遍皇宫库藏的兵器图谱，天火飞鸢的图纸始终不见全本。无奈之下，只好又发布圣旨，试图找到懂得制造天火飞鸢的工匠。

皇榜在帝都张贴半月有余，却始终不见巧匠揭皇榜。巽帝内心焦虑，这一日，上朝时又因为秀女的事与朝臣们吵了一架，退朝之后心情更差。巽帝问："燕追！你说，为什么云砂郡那边巧匠如云，我这头悬赏万金，却一个能工巧匠都找不到？"

燕追不敢作答，因为他知道，偃师千乘的能工巧匠都是自己培养的。最优秀的工匠绝不会是像山间的野草那般自己生长，不可能一张皇榜贴出去，就有民间工匠双手捧着图纸献给朝廷。

一名太监禀报："陛下，云砂王送来奏折。"那奏折非常厚，就像长宽均有三尺、厚达半尺的大书。

听到是斟云送来的奏折，巽帝心中有气，伸手就打落地面。但就是这一打，让他再也移不开眼睛：这是图纸！天火飞鸢的图纸！天底下只有斟云见过天火飞鸢的完整图纸！

图纸中还夹了一封信："听闻皇兄贴出皇榜寻找天火飞鸢图纸，臣弟亦想替皇兄分忧，连夜绘出图纸。可惜幼年印象模糊，几个关键之处臣弟是随手乱画，若是制造时出了什么差错，还请皇兄见谅。"

混账东西！巽帝气得浑身发抖，却又无计可施。云阳城和帝都隔着几千里，巽帝却好像能听到弟弟得意的笑声。

十四、秋日，民变，又是肃杀时

陛下与王爷的关系到底是好是坏？无论是在朝廷官员当中，还是在寻常百姓眼里，这都是个不解之谜。

陛下苦求天火飞鸢图纸而不得，王爷立即双手奉上；陛下缺粮赈灾，王爷立即筹粮；陛下缺钱行善，王爷立即献上；陛下要把选入宫中的秀女统统送回去，这一来一回兴师动众，又要大笔钱财开支。没关系，只要能让百姓骨肉团聚，云砂王有的是钱！

云砂王勾结妖人、擅离封地、轻慢御史、毁乱纲常，条条都是重罪。朝臣弹劾多次，陛下听完禀报，事情也就完了，从不下旨治罪，总是偏袒王爷。

然而，陛下试制天火飞鸢，似乎又是为了牵制云砂郡的飞楼，他们的关系又势同水火。

不得不说，这个秋天是一个"多事之秋"。

云砂郡西北沙漠和草原交界处的半游牧半农耕的狼狄诸部里，一场来得太早的大雪埋葬了庄稼，冻死了大量的牛羊，断了他们丰收的希望。他们需要拦路抢劫来获取足够的过冬物资。

过去几年风调雨顺，粮食丰收，加上商路带来的利润，让他们幸福地生儿育女。然而一到灾年，大量的人口很快吃尽了丰年积攒的粮食，一些老人和孩子已经饿得奄奄一息。是饿死还是打劫，这并不难选择。

当他们做过几次杀人越货的事之后，商队迅速变少，粮食依然不足。毕竟塞北凛冬将至，商队都龟缩在云阳城里，等待着开春再走商。

飞霜镇是云阳郡的矿石产区，狼戎游牧骑兵突然进攻，粮食和财物被洗劫一空，矿区出产的翡翠对狼戎毫无用处，所获粮食不多，于是他们又洗掠了附近的凌水镇。

凌水镇是粮食产区，同样的半农耕半游牧民族出身，却因为位于云砂郡内，享受着偃师千乘工匠创造的提水枢纽的便利，万顷良田所获丰盛，于是逐渐放弃游牧，向纯农耕转变。但是村民们的彪悍之风不减，一场狼仗，良田毁坏大半，狼戎战死者众。

"孩子，你记住这些人，就是这些人杀害了你的父亲！"一名狼戎首领用骑鞭指着村民，恨恨地对麾下的狼戎孤儿说道。

消息传回云阳城，斟云脱下工匠衣裳，披上战袍："是可忍孰不可忍！梁六叔，你们偃师千乘佣兵留守云砂郡。云阳孤军，随本王出征！"

斟云十六岁了。听孤军中的老兵所说，昔日云阳侯初次出征时，也是这般的年纪，这般的气势。斟云白盔白甲，似乎让他们看到了当年云阳侯的英姿。

"王爷出征了。"云砂王府内雀怜影对王妃魏雪衣说道。

魏雪衣被囚禁在王府，由几个凶巴巴的老嬷嬷负责调教。柳梦零对早恋事件做了妥协，对雀怜影表示，只要魏雪衣能考上大学，就不再阻挠。同时也下了指示，要她好好读书。若是不用功，就大刑伺候。

希望有一日，你不是王爷，我不是王妃，我们能去一个陛下找不到的地方，长相厮守。魏雪衣常常看着被窗棂分割成条状的天空，在心里默念自己的愿望。

孤军出征，必定是杀得敌人血流成河。雀怜影心中不忍，却又毫无办法。千百年来，人口总是不停地增长，等到人口超出粮食产量，然后就是饥荒、战乱，直到人口锐减，减少到地里出产的粮食够吃，和平才姗姗来迟。然后又是人丁日渐兴旺，直到再次吃尽农田产出，饥荒和战乱又会再次来临。

记得今年仲夏时，柳梦零还没回到天上，雀怜影陪同柳梦零巡视农田。柳梦零的一席话让她心惊："每一个大乱过后转向大治的皇朝，在治世其实也有水灾旱灾，只是人少地多，多的是可以逃灾的地方。没了农田还有森林荒地可供打猎，总归饿不死。但是到皇朝后期，和平时期的人口大量增长，导致可以开垦的地都被开垦了，可以狩猎的地也都狩猎了，人多遇灾无处逃，于是饿殍遍野、民不聊生。"

雀怜影问："这种问题，天上世界如何应对？"

柳梦零叹气道："你说星舰联盟？他们没这问题，只有更棘手的生育意愿低迷的问题，人口都不知多少个世纪没增长过了。"

云砂郡以南，寒冬来得迟，仍有商队行走。消息灵通的皇商们，把云砂王未得朝廷许可、擅自调动云阳守军的消息传到朝廷。又有朝臣多事，以此参了斟云一本，要求将王爷拿下治罪。

"真是什么时候都不缺这种硬骨头啊。"巽帝并没有把矛头对准斟云，而是借口云砂郡毗邻的天岭郡叛乱久不平息，趁着秋收，军粮充足，派出三十万大军平乱。

明眼人都知道这只是个借口，自从十年前四柱国被灭族之后，夷戎就入侵占据了天岭郡，这几年随着商队交流，日渐开化，不复野蛮，只是仍然不听朝廷号令。陛下的目标，只怕是趁着云阳孤军远征抗击狼戎诸部，螳螂捕蝉，黄雀在后，对付云砂王。

然而，多事之秋远非巽帝想象的那么简单。大军刚出征十几日，局势骤变，四方诸国、各部接连造反！烽火战报接踵而至，先是北境诸部因为雪灾断了粮，南下洗劫，然后南方诸国也趁着秋收过后粮食充足，朝廷北顾不暇，接连起兵叛乱！

早朝时，巽帝脸色铁青。他知道，每年秋季，都是天下最不稳定的时候，但是他没想到，外敌竟然短短十余日之内接连起兵！

然而细想也是情理之中，巽帝听说，昔日四柱国镇守四方边关时，国泰民安。父皇诛杀四柱国后，每一位柱国大将倒下，身后就有一大片国土失守。诸皇子之乱更是让蛮夷长驱直入，边关要塞大多落入敌手，到巽帝登基时，实际控制疆域已经不足鼎盛时期的一半。

天下兵疲民乏，所有潜在的仇家自然是看到有人动手，也趁机动手，形成群狼咬虎之势！

巽帝看见急报如雪片般送来，只觉喉咙干涩沙哑："请问这万里边关，可有一处不被外敌入侵？"

一名大臣禀报："有！塞北天柱云砂郡！前几日，云阳孤军击退狼戎，乘胜追击，反而占了北方数百里草场！"

巽帝脸色更为难看："还要朕下旨表扬他们不成？"

他下旨匆忙拼凑八十万大军，兵分四路，分头抗敌。这是朝廷最后的家底，十几名年轻的将领都由巽帝一手提拔，因为素有经验的老将已一个都不剩，不是战死在诸皇子之乱，就是早已被父皇诛杀。

朝廷大军奔赴四方，帝都空虚，年轻将领经验不足，敌人避其锋芒，绕过要塞，长驱直入，帝都被围！帝都虽是防守严密的雄城，但是大军出征，带走了大量军粮。城里粮食不足，敌军围城，也不知道可以坚持几日。

帝都危在旦夕，巽帝派出信使试图召回大军，却在路上被敌军劫杀！求救信是送不到了，巽帝登上皇宫高楼，依稀可见远方刀兵攒动的敌阵。

巽帝看见了父皇，年迈的帝尊须发皆白，不顾侍卫阻拦，在老太监的搀扶下，颤巍巍地爬上高楼，看着那看不到尽头的敌军。巽帝也不顾父皇颜面，指着大军破口大骂："你以为鸟尽弓藏、兔死狗烹？你看看这城外，如今什么局面？要是四柱国俱在，哪会这样？"

敌军攻城，云梯搭上城墙，数不清的敌人一拥而上，如黑压压的蚂蚁攀附在城墙上。数量不多的帝都守军拼死作战，滚烫的热油、巨大的礌石从城墙上倾泻而下，敌军惨叫着跌落云梯，但是很快又有新的敌军攀上来，怎么都杀不绝。敌军神箭手射杀墙头守军，新的守军又补充上来，依托城墙锯齿掩护，居高临下射杀敌军，一时之间城墙上下俱是死伤士兵，哀号不绝于耳。

魏铁衣让士兵拖出半月前试制的天火飞鸢，朝着敌人最密集处试射，只见床弩之上，巨大的飞鸢扑向天空，装满燃烧物，扶摇直上天空，飞出数十丈、百余丈。敌军不知此为何物，只知来者不善，纷纷弯弓朝飞鸢射击。

飞鸢飞出两百丈之遥，坠入敌军密集处，敌军人仰马翻！落点燃起大火，水泼不灭，前方攻城的敌军得不到后面敌军的支援，纷纷战死在城墙下，敌军发觉此物竟然如此厉害，只好不断后退，试图退出飞鸢的射程。一时之间，飞鸢竟然短暂地打断了敌人的进攻！

又一架飞鸢腾天，这次竟然飞出三百丈之远，坠入敌军自以为安全的后方山丘上的营帐！爆炸声震撼大地，烈焰冲天，敌军哪里见过如此厉害的武器，一片鬼哭狼嚎！

山丘营帐是敌军主将坐镇指挥之处，由敌方亲兵严密防守，原本是最难攻击的地方，却不曾想到，天火飞鸢仅仅一击，就彻底将敌军主将、副将、军师，连同身边亲兵，全数送入火海！

敌军群龙无首，阵脚大乱，然而天火飞鸢却始终未再发射第三发。

巽帝见魏铁衣毫无动静，生怕他是因为前些日子很多资历战功均比他低的将领都领命出征了，自己却在帝都赋闲感到不快。甚至有流言说他因为妹妹是云砂王妃，陛下怕他和云砂王私下勾结，所以不再重用。

巽帝只好亲自过来问，只见魏铁衣正冷汗直流，看着工匠手忙脚乱地用曲尺和圆规计算床弩角度和所需力道。

魏铁衣道："天火飞鸢只造了两具发射器、十二发飞鸢，带了一大半到天岭郡平叛。如今帝都只剩最后一发，必须一击命中敌方粮草，否则无法迫使敌军退兵！"

这就是被称为三教九流之末的工匠，满朝文武都指望不上时，只有他们在努力计算如何命中敌军致命弱点。巽帝开始怀疑，那些奉行了几千年的高低贵贱，是否真的合理。

"这算法太复杂，草民不知是否奏效！"工匠勉强算完，冷汗如瀑。

图纸上的敌军粮草坐标是斥候们用命换回来的。他们派出的三十名斥候，只有三人身负重伤回来，坚持到禀报完情报，还是重伤不治殉职了。巽帝犹豫片刻，道："生死就赌这一把！"

士兵驱使战马拉紧床弩弓弦，战马嘶鸣，鞭子抽打出一道道血痕，耗尽全力，才把巨大的床弩弓弦绞紧。工匠们埋头苦算火药用量，为飞鸢翅下的圆筒装填火药，巽帝心头焦急，却也只能干着急。

敌军粮草大营位于五里之外，如此遥远的距离，又戒备森严，寻常偷袭粮草的方法根本不可能成功。最后一发飞鸢，带着众人的希望，飞向天空，百步、千步、一里、二里……敌我双方都惊呆了，射程如此惊人的武器，他们何时见过？

飞鸢落在山的后头，大地颤抖，火焰照亮了山谷！城头守军拼死作战，阻止敌人攻城，敌军攻势很快变弱了，他们匆忙撤退，帝都之围暂时算是解除了。

"那不是以前的天火飞鸢！它不可能有那么远的射程！那是偃师千乘的妖术改造过的东西！"帝尊苍老的呐喊声被众人的欢呼声淹没。

当夜，帝都无眠，城墙外的敌人尸体散发着令人窒息的恶臭。根据魏铁衣的斥候禀报，敌军已经退守三十里外的关隘要塞，等待新的主帅上任。要说胜利还为时过早，所有通往外界的交通要道都在敌人手里，敌人正在附近村庄洗掠，重新筹集粮草。

工匠们连夜赶造天火飞鸢，却不太顺利，库存原料不多，图纸上一些材料又极轻、极薄，坚硬如铁木，却又遇火剧烈燃烧，世间竟然无人能识，平时从偃师千乘商队购置，如今围城，已经是断了来源。

但图纸上也写有制造秘法，巽帝一看，却气得吐血！弟弟斟云的亲笔标注写道："此物为取寻常石灰，隔绝空气，引电灼烧至灰白，加水则生出易爆炔气，取此气，高温高压聚合成固体。秘法传授与皇兄，谅你也做不出来。"

大殿里，一筹莫展的朝臣们看着图纸中闻所未闻的秘法，面面相觑："引电灼烧？那些妖人当真能引来天上雷电？"

"真能。"魏铁衣想起璩国一役，柳梦零惊天动地的天雷一击，噩梦至今挥之不去。

信使是派出去了，但是能否突破敌人的封锁请来救兵，仍是未知数。朝臣们坐困愁城、一筹莫展，尽管他们经历过的上一场战争仅仅是去年才平息的诸皇子之乱。那时，有能力的朝中大员被叛乱皇子们杀戮殆尽，他们这些唯唯诺诺、构不成任何威胁的庸官们才有出头之日。

"太上皇驾到！"太监大声宣。众臣皆惊。只见帝尊一身旧龙袍，颤巍巍地走上大殿。侍卫不敢阻拦，巽帝也不敢下令阻拦。

帝尊走到帝座前，慢慢坐下，巽帝全然不敢作声。帝尊从容不迫，发号施令，如何防守、如何出奇兵、如何瞒天过海派遣信使召回大军、如何分化敌军各个击破。这镇定自若的模样，不愧是开国之君，哪里还有昏君的影子？

"各位，谨遵太上皇旨意执行吧。"巽帝也是无奈，大敌压境，他无计可施。若是父皇坐镇可以转危为安，他也无法反对。

从这夜起，帝尊重掌大权，巽帝成了名副其实的儿皇帝。然而他们终究是父子，每日早朝，巽帝照常听朝臣禀报政事，帝尊并不出面。退朝后，巽帝回到思亲宫，向太上皇禀报，并制定应对之策，再由巽帝发号施令。

巽帝对此也无异议。毕竟帝尊已经七十多岁，时日无多，父皇是担忧他坐不稳皇位，想扶他一程。

尤其是信使传来噩耗：分封外地的二十皇子、二十二皇子、二十三皇子均在战乱中遇害，帝尊白发人送黑发人，膝下儿子只剩寥寥几人。无论多不喜欢巽帝，也再无合适的人选可以坐这皇位了。

"其实云砂王比陛下更适合做皇帝。您看云砂郡，在乱世中屹立不倒，百姓富足，又能外御强敌。""这事说不得，说不得。太上皇最恨偃师千乘。"巽帝听闻几个大臣窃窃私语，却又不便发作。

思亲宫已经不是昔日的荒凉景象，添了不少宫女太监服侍帝尊。思亲宫里，帝尊坐在椅上，似睡非睡。他太老迈，精力已是大不如前，伴有间歇性的神志不清。巽帝轻声呼唤，才将他唤醒，禀报当前局势：贼寇大半已被打退，帝国可暂时保得安宁。

帝尊慢慢开口："这几日兵临城下，只怕是你见过最危险的局面，但是这种事对你任何一个拥兵自重的皇兄而言，都是不值一提的小事。这世上哪有什么真正的太平盛世？每逢灾年，叛乱四起才是常态。你见过所谓的太平不过是皇宫高墙里的温柔窝，是文官奏折中粉饰出来太平，所以你慌了阵脚。"

巽帝冷汗直流，帝尊问："派往天岭郡的大军，有消息吗？"

"暂无消息。"巽帝禀报道。

帝尊道："这支大军，只怕凶多吉少。当初朕看走眼了，你那弟弟是不世的奇才，应该早早杀了才是。"

巽帝道："这怎可能？朕多方刺探过，云阳孤军已随斟云征战大漠，柳梦零又不知所踪已有数月，云阳城只有不足五百名偃师千乘佣兵，只剩一个弱女子明镜珑坐镇。孩儿三十万大军……"

"你这三十万大军怎么来的？"帝尊眯着眼睛，打断巽帝的话，他记性越来越差，早忘记巽帝解释过。

巽帝道："由孩儿征召的流民组成。既可安置衣食无着的流民，又迅速组建成军，实在是一举两得的好事。"

帝尊合上眼睛，喃喃说道："你终究还是太年轻，爹爹出身流民，深知流民成军的优劣。此战必败。"

天岭郡山峦众多，地广人稀，大片的荒地无人耕种，如今居民多为戎人，民风彪悍，无论男女均擅长游牧骑射，偶尔也耕田垦荒；生活方式因地制宜，交易皮草、布匹、私盐，对商队颇为依赖，彪悍中却憨厚守信，被称为"义戎"。

巽帝是没带过兵的人，手下的年轻将领也不谙北地山区作战。义戎却极为擅长骑射，来去如风，趁夜偷袭军队粮草，一把火烧得精光。将领按中土气候用兵，却不知北方冬季早，大雪封山，困住了朝廷大军，士兵缺衣少粮，发疯地寻找义戎人的城镇，试图取粮于敌。但是他并不知道义戎人大多逐水草而居，一到冬天，往往迁徙到相对温暖的云砂郡境内过冬，根本没有成规模的城镇。

流民组建成的军队非常可怕，他们原本就是为了求生，背井离乡的无家之人，为了寻求一口饱饭吃，往往舍命攻城。如果这支军队攻入云阳郡境内，那将会形成巨大的破坏力，摧毁沿途的所有城镇。

然而他们到不了云砂郡。义戎人撤退时，砍伐树木、堵塞山中河道，导致河水混着冰凌暴涨，冲垮了山道，形成大片冰冷的汪洋。要是贸然涉水而过，不是被水流卷走，就是被活活冻死。

这样的军队不像正规军那样有军令如山的纪律性，他们一旦无法通过攻占敌人城镇获取粮食，就会为争抢最后一口粮食大规模地私斗。三十万大军转眼间内斗成一团，连将领都无法勒令他们，只能眼睁睁看着大军土崩瓦解。

凛冬未至，大军只剩不足十万残兵，在冰封雪裹的崇山峻岭里，在战友们冻得梆硬的尸体中间瑟瑟发抖，很多人只要一睡着，就永远不会醒来。

"全都给我起来！我们去云砂郡！同样是死，冻死饿死，还不如去云砂郡抢他的、吃他的！做个饱死鬼！"将领披着猎来的兽皮，连雪带肉地披在身上，跟皮肤冻在一起，只要一动就撕裂皮肤，生疼。但他还是尽全力鼓舞士气，大声叫喊着，挂着巽帝御赐的宝剑做拐杖，鼓励士兵向云砂郡的方向进攻。

烈风夹着雪花飞舞，像刀片一样切割着众人的皮肤，不断有士兵栽倒，像冻得坚硬的木头一般。将军撕下一块披在身上的兽皮，像咀嚼铁板那般，就着雪水，努力咽下，冻硬的兽皮剐得喉咙生痛，从口腔到胃里好像被冻成一段冰柱。

食物是非常难得的，起初他们试图通过狩猎来获取食物，却发现深山里的野兽很少，连擅长狩猎的义戎人也只能勉强保持温饱，根本无法供应大军所需的食物。将军稍微恢复点儿体力，就又大声训话："云阳王府吃香喝辣，我们却在忍饥挨饿！云阳王府有钱有粮有女人，那个云砂郡第一名妓雀怜影，听说那个美啊……"呼呼的狂风把他的训话吹得模糊不清。

"好美……我好热……"有士兵着魔般脱掉衣服，扑倒在雪堆上，痴笑着慢慢冻死。听说人冻死之前，会觉得全身发热，眼前出现幻觉，在最美的幻觉世界中走向死亡。

出了眼前的山口，应该就到云砂郡了。将军看见山口有马车，有人支了几十口大锅，冒着腾腾蒸汽，热粥的清香弥漫在冷风中。山谷两侧，戒备森严，尽是义戎骑兵。

这是冻死之前的幻觉？将领拄剑，踉踉跄跄地往前走。过了山谷，眼前局面豁然开朗，耳边的声音却是云砂郡麾下各庄园、工坊的工头们大肆招工。云砂郡的商家们不知道这是朝廷征讨云砂王的大军，只以为是寻常流民，于是按既往做法，收编为雇工。

三十万大军，在此处不复存在。饿死冻死五分之四，最后五分之一填补了云砂郡一直很缺的劳力。

将军羞愧难当，拔剑自刎，鲜血在漫天风雪中凝固成血红的冰。不明真相的围观群众围着他的尸身，讨论他到底是何方人士，为何在走出风雪绝境之后，反而自尽。

又过数日，云砂王府。

"明姑娘，朝廷的使者来了。"一名管事悄然走到雀怜影耳边，小声说道。

雀怜影问："所为何事？"

管事道：“说是前些时日，帝都被蛮夷围攻，损失惨重，要王爷捐助十万金，重修城池。”

雀怜影道：“陛下这脸皮要是拆下来做帝都的城墙，我看再多十倍的敌人也攻不破。钱照给。择良辰吉日，在云阳城里郑重举行捐助仪式，邀请云砂郡名流富商一同捐助。”

雀怜影铁了心要把这事弄得举世皆知。

十五、兄弟情深，也成仇

从帝都到云砂郡，局势比以前平静了很多。董御史的马车在雪地上飞驰，沿途不见流民贼寇。他知道，饥荒引发的叛乱往往结束于寒冬。能抢到粮食的灾民通常会在可以躲避风雪的地方，龟缩上一整个冬天；而抢不到粮食的，则会在冬日里饥寒交迫地死去。

一个冬天过后，灾民人口锐减，老弱病残尤其容易死亡，能活到来年春天的多为壮年。于是土地够种了，产出的粮食够吃了，饥荒会以一种残忍的方式落下帷幕。

天岭郡，义戎人的地盘，董御史看见义戎拦道，似乎是要打劫。一支白盔白甲的骑兵突然由远处而来，风雪中旌旗猎猎，竟然是云阳孤军的军旗。义戎人下马，恭敬矗立，孤军越来越近，为首的竟然是云砂王斟云。

"御史大人，小王有失远迎。"斟云坐于马上，拱手行礼。

"王爷不必客气。"御史心头忐忑，这云砂王是连陛下都不放在眼里的，尽管他们是亲兄弟。

队伍同行，御史看见云阳孤军背负的兵器极为独特，是一种短小的火铳。"这是连珠骑铳，去年夏天才试做成功。"斟云将一杆火铳递给御史过目。

御史手持火铳打量，问："此物威力如何？"

斟云道："射程极远，穿金裂甲不在话下，本王这次征战，往往一击洞穿两三名敌军。"

御史问："我方伤亡如何？"

斟云道："出征一万骑兵，归家仍是一万骑兵，灭敌三十六部，我军无人伤亡。"

御史骇然，要知道狼戎部族自古以来就是朝廷心腹大患。朝廷多次征讨，然而敌人来去如风，想灭一部都难如登天，如今竟然被斟云砍瓜切菜般重创！

又行一日，大军抵达云砂郡境内。只见道路宽阔，沿途两边尽是被大雪覆盖的农田，簇拥在其中的是火力工坊。这里烟囱林立，蒸汽腾腾，机枢声声，是别处无法遇见的。这里的村镇并无农忙农闲的区别，农忙时种田，农闲时进入工坊工，一年四季均是忙碌。

村镇之中，即使寻常农户也常备有马车，车身木雕花纹精美，堪比中土富豪。要知道驯养马匹成本极高，一匹良马想要有足够的脚力就不能只吃牧草，而是要混杂豆粟，所需粮食足以养活五六名平民。云砂郡的富裕在这纷乱的世道中是独一份，难怪云砂王可以毫不犹豫地拿出朝廷急需的十万金。

御史感觉到这世道要变了。随着局势的平静，朝廷重新向北方各郡县派出流官进行治理。但是越靠近云砂郡，大商家的势力就越为明显，昔日朝廷与乡绅共天下正在向朝廷与商家共天下转变。

"王爷回来了！"从踏进云砂郡的那一刻开始，数不清的平民走上街头，迎接云阳孤军。斟云却戴起了狰狞的铁面具，用白色的斗篷遮住身上的铠甲，并不以真面目示人。

面具有血污，显得更恐怖，那显然是战场杀戮时溅的血。御史问："王爷为何不以真面目示人？"

斟云道："因为本王是坏人。"

王爷人还在路上，消息就已经传回王府。云阳孤军的信鸽停在雀怜影手上，雀怜影解下信件，看罢，命人准备迎接王爷和一同前来的御史大人。一场宴请塞外富商的晚宴过后，王府筹集的资金之多超乎了雀怜影的想象，足足五万金，加上王府的十万金，数目非常惊人。

"这都是金子啊！"老太监曹公公看得眼睛都直了。

雀怜影道："这不算个事儿，柳仙子说了，陛下想要多少，我们就给多少。"

御史人还没到云阳城，云砂郡决定上贡十五万金给朝廷的消息就沸沸扬扬地传开了。世人常讥笑商人重利轻离别，纵使寒冬腊月，只要道路尚可通行，就仍有人走商。可以预见，这个消息将随着商队传遍整个天下。

魏雪衣反而比较晚才知道这消息。王妃无实权，身边的丫鬟也有恃无恐，嘴巴比较碎，敢把王妃当空气，和小厮闲聊："真是过分，这钱财，谁不是辛辛苦苦赚来的？朝廷一句话就要走了，哪能这么做呢？"

魏雪衣心中一惊，放下手中的书本，身旁一名老嬷嬷当即警告道：

"王妃殿下，王爷交代过，不可荒废学业！"

"我要去见明姐姐！"魏雪衣大声说道，站起身就要走出房门。

"明姑娘是你想见就能见到的？"两名粗壮的丫鬟站在门口，拦住她。

"王爷回来了！还有朝廷的御史董大人也一起来了！"窗外，用人在后院里大声传话，王府里顿时变得比过年还热闹。

"哦，知道了，让王爷自行处理吧。"雀怜影在后院花园看书，并不为所动。

哗啦一声，魏雪衣撞断窗棂，从二楼闺房里逃了出来，摔落在花园里。虽有地上厚厚的积雪缓冲，也撞得全身青一块紫一块，却还是顽强地爬了起来。自幼做惯农活的她，纵使武功全失，也不会弱不禁风，况且肌肉松弛剂的药效已经日渐消退。

雀怜影合上书本，问："王妃找我有事？"无论何时，她身边都有几名武艺高强的亲兵保护，寻常人根本近不得身，哪怕对方是王妃。

魏雪衣问："听说你要献十五万金给朝廷？"

雀怜影道："你很惊讶？咱们王府一年的支出都远不止这个数。"她说的是实情，这一年多来，王府可以说是穷奢极欲，就连府内树木过冬包裹的防寒物也是价值连城的真丝绸缎。至于用在云阳孤军身上的先进兵器、发放的军饷之类的花销更是天文数字。柳梦零离开之前，给雀怜影的建议就是：把多余的钱花掉，别留在手上。

魏雪衣问："你到底有什么阴谋？你应该知道这些钱是朝廷用来购置兵器、组建新军对付王爷的！"

雀怜影合上书，看着魏雪衣，问："你从何时起，开始担忧王府的命运了？"她手上的书是柳梦零留下的"天书"，讲述的是人类万年来的经济结构变迁。

魏雪衣心中一愣，对啊！从什么时候起，自己竟然不知不觉地改变了？她原本接受了陛下密旨刺杀王爷，为何如今会担心王爷的安危？

几个嬷嬷追了过来，抓住魏雪衣就要带走。魏雪衣拼命挣扎，她知道，这几个嬷嬷是曹公公暗地里从万春楼请来的老鸨，最擅长调教女子。这些日子，要是她读书不认真，那惨痛的折磨让她终生难忘。

"放了她。"雀怜影极讨厌这几名老鸨，万春楼在她的记忆中是地狱，哪怕她曾经适应了那种地狱。

天寒地冻，几名老鸨却吓得流下冷汗，只好放手。心想幸好当年并无得罪雀怜影之处，否则只怕要吓死在这里。

丫鬟杨月绮来报："明姐姐，御史大人想见您一面。"董御史的要求其实不合礼。身为朝廷命官，要求面见王府女眷是有违礼数的事情，但是，他觉得非常有必要见这传说中的明姑娘一面。

朝廷眼中，云砂郡三大妖人：云砂王、柳仙子、明姑娘，如今实在是柳仙子不知所踪无法见到，否则他也想见一见。

雀怜影款款走进客厅，她身边的丫鬟们珠光宝气，她自己却只是穿一袭不起眼的青衣罗裙，让御史大为诧异。御史终究是老人，年轻时见过曾经手握帝国财政大权的凤城侯，如今见到雀怜影，只见眼眸深处的气质像极了她的祖父，有一种操纵天下财富流动的气势。

"钱的事情，你尽管和明姐姐谈，本王只懂机关术和打仗，别的不懂。"斟云所言也是实情，所谓术业有专攻，他其实还是比较依赖两位姐姐的。

御史开门见山:"朝廷要十万金,王府毫不犹豫,分文不少地拿出来,甚至还多了五成,为何这般痛快?"

场面话就不说了,明眼人都知道,陛下要这十万金,修帝都城池是假,组建新军是真。修城墙根本不需要这么多钱。

雀怜影道:"钱财身外物,只要朝廷需要,王府拿得出来,就自然是给了。毕竟王府也不想抗旨。"

这话说得太痛快,御史不免担心其中有阴谋。雀怜影道:"御史大人请放心,我明镜珑并不是喜欢玩阴谋的人,我只玩阳谋!就算告诉你全盘计划,你也无法抵御的阳谋!"

雀怜影有脾气,这是府内很多人都不曾见过的事情。在他们的印象中,出身青楼的雀怜影深知卑微者的不容易,对下人极为体恤,也从不计较什么伺候不周。

如今客厅的佣仆们才蓦然发觉,雀怜影不但有脾气,脾气还极大。她平时不发火,那是因为普通人够不着能让她发火的等级。能让她动怒的,必须是皇帝!

雀怜影道:"你向王府要钱,用这钱来组建新军对付王府?无妨,你放手去做便是!新军火器所需身管、铁珠、火药,中土均无法炼制,你再多的钱也只能从云砂郡购买!这钱到朝廷手上转一圈,始终还是回到王府手里。我明镜珑不是守财奴,我要的就是让这钱流转起来,让工匠有活可做、有钱可赚,刺激工匠们钻研新技术。等你装备完火铳火炮,我云砂郡这头又靠着这资金流动的刺激,钻研出更先进的兵器。你朝廷,始终落后我一截,拿什么跟我斗?"

妖女!这是妖女!完全不亚于操纵天雷的云阳郡主的妖女!御史

冷汗浃背，他知道雀怜影为何如此痛恨朝廷，那是昔日凤城侯府满门上下数百条人命结下的仇！

御史想起了明镜珑操纵下的云砂郡的可怕。琉璃灯盏夜光杯，自古以来就是价值连城的宝物，然而能工巧匠却找出了批量制造的方法，她操纵商队，大量销售，真金白银从中土富户手中流向云砂城；等到这些器物不再值钱，她又开始倾销水晶汽灯，中土富户互相攀比，砸锅卖铁争相购买，然而汽灯燃油只有云砂郡能造，带来的光明让夜晚亮如白昼，即使皇宫也不能抗拒其诱惑，形成了刚性需求，数不清的燃油销往中土，被不断地燃烧消耗，而无尽的财富则不断流向云砂郡。

御史大呼："如此可怕，无怪你祖父当年强力要求禁绝机关术！"

雀怜影嗤之以鼻："即使祖父复生，也必败无疑！因为王爷就精通机关术！他知道以怎样的方式，让朝廷欲禁不能。"

斟云道："事情就是如此了。董大人，你我并无私仇，只有公斗。这些话你回去原样转告我皇兄，他要下旨定我叛逆也好，不下旨也罢，我都不放在心上。但是想除掉我，还是很难的。"

这是一个十六岁孩子说的话？御史简直怀疑自己的耳朵。一名女子挣脱府兵的阻拦，逃进客厅，大呼："大人救我！我是王妃魏雪衣！我家兄是安国侯魏铁衣！"

王妃衣衫破烂，似乎是逃脱牢笼时被剐蹭划破，身上满是细碎的伤痕，御史从未见过遭遇如此之惨的王妃。然而他无法伸出援手，云砂王并非那种夙夜忧虑、稍有差池就会被朝廷削藩夺爵的王爷，而是完全无视朝廷的强势王爷，在别的王爷眼中需要小心讨好的御史，在他面前什么都不是。甚至……巽帝无子，又体弱，谁知道哪天巽帝驾崩，很可能云砂王就是新的皇帝。

"让你好好读书，怎么比杀了你还难受？"云砂王不顾众人目光，扛起王妃，任凭她胡乱挣扎，朝后院走去。

"终有一日，我不再是王爷，而你也不是王妃，我们将会好好地在一起，过一些平常人的日子。"离开客厅后，斟云在魏雪衣耳边小声说的话，让她忍不住潸然泪下。

"为了能有那一日，你必须好好读书，跟上我的步伐。"斟云扛着魏雪衣，进了书房，亲自督促她看书学习。

御史返回帝都，带着比朝廷要求还多的十五万金以及雀怜影的原话，转交给了巽帝。巽帝面如死灰，枯坐在书房内。这几日，他又病了，太医说他体质只怕近似于早逝的娘亲，只习惯南方的温暖。

巽帝问："朕那弟弟，身体如何？"

御史道："文能安邦、武能征战，身体极好，一件薄衫即敢雪中行，大有昔日殁太子遗风。"

"混账！"巽帝大怒，咳嗽起来，身旁女子顿时紧张服侍。巽帝对女色的免疫力，始终没有自己想象的强，他知道身边这些美女都是高官家族出身，指望着能伺候君王，为家族谋求更好的前途。他坚持了一年，始终还是抵挡不住人的本性。册封妃嫔的事，他已经坚持不住原本的立场了。他需要一个儿子来抵挡朝中众臣试图把斟云立为皇太弟的呼声。

书房里，柳梦零的画像仍在，那水灵动人的眼睛，似乎在嘲笑他的无能。

巽帝带病求见太上皇，对父皇说了御史在云砂郡的事。父皇原本似睡非睡，雪白的须发颓然散于摇椅上，等他听到凤城贵女的事情时，蓦然睁开眼睛："你说这一切都是凤城侯的孙女在出谋划策？凤城侯那个老东西，死了还阴魂不散？"

"老夫就算九泉之下，也难以瞑目！老夫就这样睁着眼睛，看看你这天下是如何个下场！"十年了，凤城侯被当朝扒下朝服、押往天牢时的诅咒，如今犹在耳边。

巽帝对父皇禀报道："儿臣需要兴建工坊，师云砂郡长技，以抵御云砂郡诸多妖人！"

"不许！绝不允许！禁绝机关妖术！一定要禁绝机关妖术！"帝尊大怒，突然坐起，须发皆张，犹如白发雄狮。

帝尊大怒高喊中，猝然倒下，宫中宫女太监乱成一团，赶紧请来太医。然而太医也束手无策，毕竟人生七十古来稀，帝尊已逾七十高龄，在古今帝王中已算是长寿，一旦病倒，难以医治。

慌乱中，有老宫娥想起柳梦零所留灵药。

"这是柳仙子从天上带来的灵丹妙药。"他们找到了那个白色的小瓶子，倒出几颗细小的药丸。瓶子上细如蝇头的小楷，绝非书法名家可以手写，清楚地标记着仙丹的功用：治疗中风。

一整夜，巽帝始终守在父皇病榻边，未曾合眼。他很怕父皇从此撒手人寰，自己却还没学会统治天下所需的权谋，一旦天下倾覆，大臣们或许可以投入别人麾下，他又有何活路？

四更天，天色仍未亮，太监提醒巽帝："陛下，该上朝了。"巽帝起身，更衣洗漱，上朝是雷打不动的事。然而他虽有励精图治之心，但是如何个励精图治法，心里却是茫然。

早朝所议之事仍然是那老调重弹的几个话题。赈灾，钱是不缺了，云砂郡的十五万金已经抵达，除了训练新军所需，还有余财重建帝都周边郡县的城池，以拱卫帝都，防止敌人长驱直入。趁着春耕开始之前兴修水利，这也是朝廷每年都做的事情，巽帝想都不想也同意了。然而朝廷之上，又开始有老臣请求巽帝早日纳妃生子。

巽帝道："好了，这配种之事，朕也允了。朕昨日所提，模仿云砂郡，设立工匠作坊，研习机关术之事……"

"此事将动摇国本，倾覆天下！万万不可啊！陛下！"有大臣不住地磕头，颤声劝阻，额头在殿内石板上撞得咚咚作响。群臣附议，朝堂上跪倒了一大群大臣。而少数几个仍然站着的大臣也未必是真心支持机关术，不过没有胆量违背巽帝的意思罢了。

僵持，从天色未亮的四更天持续到天色大亮的早上，缇骑首领燕追在殿外等得焦急。虽说他是巽帝的心腹，缇骑权力也极大，品级却只有区区从四品，未经召唤，不得擅自入殿议政。

"燕大人何事如此焦虑？"同样权大官小的司礼监问道。

燕追道："帝都郊外宫明村，发现云阳郡主行踪！我已经让缇骑密探盯梢，等待陛下指示！"

宫明村是一个曾经很繁华的村庄，直属工部，祖祖辈辈以为宫廷制造蜡烛为生。采蜂人在深山里的悬崖峭壁上采摘的最好的蜂蜡，被运往这里；寻常农户不允许私宰的耕牛，在这里也有特权宰杀，取出牛油，作为制造蜡烛的原料。一代代的手艺人严守着蜡烛制造的秘法，传子不传女，传媳不传婿，制造的蜡烛可以昼夜不灭，散发迷人异香。哪怕是昔日帝尊一统天下，换了朝代，只要宫中还需要蜡烛，宫明村就能守住这祖传的铁饭碗，享受着别处没有的好处。

然而，靠着一门祖传手艺永世不愁吃穿的好日子终究还是结束了。云砂郡那水晶般晶莹剔透的汽灯成了帝都富户们的新宠。而传统蜡烛的原料，无论是蜂蜡还是牛油，都相当昂贵，精美不如汽灯，明亮不如汽灯，价格也无法与汽灯竞争。于是，能工巧匠们一个个都破了产。

"如今的宫明村，最大的'生意'是人口买卖。饿得走投无路的家庭，不得不卖儿鬻女，以求一时温饱。待到连儿女都卖完了，就一纸卖身契，把自己也卖了，生死由命。"柳梦零坐在偃师千乘位于宫明村的商号屋顶上，用手机拍摄着村里荒凉的景色，给画面配了旁白。临近春节，宫明村只有凄凉，没有节日的气氛。

"这些都是自幼学习家传工匠知识的娃啊，卖给有钱人当丫鬟和小厮，实在太可惜了。"商号里，在此落脚的商队老大感叹道。

掌柜打着算盘，叹气道："那有什么办法？我们就算开三倍的价钱，别人也不让我们把孩子带到云砂郡去培养成能工巧匠。在别人眼里，我们是让他们破家的万恶源头。"

柳梦零跳下屋檐，行走在冬日清晨阳光下的薄雪中，打开手机的反重力悬浮模式，让它浮在空中自拍，说道："七千年前，横亘星海的地球联邦解体，地球人后裔四散太空。星舰联盟，这种经过七千年流浪反而变得更强大的地球人后裔是极少数；更多的地球人后裔散落在一颗颗孤立的星球上，像浩瀚海洋中的一座座孤岛，失去了支撑先进科技的资源与禀赋，无可避免地衰落到更落后的状态。我的祖先发现科技是保不住了，至少要保住文化，所以从飞船携带的古代书籍中选取了与科技衰落后的世界相匹配的文化和制度时代，一个复刻自地球故乡的古代世界。各位同学，这就是我的故乡。"

班上的每一个同学都要拍一段故乡的视频，柳梦零拍的自然是这个落后的世界。有同学通过视频问："你平时在家都穿古装吗？好漂亮啊！"

柳梦零道："嗯，因为不想被别人看成是另类。如各位所见，我的故乡并不是你们想象的田园风光般的美好，所以我从小就立志要改变这个落后的世界。但是真做起来，才发现千难万难。每一个社会都会在它的既有模式中形成很多阻碍社会进步的既得利益群体。这些群体不一定是你们想象中的食古不化的达官贵人，更多的，是像宫明村的平民百姓那样，掌握着一门注定要淘汰的落后工艺，在旧时代过着丰衣足食的小日子，却在时代进步的巨轮面前被碾得粉碎，无论他们是有罪还是无辜。"

宫明村尽头就是帝都的城门。柳梦零进城了，她知道自己已经被乔装成平民的缇骑密探盯上，但是也不在乎。城门边，官吏正在驱逐流浪汉，城门里的大街上，百姓跪地痛哭，送别一名为民请命而被巽帝革职流放的官员。

那名官员品级不高，强烈呼吁禁绝机关妖术，命人绘制的《流民图》上尽是被云砂郡的先进工商复合体冲垮的传统手工匠人村庄，群人衣食无着，四处流浪。巽帝大为震怒，却也只能拿这种小官开刀，朝廷里更多反对机关术的高官大臣，他动不了。

社会在看似平静的表面之下，于无声处惊雷阵阵。帝都街头细雪中，屋檐灯笼换成了汽灯。同为照明的汽灯，寻常百姓家只是玻璃灯罩加铁皮底座，朴实耐用；富豪人家的是镏金嵌银丝底座加花纹繁复的精雕水晶灯罩，奢华名贵。不同的价格定位，却同样地断了旧产业的活路。

街上寒风凛冽，富户自然一身貂皮锦袍御寒，但是一些寻常百姓穿的已经不是柳梦零童年记忆中只能勉强保暖的麻絮夹层布衣，而是物美价廉的厚棉衣。中土气候不适合广种棉花，只有塞北以西的荒漠改良之后方才适合大规模种植。照理而言，冬日经营棉衣，生意应该不错，店铺老板却在唉声叹气。柳梦零问了才知道，原来老板是借钱经营，从云砂郡订购的厚棉料却在商路半途被破产的中土织工、生活无着落的烧炭工拦截烧毁了。

为保住生产落后产品的饭碗而焚毁先进产品，这种事时有发生。

街上有人叫卖油炸糖人，名字倒是挺别致，叫作"油炸三妖"，生意也不错，顾客排成了长队。柳梦零好奇，问："三妖是哪三妖？"

一名顾客警惕地看了看四周，小声道："姑娘有所不知，三妖就是云砂郡祸害天下的三大妖人，云砂妖王、云阳妖女、凤城妖姬。咱们小老百姓的，动他们不得，只好如此泄愤。"

店家手艺精湛，塑造的糖人极为精美，想必是破了产的雕刻工人改行做糖人师傅。然而他没见过"三妖"，只是凭想象，塑造得面目狰狞，放在油锅里炸得金黄。在现代榨糖工业还未开始应用的时代，糖并不便宜，糖人自然也贵。柳梦零付了十五枚铜钱，买了一份，算是支援穷苦百姓，啃着糖人，向着皇宫的方向走去。

越靠近皇宫，街上的寻常百姓就越少。帝都之内有好几道城墙、好几道城门，每一道都要验证身份，最靠近皇宫正门的两道城门必有帝都禁卫发放的腰牌才能通行。柳梦零才不管什么通关腰牌，手掌一甩，一柄折叠长剑嗖地拼接伸直，让士兵大为惊骇：私带武器进入帝都，已经是死罪，如今竟然试图硬闯门禁，天底下竟然有如此大胆的女子？

士兵们试图拦截，一个照面，被柳梦零放倒了七八人。柳梦零对禁军小队长说道："麻烦向皇帝通报一声，就说是云阳郡主来访。"

小队长仅比普通小兵高一级，哪里有资格禀报皇上？柳梦零却是不管，见他不愿去通报，一招撂倒，继续向下一道城门走去。大批禁军闻风而动，试图拦住柳梦零，为首的是一名身披皮甲的校尉，却毫无用处，柳梦零一招一个，凡是靠近她三尺之内的士兵，包括那名校尉，统统一击倒地。

士兵无法阻拦，却也不敢逃跑，只好随着柳梦零缓缓逼近的步伐步步后退，周围百姓生怕殃及池鱼，仓皇逃离。城门前出现了禁军校尉，一身威武的兽首雕纹铠甲，手持长刀。柳梦零并不把他放在眼里，一个照面，刀锋交错，校尉落败。

"偃师千乘的柳仙子？"校尉小声问她。去年的诸皇子之乱，他还没升任校尉时是负责守城的小队长。那时，帝都的城墙在他脚边坍塌，他远远地见过站于飞楼之上的柳仙子。

柳梦零丢下校尉向前走，皇宫正门位于眼前，禁军都尉带着近白名禁军匆匆赶来，手持从偃师千乘重金购买的飞火铳刀，这是禁军最先进的武器之一。

柳梦零觉得这好像打游戏，打败了小队长，出现了更厉害的校尉，打败了校尉，出现了更厉害的都尉。她原本想避开禁军，潜入宫中，现在却来了兴致，想看看打败了都尉，还会出现怎样的大人物。

铳刀结阵射击，准头极差，毕竟新锐武器装备不足一个月，训练仍是不足。士兵们匆匆装填铁珠火药，柳梦零却已经飞身逼近都尉，一招击倒。禁军来不及关闭厚重的皇城大门，柳梦零就闪入门内。

门后是空旷的御道，一棵树都没有，两侧是高耸的宫墙，墙上矗立着箭楼，时间虽是大早上的，却透着阴森寒气。上百名禁军士兵手持弯弓开箭，瞄准孤身走上御道的柳梦零。御道尽头是午门，进了午门才算是到了皇宫。柳梦零听说过，昔日四柱国、八贤臣被族诛，除了父亲云阳侯战死，其余朝廷重臣都是在午门之外的此地被斩首。

"射击！"禁军统领站在午门上，大声下令。弓箭威力不如飞火铳刀，但是射速极快，禁军有条不紊地分成三批，依次站起射击、蹲下搭箭，训练极为有素。

拦截！柳梦零左手五枚戒指射出的天蛛丝，恍如活物，飞蛇般缠住飞来的箭矢，扯落地面，竟然无一支可进她一尺之内！

午门关闭，柳梦零用天蛛丝钉住城门顶端的箭楼，借力飞升，跃上城头，一脚踩在禁军统领脸上，再次借力，跃上箭楼顶端的飞檐。箭矢射程不超过两百步，箭楼却极高，箭矢射程不足，纷纷坠地。这种易守难攻的建筑布局，原本是为防止敌人箭矢强攻，如今却让禁军奈何不得柳梦零。

翻过高高的午门是宫河阻隔的殿前广场，这是皇宫的最后一道防线，柳梦零看到了严阵以待的缇骑。

帝都的防守力量向来分为两部分，外围是禁军，宫内是侍卫。而缇骑，是介于两者之间的皇帝亲兵，装备最为精良。它不像禁军那般擅长防御大规模的敌人入侵，也不像侍卫那样贴身保护皇帝及家眷的安全，但是最擅长刺探情报，暗杀敌人，如果作为精锐中的精锐，结阵迎敌厮杀，战斗力也是帝国各军中最强悍的。只是缇骑培养不易，直接让缇骑迎敌，未免过于奢侈，犹如拿价值万金的名刀宝剑劈柴火。

最后一道防线的守将是老熟人，缇骑首领燕追。柳梦零看着他，他也看着柳梦零，两人对视无言。直到燕追打破沉默："宫中自有宫中的规矩，郡主是知道的，为何非要硬闯？"言下之意，你私下潜入皇宫就算了，如今大张旗鼓地硬闯，实在让禁军、侍卫们难做。

柳梦零道："去告诉皇帝表哥，就说云阳郡主来访。"

燕追对身旁缇骑下令："快去禀报司礼监陈公公！"他知道早朝结束之前，陛下不喜外人禀报其他事情。如今只有擅长逢迎拍马的陈公公有办法在尽量不激怒陛下的情况下，让陛下得知柳梦零闯了进来。

朝议看不到要结束的样子，巽帝病恹恹地看着朝臣们吵作一团，少数几名支持建造机关工坊的大臣被反对的大臣们围攻，唇枪舌剑，非常犀利："敢问工部尚书，你到底拿了云砂王多少好处？公然鼓吹机关妖术？"

"云阳郡主到！"司礼监尖锐的声音划破了大殿里的争吵。一些经历过帝尊时期、诸皇子之乱的老臣，听到郡主的名头，甚至双腿都开始打战。

柳梦零的步伐是不会停止的，声音传来时，她已经踩着高高的丹陛石道，出现在大殿众人眼前。丹陛石左右两侧，是上朝的石阶，她偏不走，非要踩在雕刻着云龙浮雕的丹陛石上，踩在去年十三皇子倒毙的地方，手持长剑，踏进大殿里。

众臣心头大骇。入朝不趋、剑履上殿、赞拜不名，自古以来就是只有顶尖权臣才享受的待遇。柳梦零知道朝廷规矩，却偏要践踏规矩，只差没九锡加身了。

柳梦零目光扫过众臣，众臣畏缩地让开道路。只有安国侯魏铁衣岿然拦在面前，大声质问："郡主，您可是要造反？"

"滚！真要造反，我早反了！你自己心里清楚，天底下可有挡得住我的大军？"柳梦零从不对魏铁衣客气。

巽帝让魏铁衣退下。柳梦零收起长剑，长剑解体成细碎的部件，嗖地收回手腕长袖中。她抬头，问皇位之上的巽帝："表哥，听说舅舅病了，我来探病。"

探个病搅得皇宫鸡飞狗跳，倒也是柳梦零的行事风格。

巽帝问："你怎么知道的？"帝尊病倒之事，是绝密。他在猜是谁漏了风声。

柳梦零道："我在天上俯瞰苍生，如何不知？所以大学一放寒假，就赶回来了。"其实这事，是燕追秘密向偃师千乘的密探透露的，柳梦零自然不会说实情，她总要保护自己的情报来源。

这朝议是议不下去了，巽帝只好退朝，带柳梦零到思亲宫探病。燕追不敢怠慢，把沿途侍卫数量加强了一倍，让缇骑严密跟随，明知此举无法对付柳梦零，但至少在陛下面前要表现出很努力的样子。

"这帝都之外，是怎样的世界？"巽帝抬头，看着高高的宫墙围起的井口般的天空，觉得自己是井底的青蛙。这种和柳梦零并肩走在宫中的机会，时隔只十年，却久远得恍如隔世。

柳梦零道："兴，百姓苦；亡，百姓苦。千百年来不都是如此？你又做不成有为明君，问了又有何用？徒增烦恼罢了。"

巽帝也不气恼，道："朕身边那些寒门出身的大臣，倒也不曾和朕提起过民间疾苦。"

柳梦讥讽道："与皇家相比，他们或许是寒门！你不知民间书卷贵，聘请西席先生教孩子读书识字更贵！天下百姓十分之八九都不识字。能让孩子自小读书，千军万马过独木桥般，参加科举、挤进朝廷为官的，至少都是不愁吃穿的殷实人家。他们离民间疾苦还有一截距离，真正的寒门根本出不了仕子！"

柳梦零稍微停顿，严肃地说道："你爹才是真正的寒门出身，寒门当中最底层的流民。"

巽帝黯然叹息。他每日早朝，起得比鸡早；每日批阅奏折，睡得比狗晚。他试图努力从大臣们禀报的字里行间窥探民间实情的一角，却始终是雾里看花，无从分辨所奏诸事的真伪。如今听柳梦零这一说，只怕那些尸位素餐的大臣们自己也不知民间实情。历史上的明君或许是有惊天的能耐，才做得成；历史上的昏君没有人心甘情愿地做，只是天资平平，实在明不起来。

不知不觉，思亲宫到了。宫门旁齐聚着闻风而来的宫中贵女，她们得知巽帝彻夜伺候太上皇也跟着过来，试图得到皇帝许可，入内照顾，在皇帝面前展现孝心，以迎合上意。说不准巽帝一高兴，封妃之事就有指望了。

巽帝并不理会她们，径直入内，向病榻上的父皇禀报朝议情况。太医们回避在一旁，战战兢兢。父皇似醒非醒，半眯着眼睛，想说些什么，嘴唇一张一翕，却发不出声音。

朦胧的视线中，帝尊看到了熟悉的身影，老泪渗出眼眶。盈月？

朕最小的妹妹，是你吗？你知道朕阳寿将近，亲自来接朕？朕愧对你的两大憾事，一是为了拉拢云阳侯，将你嫁到苦寒的塞外云阳郡；二是以为诛杀云阳侯后，可以将你接回宫中享福，却不知道你与云阳侯是真心相爱，竟然在回宫路上自尽。

那时的云砂郡还只是云阳、飞砂两个小郡，并未合并成后来的云砂郡，那时的塞外是真的艰苦。帝尊错将柳梦零误认是盈月公主，张着嘴巴祈求原谅，却说不出话。

柳梦零轻轻地坐在帝尊身边，亲自为他诊病用药。帝尊的兄弟全数死于立国前的战乱，昔日她的娘亲盈月公主，作为帝尊唯一在世的兄弟姐妹，宠绝天下。公主难产，伤了身体，太医诊断这辈子注定就只有这一个女儿。她一出生，就继承了母亲的恩宠，帝尊甚至打破公主之女最高只封县主的前朝规矩，早早定下将来她可以袭承父位得封地，成为云阳郡主。

然而皇家再深的亲情在权力面前也比纸薄。七岁之前对她宠上天的舅舅，七岁那年转眼间就成了不共戴天的仇人。

用完药，柳梦零对巽帝说道："舅舅虽是仇人，却又是亲人，实在让我为难。我的亲人不多了，死一个少一个，还是让舅舅好好活着吧。这里我来照顾，你忙你的国事去。"

巽帝给了柳梦零一块腰牌，那是他自己的腰牌："这腰牌可以随意进出宫中任何地方。朕知道你武功高绝，无人可以阻拦，但是希望你给皇家留几分薄面，不要再像今日这般，震撼登场。"

十六、皇宫那些破事儿

后宫破事多，尤以争风吃醋之事最多。当柳梦零决定留在皇宫照顾舅舅病情时，就知道肯定会有人找茬儿。

空置多年的星梦宫曾经是盈月公主的住处，如今又有女子入住，实在是惊呆了一众后宫女子。宫中等级森严，配备的宫女太监均有礼制规定，派往星梦宫服侍的宫女太监数量之多，是那些以女官之名送进宫中的女子们不曾见过的。

"入住的，是皇上书房画像上的女子。"不出三日，消息就已经在后宫女子中流传。

"她是谁家送过来的？竟然有如此排场？"同样的问题，在不同女子口中问出。

每一个太监打听到的消息都一样："打听不到，哪怕是重金贿赂陛下身边最红的燕追大人，也是讳莫如深，绝口不说。"

巽帝不喜欢自己被作为种猪看待，童年阴影更是挥之不去，对女子极为冷淡。数十名女子入宫半年，也就勉强有三名女子被临幸过，封为嫔。打听不到身份来历，有宫嫔娘娘就开始发挥想象力："三公空缺，九卿废弃已久，老宰相家中又没有年龄合适送入宫中的未婚女眷，本宫就不信她娘家后台比我还硬！必定是靠着狐媚子本事爬到本宫头上来的！"

三个宫嫔娘娘，娘家均是高官，平时经常争宠，并不和睦。如今遇上劲敌，决定联手给这不速之客一个下马威。

后宫中，无论是已经有名分的宫嫔，还是暂无名分的采女、应女，平时都是各住一个宫院，能不往来坚决不往来，也极少上门挑衅。然而碰面仍是难免的，今日腊八，大小算个节，宫中照例举办宴席，宫里各色女子打扮得花枝招展。一同赴宴的，还有留在帝都的皇室女眷，以及高官家中有诰命夫人身份的眷属。

后妃之位仍然空缺，后宫女子以嫔为最尊，这虽不合常理，却也并非无先例。帝尊在位时皇后已过世，封妃的都是已成年的掌兵皇子娘亲，也早已打发到皇子封地享福，那时宫中最尊贵的也是一群年轻貌美的宫嫔，终日宫斗。

宫中规矩，尊卑等级森严。女眷在御花园中碰面，京官诰命无论几品，见到嫔妃，均要半跪行福礼。吏部尚书的正妻、二品诰命夫人，见到自己身为宫嫔的孙女，也同样要半跪行礼。然而好景不长，留在帝都的几位公主入宫，走进了御花园，公主是皇室血脉，又压过宫嫔一筹，又轮到她们半跪行礼。

"小祖宗！您就遵守一回规矩吧！这品级服饰马虎不得！"星梦宫里，太监宫女都已经翻出昔年帝尊的圣旨下跪相求了，柳梦零却只是怔怔地看着那华丽的裙袍。昔日宠爱已不可追，然而圣旨仍在："朕父母早逝，兄弟凋零殆尽，仅剩一妹。不忍将来吾妹独女降为县主，让吾妹伤心，特谕此女承袭余荫，为云阳郡主，再特赐仪仗与公主等同。"

这是长公主的裙袍！寻常公主都到不了长公主的级别，必须是皇帝的长辈，或是身份特殊、等同于藩王的实权公主！念及昔日云阳侯和盈月公主的惨剧，今日巽帝试图为柳梦零补偿。

柳梦零问："要我穿这东西去吓死别人？"

宫女太监不敢吱声，心想前些日子柳梦零已经把朝中大臣吓个半死，把后宫再吓一次又何妨？柳梦零坚决不穿，她知道，如果娘亲还在世，就是帝国唯一的长公主，就应该是这身裙袍。

柳梦零自己在衣柜找衣服，翻出一套华丽却不带品级的宫裙，这是自宫中流传到官家女眷、再到民间巨富家庭的常见服饰，民间巨富家的女子每逢隆重场合是这样穿，宫中地位低下的无品级采女、贡女也是这样穿。

柳梦零就真的穿了这一身衣裳赴宴，负责唱名的小太监只知道从服饰辨别身份，一见她就傻了眼，不知如何开口。柳梦零无论见谁都不行礼，各位诰命夫人心想她地位再低也是皇上身边的人，不敢多问，先为行礼，不敢得罪。

宫斗这种事，先出头的往往是蠢货。一个不知天高地厚的宫嫔挡在柳梦零面前，等她行礼，柳梦零鬼魅般闪过，不想和斟巽表哥的配种对象一般见识。她见了皇帝也不行礼，翩然入座。

"什么人啊这是，连见皇帝哥哥都不行礼？"宴席已有几位公主入座，有十四五岁的小公主皱眉细声地问身边的姐姐。

"是云阳郡主，她身份特殊，等同长公主鸾驾，的确可以不跪。"凡是二十岁以上的公主都见过童年时的柳梦零，也见过姑姑盈月公主，两相对照，不难认出她来。年长的公主表面不动声色，但是心头不免暗暗震惊：这天只怕要变了。

"没听说过。"小公主不知还有个云阳郡主。毕竟盈月公主死后，帝尊伤心，把云阳郡和飞砂郡合并为云砂郡，试图让云阳郡永远消失，抹去这个让他无法面对的地名。

同样没听说过的，还有三个宫嫔。她们只知道郡主和公主不同，作为藩王之女，血缘上和皇帝隔了一层，亲疏上受累于皇帝对藩王的猜疑，动辄就会被贬为庶人，并不像她们娘家那样是实权的大臣。区区郡主，她们还惹得起。

宫斗？柳梦零不屑这种深宫金丝雀菜鸡互啄般的争斗，在即将掀翻整个世界的巨变面前，宫斗一文不值。

柳梦零暗中观察御花园中的女眷们，观察重点也不在公主们身上，而是在外官的家眷上。这些家眷大多出自门当户对的高官贵族家庭，娘家势力与夫家旗鼓相当，影响力不亚于她们在朝为官的夫君。她观察她们的衣服布料、珠宝饰物，暗中计算有多少出自云砂郡，计算云砂郡对这些人的生活渗透有多深，计算将来掀起的巨浪会掀翻多少人。

二品诰命、三品诰命、四品诰命，这些女眷一个个都有尊贵的封号头衔，但是偏不见最高的一品诰命夫人，这背后的政治生态极为耐人寻味。诸皇子之乱结束才一年，活下来的一品大官极少，仅剩的几个都是已经丧偶的古稀老臣，大量的文武一品官衔空缺，显然是虚位以待，等待着给将来有功之臣加官晋爵。

"安国侯府一品诰命太夫人、一品诰命夫人到！"太监大声唱读，让柳梦零心头一震！终于有一品诰命出现了！却偏偏是安国侯府！魏铁衣升官的速度超出了所有人的想象，从山野村夫到一品重臣，居然只是短短两三年时间！

然而细想起来也是情理之中。去年攻破帝都时，负责掌管帝都兵卫的前将军被柳梦零亲手射杀。巽帝登基之后，将军职位一度空缺，直到今年秋天，蛮戎攻城，帝都岌岌可危之际，安国侯魏铁衣作为城中唯一的守将，实际上承担起了将军的职责。帝都解围之后，这镇守帝都的功劳极高，自然要升任官居一品的将军职位，以彰显皇家有功必赏。更何况，魏铁衣本身就是巽帝一手提拔的亲信。

一家两位一品诰命，还出了一名王妃，在旁人看来，魏家已经是荣宠至极。然而柳梦零看到的却是巽帝将领奇缺，让水平远不如四柱国的魏铁衣过早地登上了一品将军的职位。

柳梦零的目光一直在两位诰命身上，一位是安国侯魏铁衣、云砂王妃魏雪衣共同的老母亲，面容苍老，华丽的衣裳掩盖不住安分惜福的山村老妇形象，没见过大场面，极为拘谨地坐着，不敢发一言；一位是几个月前魏铁衣由巽帝指婚迎娶的正妻、死于诸皇子之乱的兵部尚书家幸存的千金，年纪十七八岁，相貌姣好，一面周旋于命妇首之间，一面照顾不识深宫规矩的婆婆，应对得体，八面玲珑。

而负责守护巽帝安全的缇骑首领燕追，目光却在柳梦零身上，他看见她一直盯着两位一品诰命夫人，看得出神，也猜得到她心中所想：一品安国侯将军又如何？高得过我爹、位极人臣的一品云阳侯左将军、加封上柱国、太子少保兼驸马？再高也不过是转眼成空。若是将来讨伐云砂郡，今日的安国侯府只怕就是昔日云阳侯府的下场。

宫中女子表演琴艺歌舞，以各位宫嫔、应女，以及试图爬上龙床的女官们最为用心，比歌姬们还卖力。至于各位诰命，自然是只观看不用表演的；公主们更是随着性子，爱表演就表演，不爱就不理睬。柳梦零只是一杯接一杯地用产自云砂郡的夜光杯喝着来自云砂郡的葡萄美酒，喝得微醺。

又有一名宫嫔娘娘来挑衅了："这位妹妹，众姐妹都表演过了，怎么不见您上场？不会是毫无一技之长吧？"她是另一名高官——雷崖镇守使的女儿。

挑衅这种事，先出头的一般并不聪明。同为宫嫔，吏部尚书家孙女和礼部侍郎之女都只是不动声色地坐着，静观其变。只有这并不聪明的女子跳出来。

柳梦零忽然站起："拿剑来！云阳要表演剑舞！""云阳"这自称，她已经十年不曾用过。

"云阳？"宫嫔觉得只怕踢到大铁板了！若她真是郡主，郡主自称云阳，岂不是传说中那个煞星？

"取剑给她。"巽帝对燕追说道。

燕追为难："但是……"他不敢直说那条宫规：皇宫之中，岂能有女子动刀兵？

巽帝问："不然你想见她祭出天蛛丝？"他记得童年时，父皇的六十大寿也是这般的宴会，除了女眷还有各位未成年的皇子，柳梦零也曾手持木剑，在帝尊面前表演过初学的剑舞。

燕追取出自己的佩剑，双手捧给柳梦零。柳梦零一出招，顿时化作剑雨，银光乍泻，如万树银花在夜色下绽开，人剑一体，华丽惊人，全场鸦雀无声。

"一百七十二路追风剑！"燕追忍不住低声惊呼。外行看热闹，内行看门道，他麾下缇骑常年打探情报，难免要行走江湖，只要是懂得这套剑法的人，哪怕只学会十几招也已经是难缠的对手，而柳梦零显然懂得完整的剑法。

剑招威力极大，却不带一丝杀意，燕追看到的只有那些招式背后透出的忧伤。

"帝尊！"有人小声惊呼。

帝尊来了，却站在御花园门边，示意身边的人不要作声、不要通报。柳梦零的"仙丹"实在管用，才五六天时间，帝尊已经可以拄着拐杖，在太监的搀扶下慢慢散步了。

帝尊也认得这套剑法。当他还是争霸天下的一方豪强时，有一个天赋异禀的十三岁的孤儿，就是站在他身边以这套剑法保护他，让他多次化险为夷。后来他势力逐渐强大了，身边有了人数众多的亲兵护卫，那孩童遂弃剑不用，说武功再高也不过是百人敌，他要学万人敌的兵法。

帝国霸业大成，昔日孩童也长大成人，因为显赫的战功，被封为云阳侯。

"父皇？"巽帝不知何时已经走到帝尊身边。

"什么事？"帝尊原本不想理会巽帝，但是想到儿子已经不多了，也不得不应答。

巽帝问："当初为何除掉云阳侯？"

帝尊道:"朕昔日一统天下,只觉得四海升平,原本应该刀兵入库。他云阳侯却不遵圣旨,拥兵自重,屡屡以将在外君令有所不受为借口搪塞朕,如何留得?只是朕除掉他之后,北方叛乱顿起,才知道原来塞北之外诸多蛮夷正在崛起,他不屯集大军,这北疆就守不住。"

巽帝问:"后悔吗?"

帝尊道:"身为帝王者,莫要轻言后悔。很多事,哪怕是做错了,也只能设法补救。沉浸在后悔中毫无用处。"

接下来的日子,帝尊有时清醒,有时糊涂。糊涂时,他把柳梦零误认为盈月公主,于是又哭又笑;清醒时认出是柳梦零,于是大声喊:"把她拿下!推出午门斩首!"但是无人敢听他的命令,于是帝尊又号啕大哭,那模样像个小孩。

这种时候,柳梦零就会把治疗帕金森综合征的药往他面前一放:"舅舅,这药你是吃还是不吃?"帝尊从不抗拒吃药,他年纪越大,越是怕死。

何为最毒妇人心?在帝尊看来,柳梦零不杀他,却施药救他,只是想让他尽可能活久一些,活到看见他亲手建立的帝国崩溃的那一天。这种折磨比杀了他还难受。

等到舅舅的病情慢慢稳定了,柳梦零就要离开。她不喜欢这深宫,尤其厌恶那些为了争宠不择手段的宫斗。她童年生活的云阳侯府属于另类,因为当时云阳郡地瘠民贫,没有另外择地修建公主府。父亲身为驸马,自然不会有三妻四妾,爹娘感情甚好,一家三口其乐融融,不像别的侯府,妻妾儿女众多、规矩森严却又暗地里争斗不休。

御花园里，柳梦零找了几块木板，用天蛛丝缠在大树上做成秋千，慢悠悠地晃着，看着手机中直播的星舰联盟高中生武术比赛。今年夺冠的大概又是蓬莱大学附属高中武术协会。在考上大学之前，她就是这个武术协会的副会长。

一名女子来到御花园，跪在柳梦零面前，脸上带有泪痕："郡主救我！救救我的祖父！"柳梦零记得这是巽帝的宫嫔，向来低调却有礼的吏部尚书家孙女。

柳梦零已经听说，今日早朝，巽帝为了兴建蒸汽机关作坊的事又和大臣们争吵起来，让御前侍卫当场拿下了几个反对声最大的大臣。吏部尚书就是其中之一。

蒸汽作坊需要砍伐大量树木烧成木炭作为燃料，毁坏山林，占据良田，却又效率低下、劳民伤财，所造产品又无法与云砂郡竞争，投入大量金钱却血本无归，从官府到民间，反对者众多。

"为何云砂郡做得，朕就做不得？"巽帝的震怒声几乎掀翻了大殿的屋顶，伺候在大殿附近的小太监们人人皆闻。宫中诸女的父兄多是朝廷命官，暗中贿赂宫人，代为打听朝廷上的消息，也早已是公开的秘密。柳梦零也同样有自己的消息渠道，对这事知道得不比宫嫔们晚。

柳梦零笑了，说道："他当然做不得！我突然很想留在宫中，看我亲爱的表哥斟巽怎么死法。"这种大逆不道的话，也就只有云阳郡主敢说。

"你觉得，朕会怎么死法？"巽帝的声音从御花园门口传来，脸色疲惫，双目尽是怒气。

柳梦零道："照猫画虎，模仿云砂郡，那是死路一条。云砂郡商号众多，知道天下百姓需要何种商品；又有数不清的能工巧匠，知道如何以最精巧的机械制造产品。这些你都有吗？"

看见巽帝仍不服气，柳梦零又道："云砂郡自古地瘠民贫，农耕难以糊口，偏又是胡商前往中土的节点，经商风气浓厚；为对抗塞北风沙干旱，建造水力机关耕种薄田也是传统；地处塞北边远之地，朝中无人难做官，无法进京赶考入仕也是常态！所以当地百姓为求生存，以商为尊，其次为建造水力机关的匠人，再次是种田的农夫，最后才是根本指望不上的苦读诗书考取功名的书生！士农工商的等级排序，在云砂郡是反过来的！"

巽帝恼怒问："斟云做得，朕就做不得？"

柳梦零挑起眉毛道："你要学云砂郡，第一个就要打破自古以来的士农工商的尊卑秩序，首当其冲的就是建立在这套秩序上的皇权体系，到时候死的第一个就是你这皇帝！你弟并不想做王爷，而你舍不得皇位，所以他做得，你做不得。"

"一窝反贼！云砂郡统统是反贼！"巽帝抽出宝剑朝柳梦零砍去！柳梦零并不与他一般见识，身形一退，避开刀锋，跃上巽帝砍不到的墙头，巽帝只能乱砍御花园的花草树木泄愤。

巽帝很羡慕跃上皇宫屋顶，如猫般慵懒漫步的柳梦零；羡慕柳梦零无事一身轻，可以自由来往于宫中，也可以到朱墙之外去游历他只能在地图上看见的万里河山。吏部尚书固然食古不化，然而出发点是维护他巽帝的宝座稳固。他无奈下旨，让吏部尚书官复原职，换得美人破涕为笑。

想对付云砂郡是很难的，难度大到巽帝甚至想过放弃，回到后宫的温柔窝中，当一个沉迷女色的昏君算了。试问，有几个身体正常的男人能抗拒那满屋子的试图承宠皇恩的美女们呢？

后宫，承欢殿，诸位美女抚琴奏乐，今日又以吏部尚书之女最为顺从，堂堂高官世家千金，让她做什么就做什么。"给朕拿地图过来。"以巽帝的性子，终究不愿做昏君，满脑子想的都是励精图治。好端端的承欢殿被他拿来研究了一整个下午的国事，可是却直至半夜，都理不出个头绪来。

柳梦零所言极是。若是学云砂郡，只怕皇权倾覆，就在眼前。但若是不学，墨守成规，迟早也是死路一条。有无破解之法？巽帝冥思苦想，心中有了一个念头，却始终模糊不清。

"燕追，召安国侯魏铁衣……"话说出口一半，巽帝看见眼前活色生香的宫嫔美人，才想起这里并不是书房，燕追也不可能出现在此处。

巽帝心头有疑惑：云砂郡，文有明镜珑，武有柳梦零，两大才女铸造了它今日让人畏惧的实力，为何祖宗规矩却说女子不可丁政？巽帝觉得自己或许应该打破一些旧规矩。巽帝对跪在面前的宫嫔说道："朕突然想起，从未问过你的名字。"娘亲的悲剧让他从心底对后宫女子总有抵触，更别说是问其姓名。

宫嫔小心回道："妾身名为沈苓霜。"名字很普通，但是巽帝记住了。吏部尚书家姓沈。

巽帝又问："识字吗？"

沈苓霜说道："略懂一二。"

巽帝道："那朕考考你，如何在不触及国本的情况下，取得机关妖术之力？"说是考，其实是巽帝在茫然无措之下想看看这美女能否给他点启发。

"取其精妙，限制在一坊一地，只限皇家自用，不许对外推广。皇家之外则严格取缔，维持旧法不变。"沈苓霜小心翼翼地回应，巽帝用笔在地图上标注、勾勒，不时赞叹沈嫔见识过人。

为何历代规矩不许后宫女子干政？因为她们的父兄往往是朝廷重臣，嫔妃一旦生下皇子，各皇子与娘舅家就会自然结盟，各位大臣也会不再以国事为重，而是无论是否情愿，都将过早卷入储君之争的零和博弈中。

诸皇子之乱一过，朝中一品大员几近覆没。正因为每一个一品大臣都是昔日帝尊结亲拉拢的对象，每一个一品大臣都牵扯到了叛乱的诸位皇子。他们的力量成为各方争夺龙椅的一部分，没有谁再以天下兴亡为己任，最终在战乱中，被皇子们斩杀殆尽。

沈苓霜的爹反对机关术，她却顺着巽帝的意思，试着在机关术和旧传统之间取得平衡，心计并不简单。一旦她有了儿子，就很可能造就一个外戚家族，甚至强大到足以左右皇权。

这后果，巽帝如何不知？第一次见面时，闻到她身上的催情香，就知道她是有心计的人。巽帝知道身边可以依靠的人实在太少，世间事大多是两害相权取其轻，要是他驾崩得早，储君年幼又没有外戚扶持，那也终究坐不稳皇位。巽帝今年只有十九岁，心底倒是希望能有个得力的娘舅家扶持自己一把。

夜深了，巽帝却不想结束讨论，他紧紧地抱着沈苓霜，小声道："今夜由你侍寝，朕需要一个儿子，来结束朝臣们把云砂王视为皇位继承人的念头。"

时间又过几日，即将过年了，帝尊的病情逐渐稳定，清醒的时间越来越长，脾气也越来越暴躁。

"杀了她！给朕杀了她！"思亲宫里，几名身强力壮的太监摁住胡吼乱叫的太上皇，柳梦零给他用了最后一次药，怜悯地看着苍老的舅舅。

一朝天子一朝臣。三省阁老、四柱国、八贤臣、九方军镇符节使，那些开国时的一品大臣，会对帝尊俯首听命的朝廷重臣们，全都不在人世了。如今无论朝廷还是宫中，都没有人再听他的号令。

思亲宫里挂着逝去亲人的画像。柳梦零并不理会舅舅的吼叫，穿着一袭留仙裙，走过每一幅画像，慢慢打量着。寥寥几笔水墨丹青，勾勒出外公外婆衣不蔽体的饥寒；荆钗素裙，那是早逝无缘享福的舅母；几名粗布衣衫的壮年，那是舅舅战死的兄弟；几位白须及胸的老臣，那是帝尊的发小兼儿女亲家；一身戎装的挺拔少年，那是早殁的太子；太子之后十余幅画像，那是柳梦零在诸皇子之乱中战死的各位表兄，几名年轻女子，那是帝尊诛杀亲家重臣时自尽的公主，柳梦零的表姐们；数十幅未成年的孩童画像，是被株连处死的皇子公主们的孩子。

几个太监把新绘制的十六皇子的画像挂上去。昨日终于有确切消息证实，这个吃喝玩乐、明哲保身的纨绔王爷也在去年秋天的动荡中被杀死了，奢华的王府也付诸一炬，举家无人幸存。另外几个分封在外地的未成年小皇子至今音讯全无，只怕也凶多吉少。

　　然而思亲宫外，甚至整个帝都，临近春节的歌舞仍然不息，笼罩在一片热闹祥和的气氛中。落后的时代，信息传播不便，倒是让城中百姓以为全天底下都像这高高的围墙围起的帝都般歌舞升平。

　　柳梦零看到了自己七岁时的画像。当初帝尊诛杀云阳侯府上下时，根本没想过要放过她。柳梦零手掌伸向画像，手腕上的腕表状定位器慢慢亮起，空间出现小范围的扭曲，让思亲宫中的宫女太监们惶恐。画像变得如水波般泛起涟漪，一个空间扭曲造成的虫洞，以画纸为界，出现在眼前。

　　"舅舅保重，我走了。"柳梦零走进画像中，画上涟漪慢慢平静，又变成了普通的画，就好像什么事都没发生过。

十七、那些皇帝不知道的世界

帝都的春节，祥和热闹的背后，是人心惶惶。

"你们这些不要脸的东西！个个都说反对机关妖术，朕让缇骑一查，你们用的却尽是各种产自云砂郡的机关妖术制造的精巧器物！你们当中谁家没有云砂郡出产的器物的，尽管可以大声反对朕建设机关作坊！"巽帝震怒之下，抄了好几个大臣的家，将他们流放边疆。

早春二月，皇家工坊建立起来了。它规模宏大，占地千亩，矗立在帝都的南郊。既然机关妖术无法禁绝，那就比拼个高下好了。巽帝原本以为，只要工坊投产，就可以造出与云砂郡相同的货物，把不断流失的财富抓回自己手里，却不曾想到，仍是处处落于下风。

"陛下这是……唉……"几位老尚书常为此事唉声叹气。当初巽帝建立皇商时，他们就出言反对过，堂堂皇家竟然学贩夫走卒那般营商，只怕笑掉天下人的大牙。如今工坊建立，不仅文官反对，甚至连武将当中也有多人当面训斥巽帝所做之事极不合天理。

到了阳春三月，天下各郡又生事端，居然有七个郡发生民变，盗寇横行，官员或是弃城而逃，或是龟缩城池中战战兢兢。巽帝又病了，被那些始终反对推行机关术的官员们气病了。

"朕倍感孤独。"后宫里，巽帝躺在沈嫔怀中，看着承欢殿的雕梁画栋，叹气道。

沈苓霜道："自古以来，皇家财源为收取天下税赋，而民间辛勤劳作以供养朝廷，各司其职。如今陛下组建皇商，兴建工坊，那是与民争利，自然天下多造反。"

巽帝问："连你也认为朕错了吗？"

沈苓霜不答。

巽帝道："朕派了七路大军平叛，但是朕没有更多的兵了，每支大军仅有万人，实在是孱弱得让人心惊。但是不知为何，除了安国侯魏铁衣外，其余诸将对新军火铳火炮极为抵触，宁愿采用旧式弓箭石弩。"

沈苓霜道："安国侯出身草莽，不知利益关系，倒也罢了；其余诸将多为武将世家出身。行军打仗向来是比试谁兵法精妙、谋略过人，输了自然是无话可说，赢了那是将军的功劳。陛下所组建新军，火铳火炮均是前所未有，世家武将不知如何运用此物，极不习惯，万一输了，战败罪名是他们背负；要是胜了，究竟是将军的功劳呢，还是兵器的功劳？是否要把这战功分一份给铸造它们的工匠？"

"但是这火器新军，镔铁采购、火铳铸造、消耗弹丸火药，真贵啊……"巽帝也偶尔会觉得户部尚书反对组建新军也是有道理的。

又过几日，七路大军有三路传来败绩，仅有一直备受武将世家排斥的魏铁衣，以区区一万部队，大破敌军二十余万，战功举世震惊。朝堂上，巽帝让人念了战报，自己不置一词，就静静地看着满朝文武的反应。

沉默，足足持续了半个时辰，才有大臣小心翼翼地上奏："机关妖术，终非正道……"

巽帝大怒，拂袖而起，走下龙椅时一脚踏空，整个人从台阶上摔下来，顿时不省人事。

皇宫又乱成一团，传唤太医，准备汤药。朝臣们群聚在大殿里，留也不是，走也不是，只好设法通过太监、女官打听陛下情况，只得知陛下病得不轻，不知道是摔伤引起，还是愤怒导致。

从此君王不早朝，只是偶尔在病榻上召见大臣，天下诸事皆由燕追麾下缇骑密探上报。今日，燕追亲自禀报消息：六路大军皆败，唯有安国侯每战皆胜；天下各郡或多或少均有匪患，唯独云砂郡平安无事。

巽帝道："宣董御史见朕。"

时间正值清晨，巽帝尽管不上朝了，但是早起已成习惯，董御史正与朝臣在殿前等待，不知今日是否还会上朝。听到陛下召见，自然是火速前往。

"这天下，怎么这么乱哪，无论何时都是流寇四起。"十九岁的巽帝披着龙袍，半倚在病榻上。

董御史道："陛下想听圣贤书上的缘由，还是想听真实原因？"

巽帝问："圣贤书上怎么说？"

董御史道："君王无道，则天下自乱。"

巽帝也不气恼，问："真实原因又是如何？"

董御史道："这天下，自古以来就是乱世，从未有过太平，只是陛下自幼居于深宫，并不知晓。昔日四柱国也好，后来镇守各方的皇子也罢，职责既是守土，也是平叛。陛下并不像别的皇子那般曾经镇守一方，或许以为普天之下莫非王土，率土之滨莫非王臣；然而，这并非实情。"

董御史素来以直言敢谏闻名。巽帝还是第一次听说，这天下竟然不完全是皇帝的！震惊之下，忙道："先生请细细说给朕听！"

董御史道："臣历任县令、郡守等地方官，对实情略知一二。天下各郡，大者纵横数百里，小者也有百余里，郡内高山相环、水路阻隔，交通极为不便。而郡内各县，不过十里城墙所围之城，一城不过十余名衙役府差。举国虽有百万雄兵，然而分散在上千座县城中，每县不过千余名守军，要想控制偌大的州郡，陛下觉得可能吗？"

"这……这不可能。"巽帝连连摇头。

董御史道："正是因此，所以自古以来，都是皇权不出县城。县城之外，是江湖，是草莽，是化外之地。离县城越远，越是环境闭塞、自成一体，往往形成以血脉宗族为群体的村落。村落中以族长、地主、乡绅为尊，自行其是，欺男霸女常有发生，并不遵守王法，也不关心如今是谁家做天子，朝廷也鞭长莫及。说句大逆不道的话，天下并非陛下一人之天下，而是陛下与不服王化的山民、草莽共天下。"

巽帝还是头一次听到如此大逆不道之事，然而细想起来，似乎又合情合理。董御史道："县城之外的乡村是男耕女织、自给自足。乡村山民没有什么东西有求于朝廷，倒是朝廷有求于士绅财主缴纳钱粮税赋。纵使是朝廷派遣的县令，也往往是强龙不压地头蛇，每到一处上任，均要结交拜访当地豪绅，恳请高抬贵手，以求春税秋粮准时缴纳，免得大家难做。"

"原来如此……"巽帝并未动怒，却是无可奈何的表情。

董御史说到重点，更是小心翼翼："昔日太上皇起兵于草莽，成为天下至尊，天底下又有哪个草莽豪强不想称王称帝、享尽荣华富贵？江湖豪客原本就不习王化，只要有机可乘，就必定作乱，当不成真皇帝，也要做个土皇帝。这天下乱不乱，其实与陛下德行并无太大关系。"

巽帝听罢，沉默良久，取来地图，一一标注叛乱之地，慢慢的，他发现了不寻常之处：云砂郡极少流寇作乱，民间钱粮税赋可以不受豪强克扣，直抵王府，难怪可以用一郡之力抗衡朝廷。巽帝道："朕听过缇骑禀报的民间流言，说是朕的弟弟，云砂妖王有一种妖术，可以把全郡豪强的性命捏在手里，所以云砂郡无人敢反。"

董御史道："鬼神之说，只怕并不可信。"

巽帝道："大人，替朕再去一趟云砂郡吧，朕想知道，朕这弟弟晃如何解决这个千年痼疾的。"

董御史走出皇宫，众位大臣纷纷向他打听皇帝的情况。董御史叹道："机关妖术一事，诸位还是做些妥协吧。要是把皇上气坏了，驾崩了，你们以为谁会是新君？陛下会与你们妥协，但是云砂王是不会妥协的。想想他的鬼神之力，掂量掂量后果吧。"

"董大人！若是我们让步，你知道这天底下有多少百姓家破人亡？"吏部尚书声若洪钟地问道。

"知道。但是不让步，你又能如何？禁绝机关妖术？你去向云砂王宣旨？"董御史说道，步履蹒跚地走下殿前台阶，恍若忽然老迈了很多。

此去云砂郡，自然又是路途凶险。春夏之交，北国冰雪消融，草长莺飞，正是塞外狼戎诸部南下洗掠的时节。尤其因为去年冬天的雪灾，狼戎诸部受灾极为严重，如今趁着天气温暖，大举南侵，与关内民变内外呼应，更是使得局势凶险万分，就连过去常走北方商路的武装商队也损失惨重。

董御史与商队同行，狼戎骑兵奈何不得北国天柱般岿然不动的云砂郡，竟然不远千里地绕过云砂郡和天岭郡，从横风郡长驱直入。横风郡是昔日十三皇子的封地，那位跋扈皇子曾经镇守边关多年，外敌不敢入侵半步。然而那都是过去的事了。兄弟阋墙而外敌辱之，百姓们遭了殃，皇子们也死伤殆尽，历史上不乏兄弟相残而身死国灭的例子。

"大人！快逃！逃到天岭郡，向义戎人出示朝廷的圣旨，说不定可以寻求庇护！"面对突如其来的狼戎骑兵洗劫，朝廷的护卫们竭力作战，保护董御史逃离，战死者众多。

董御史原本以为狼戎野人不怕死，直到今日看见他们死在护卫们刀剑下的恐惧面容，才知道他们也畏惧死亡。

人，为什么怕死？因为人对未知世界总是充满恐惧。从来没有谁能死后复生，向大家描述死后的世界是何种模样，所以人会恐惧死亡后的未知世界。

而朝臣们反对机关妖术，也是同理。云砂郡大肆采用机关术，蓬勃兴起的商队、从未见过的商品、人力无法匹敌的武器……一切都在颠覆传统的社会。那些践行千年的老规矩、老方法都在迅速失灵，朝臣们熟悉的一切都在被打破，朝廷的控制力迅速下跌，所有的大臣都惊慌失措，不知道如何因应天下巨变。

横风郡的动荡尤其惨烈。七八名幸存的护卫保护着年迈的董御史，一路颠沛流离，试图找个小县城落脚，见到的却是被摧毁的县城、被杀光的官民。废墟中散落着流民们揭竿而起的旌旗，染血的旗号仍然可辨：替天行道斩妖王！

流民们的武器尽是平日里使用的工具，锄头、铁锹、铁钳、铁锤，其中又以用木棍加长了把柄的菜刀、斧头最为常见。董御史走在这满地的尸体中，依稀可以辨别这些死者以前从事的职业：陶工瓦匠、泥工小贩、竹工篾匠、铁匠木工、补锅修鞋……

如今这些手艺人在云砂城的冲击下，一个个都断了活路，被逼得揭竿而起。

"大人，您说，他们怎么宁可造反都不换份工作呢？"一名年轻的护卫不解地问董御史。这名护卫的祖孙三代都是护卫，他自幼生活于帝都大营中，对民间生活并不太了解。

董御史道："这民间啊，一门手艺，就是一个行当。父子相传，指望着子子孙孙靠这门手艺谋生，外人若是要学，就要备齐厚礼拜师学艺，一日为师，终身为父。久而久之，小则一个村，大则一座城，一个行业就成了一家一族的垄断生意。断人钱财如同杀人父母，想要他们毫不反抗、甘心改行，谈何容易？"

偃师千乘坏了太多规矩，他们从不守私，任何技艺都可以公然传授，水平领先寻常工匠太多，自然断了无数人的生计；云砂城大量售卖廉价货物，原本昂贵的铁器农具价格一降再降，毁了无数乡村铁匠的饭碗；随着商户大量收购，桑麻价格大幅上涨，布匹价格反而下降，原本天下农田多是三分桑麻七分粮，如今纷纷改成六分桑麻四分粮，粮食产量锐减。如此这般，天下不反才怪。

护卫看着同伴们检查尸身上的伤口，点头认同董御史的说法。董御史道："据说，不仅是这些合法行业有帮派门户的垄断，就连那些违法犯禁的江湖土匪，也常拉帮结派，形成各种所谓的江湖门派。"

一名护卫大声说道："大人！这些流民乱军是被狼戎骑兵杀死的！这些伤口是塞外弯刀造成的！"

众人顿时紧张起来，他们原本以为是云砂王动手镇压的民变，哪知道是被蛮族掠杀？董御史大声说道："狼戎骑兵很可能就在附近！此地不宜久留！赶紧赶路！昼夜兼程！"

他们马不停蹄地朝着云砂郡的方向赶出数十里地，却在荒原上看见了更为震惊的一幕：狼戎骑兵的营寨！

狼戎骑兵在此安营扎寨，帐篷顶端飘扬着狼戎青狼王部的黑色大纛。要知道骑兵威力远胜于步兵，这世界，百万步兵不为强，十万骑兵却足以横行天下，此大军一旦南下，只怕又是江山染血，生灵涂炭。

然而狼戎王帐安静得死一般沉寂，只有大纛迎风猎猎，风中隐隐透着血腥。一名护卫壮着胆子策马向前，营地里惊起的乌鸦如黑云腾天，呀呀呀的瘆人叫声不绝于耳。数万狼戎骑兵竟然尽数死绝，他们恐惧的面容，似乎是死前见到了地狱归来的厉鬼。

"这是火铳造成的致命伤！"敌人尸身上穿金裂石的伤口，看得护卫心惊胆战。

腥风扑面，塞外初夏冷风仍寒。董御史下令继续赶路。这横风郡几近地狱，一路过来，几乎不见活人。一路所见，不是毁于民变的城池，就是毁于异族入侵的村镇。

这世道是乱世。从董御史童年懂事时起，到如今头发花白，数十年间一直都是如此。

又行数日，干粮吃尽，董御史终于来到天岭郡境内。天岭郡城池极少，村庄也不多，义戎人的游牧帐篷偶尔可见。朝廷派遣的流官在这一带很难扎根，游牧区域以族老、祭司为尊，农耕区域以乡绅、地主为首，形成一个个不遵王法的独立王国。

饥饿之中，董御史不得不到部落中乞求饮食，他手中的节杖在这些游牧民眼中毫无权威。部落中的老巫身披兽皮，咧开的嘴巴里只剩几颗黄牙，在夜半摇曳的篝火前敲着兽骨做成的乐器，颇有节奏地说唱着近些日子大漠上发生的事：大漠狼神的后裔们，南下洗掠羊羔般温顺的村落，千百年来皆是如此天经地义；南方群羊出了狰狞的妖王，杀得狼神的后裔血流成河，如此大逆不道、有悖天理；然而妖王势大动不得，只好遵从妖王规矩，换取冬日躲避风雪的避难所。

董御史头一次知道，原来戎狄野人也如此畏惧云砂王。

次日清晨，董御史告别这个小小的游牧部落，继续赶路。穿过几个部落之后，日落时分，出现在眼前的终于是不再野蛮的戎人部落。眼前的乡下农庄，围墙高筑，家丁护院人数众多，正是朝廷郡县管辖不到的草莽江湖。地主豪强往往不买官府的账，奈何天色已晚，众人又腹中饥饿，只好硬着头皮上门讨口饭吃。

董御史叩门，家丁对朝廷大吏爱理不理。待到禀报主人后，主人得知董御史此去是见云砂王，却是倒屣相迎，设宴款待，席间透露所求：希望御史在王爷面前多多美言几句，确保一年的水力机关运行无碍。

云砂王的影响力竟然可以穿透千百年来皇权不出县城的痼疾，到达不服王法管辖的江湖，让这些桀骜不驯之徒俯首听命。董御史不免心惊。但转念一想却也罢了：云砂王也是皇子，他们兄弟俩谁是皇帝，也都是他们家的天下，无论谁是皇帝，做臣子的也始终只是臣子。

董御史细问之下才知道云砂王当真握着这些地主豪强们的命脉。戈壁荒原的大庄园普遍利用风车提水灌溉农田，然而风车轴承极为精密，材料似铁非铁，寻常工匠无法建造。云砂王定期派工匠检修更换，要求其每年上缴农田一半的粮食产量。若是谁不从，王爷也不气恼，只是这工匠就不会再来了，等到轴承磨断，无法提水灌溉，当年就是颗粒无收。

董御史寻思：真是妖人，竟然想出这般计谋。

当地豪强摇头苦笑道："还有各种肥料，看家护院的铁弩、火药，均只有云砂郡能造。一旦不从，就切断货源，无法再抵御蛮族入侵，转眼间就是家破人亡，硬是逼得你不听小王爷号令都不行。"

"但是这路是更不好走了。"当地豪强劝董御史道，"今日不同往时，以前南下洗掠的蛮族只是小股部队，武装商队仍可确保安全；但是今年开春以来，那些蛮夷疯了般拼命南下洗劫，朝廷派往云砂郡的官员十之八九都死在路上。御史大人不妨多等待几日，要是云阳孤军路过此地，再一起走吧。"

董御史问："云阳孤军何时到来？"

豪强摇头："这就只有天晓得了。我只知道哪里敌人多，他们就会出现在哪里。"

董御史听说，偃师千乘人数不过千，云阳孤军兵力不过万，纵使天下无敌，终究也是人数太少，面对面积如此辽阔的塞北诸郡，不免疲于奔命、顾此失彼。也不知道要等到何时才有大军到，董御史遂决定冒险前往云砂郡。

次日清晨，董御史一行八九人辞别当地豪强，坐着破旧的马车，踏上北上的漫漫长路。漠北荒凉，离开了有提水机关浇灌的庄园，迎面而来的就是缺水干旱的戈壁滩。大漠晨曦如血色，日出东方似烟火，庄园慢慢消失在车队后，天尽头的群山似乎近在眼前，却又好像不管走多久，都到不了山脚下。路上不见往来的武装商队，这让董御史心神不宁。

白日的戈壁滩，太阳晒得大地火辣辣的，就连拉车的老马也喘着粗气。然而一到傍晚，天气迅速转冷，大漠白昼的热气迅速消散，冷风嗖嗖地冻得人直发抖。

"大人，前面有片绿洲泉眼，似乎有客栈，咱们或许可以歇息一宿。"护卫走到马车前禀报道。

正因为有绿洲可以歇息，所以这里才会形成横跨戈壁的商路，据说这种地方的绿洲客栈往往是盗匪经营的黑店。武装商队不怕这种盗匪，毕竟双方都是狠茬儿，谁吃谁还说不准。然而董大人知道自己没剩几个护卫，未必能保得安全。

客栈坐落在一汪泉眼边，黑灯瞎火，几个胆大的护卫摸索着进去，小心翼翼地探察情况，只见店里桌椅东倒西歪，蒙了一层薄薄的沙尘，显然已经废弃一段时间了。

是何等可怕的存在能让穷凶极恶的盗匪们弃店而逃？夜星初露的天空下，战马的嘶鸣隐隐传来，护卫们大惊失色："是狼戎骑兵！"

"大人！快躲起来！"护卫们让董御史钻进满是灰尘的柴房，关紧门，董御史感到好像有人在拍他的肩膀，一转身却差点儿吓得魂飞魄散！柴房里堆满盗匪的尸体，尸体在戈壁干燥的热风中变成干尸，其中一具正倒下来，直挺挺地搭在御史背上。大戈壁的水源非常珍贵，狼戎们显然是早杀光了这家黑店的盗匪，抢了水源。

狼戎们杀来了，护卫们来不及躲藏，抵挡了一阵，终究是势单力薄，全数遇害。

柴房四面透风，并不是躲藏的好地点。黑店内亮起火光，董御史透过木墙的缝隙，看见狼戎首领粗壮的手臂裹着白布，不断渗出血水。首领破口大骂："这云砂妖王真是妖怪！老子七千骑兵，竟然被他几百人追着打！"

"妖王！妖王来了！"狼戎蛮人惊呼，未等首领做出反应，一声天崩地裂的巨响从门外传来，震得小店几乎倒塌！狼戎夺门而逃，接连不断的火铳声密集得好像新年的鞭炮，从四面八方传来！

上千名狼戎骑兵像热锅上的蚂蚁，拼命试图逃离包围圈。铁珠弹丸在夜色中织成明亮的火网，割草般把敌人成片扫倒。

狼戎首领缩在小店内，手持弯刀，并不敢冒着战火冲锋。火铳声慢慢停歇，一名戴着狰狞的黑铁面具的少年身穿银色铠甲，腰佩黑色长剑，走进店里。首领大吼一声，持刀冲杀，然而一个照面，黑剑如疾风闪电般取下了首领的项上人头。

黑剑是滴血不沾的神兵利器，鲜血并不能黏附剑上，而是凝成殷

251

红的血珠，滚落地面。少年收剑入鞘，慢慢说道："本王说过，谁敢洗掠云砂郡的村镇，谁就得死。"

少年身后的士兵将狼戎的尸体拖到下风向掩埋，在店里悬挂起明晃晃的汽灯，在泉眼里取水清洗小店的血污。

骑兵扎营安顿，随后赶来的几辆马车，每一辆都是驷马牵拉，驮载着辎重，转眼间就搭建成游牧民式的帐篷包。帐篷材料并非兽皮木柱，而是更为昂贵的加厚丝锦和更轻便精巧的折叠黑铁架。大片的帐篷包环绕着小店，形成围绕泉眼的营地。

少年让人烧了热水，脱下头盔、摘下面具，露出秀气的面容，正是云砂王斟云。他脱下铠甲，露出一身健壮的肌肉，踏进木桶沐浴。

董御史记得第一次见到斟云是在柳仙子大军攻破帝都，十三皇子喋血殿前之时。那时的云砂王只是瘦弱的十四岁孩童，胆小怯弱，躲在兄长巽帝身后。然而这两年，每次见到他，总发觉他一直在成长。如今，云砂王已经是健壮少年，是让蛮夷胆寒的塞外猛虎。

一名骑兵走进来禀报道："王爷！门外发现董御史的符节印信，但是找不到尸身，似乎下落不明。"

斟云在木桶中洗去血污，淡然问道："御史大人，在柴房中与干尸做伴，可舒服？"

董御史见无法再躲避了，推开木门，大声道："臣，拜见王爷！"

斟云问："你不在帝都好好待着，跑来这里送死做甚？"

董御史跪拜道："如今天下大乱，江山社稷岌岌可危。臣一路所见，尽是民不聊生，仅有云砂郡仍是安定祥和，可见王爷实在是治国大才……"

"满嘴马屁，御史大人可否觉得口臭？"斟云言语间仍是淡然。

董御史大声道："当今陛下并非治国之才！臣斗胆请王爷起兵造反！"

"没兴趣。"斟云从水中走出，披上一袭青衣，转眼间化作面容清秀的书生。骑兵们为他备好案几、书籍和软榻，他走到榻前坐下，在明亮的汽灯下看起了书。

董御史大声问："请问王爷，为拯救天下苍生而起兵，也不愿意？"

斟云道："本王是坏人啊，凭什么要拯救天下苍生？"

十八、为天下苍生，借兄弟头一用

这个十六岁的孩子，眼神中带着这个年龄本不该有的忧郁。有时扎营之后，他会在夜色下吹起悲伤的曲笛，似乎总是有很多心事。

斟云的部队常绕开城镇，行走在荒郊野岭中。他不想扰民，也不想让地方官迎接。这样的行军一直持续到云阳城远郊才算是结束。他又戴起冰冷的铁面具，遮住了秀气中略带忧郁的脸庞。

董御史发现，云阳城比上次来时工坊更多、规模也更大了。大地上铺设了直抵天边的铁轨，牛马牵拉着连成长龙的大铁车横穿农民劳作的田野，把各种矿石送往烟囱林立的工坊，然后又把各种产品从工坊运出，送往各行会的货物仓库。

进了城，孤军回营，王爷回家，董御史则被在城门边守候多时的冯县令迎接到下榻处。董御史知道，这劝王爷造反的话，大家都当作没听见，他也只好假装自己没说。

在云阳城，很少有外人见过小王爷的真容，但是关于他的传说从来都是不绝于耳。

第一个传说是安全。传说谁敢伤害云砂郡的百姓，就会有戴着狰狞面具的小将，率领数百精兵，哪怕是追杀到天尽头，也要把敌人斩杀。云阳孤军中戴面具的兵将很多，一来防风沙，二来防箭矢，三来面具狰狞恐吓敌人。没人把这小将和云砂王联系起来。

第二个传说是希望。在云阳城外的东引村，有个年轻的机关师阿云，他号召机关师们捐资兴建学府，为愿意读书的孩子传授知识。很多穷苦人家看到了希望，纷纷送孩子去读书，希望把孩子培养成工匠，获得工坊的高薪职位，改变家庭的贫困处境。这种打破知识文化垄断的行为砸了很多老学究、旧夫子的饭碗，经常有人到学府闹事，也常有老书生、老秀才们到县衙门面前，跪求县令取缔学府。

第三个传说是骄横。在那口耳相传的谣言中，云砂妖王穷奢极欲，操纵妖术，控制蒸汽机关，独宠青楼女子，却将正室王妃囚禁在迷宫般的深院中，无视一切伦理规矩。云砂王经常大兴土木，建造各种假山园林、亭台楼榭，不仅在自己王府里修，在云砂城里、在雇工众多的贫民区也修，修了自己不用，任由闲杂人等出入。有时一个命令下来，就发动成千上万的民夫，修建起连接各工坊的钢铁大道，遇山开山，遇水架桥，遇到民房则丢下一笔安置费，无论百姓是否同意，都要把路修起来，态度强硬到让人恐惧。

当这三个迥异的形象汇聚在同一个人身上时，就是那个坐在云砂王妃闺阁外的屋檐上、看着天空的忧郁少年了。"你知道吗？董御史劝我造反。你想不想当皇后？"斟云隔着窗对魏雪衣说道。

斟云从不踏入魏雪衣的闺房，十六岁的少年郎对同龄的女孩子还是有些害羞的。说是囚禁，一开始是真的囚禁，但是到后来，也不想管了，反正她也不会逃走。

魏雪衣隔着窗问："不是说好，等到十七岁的夏天，我们就远走高飞，一起去陛下再也找不到的地方吗？"

斟云道："我怕这一走，这江山就垮了。皇兄的军粮军饷可都是出自云砂郡。要是我走了，还有谁替他分忧？"

魏雪衣怒道："你当他兄弟，他当你仇敌！这种兄长有什么好留恋的？别忘了他让我嫁过来，就是要暗杀你。一开始是我蠢，听从陛下口谕行事！后来明姐姐说，口谕这种事口说无凭，陛下只要翻脸不认账，你死了，我魏家也会因为刺杀王爷落得个满门抄斩！"

魏雪衣一旦认清事实，立场转变倒是极快，说道："干脆你把偃师千乘的飞楼借我，我去砍死你哥，你就不必烦恼了！顺便砍了你爹，替你娘报仇！"

斟云默不作声。他一辈子没见过亲爹几次也就罢了，但是巽帝是他最亲的哥哥。

魏雪衣打开窗，爬到屋檐上，坐到斟云身边说道："别老是犹豫不决了，要么你造反当皇帝，要么咱们远走高飞！不过我先声明啊！你要是去当皇帝，我可不会跟着你，你自个儿跟三宫六院左拥右抱去！给我看看这道题怎么解答？"

魏雪衣手中拿着柳梦零寄来的天书，其中一道题是讨论工业革命后，迅速增长的商品产量供过于求时，如何处理劳动力严重过剩造成的失业问题。这正是云砂郡崛起后给天下带来的严重问题，已经严重到危及了江山社稷的稳定。

斟云很快写出了答案。然而在纸上作答，比实际处理问题要简单很多。书上轻飘飘的几行文字，一旦放在现实中，往往是不忍直视的鲜血淋漓。

小王爷与小王妃依偎在屋顶上看书只怕也是云砂王府独有的奇观。府兵头领赵龙，站在屋外的院子里，向斟云禀报事情：朝廷又要钱粮赈灾平叛，如今钱粮已经备妥，即将带队出发。

禀报王爷只是走个过场，这种事向来是明镜珑同意了就可以照办。这次押送的是黄金百斤、白银二百万两，粮食十万石，由赵龙亲自护送。

明镜珑向来是朝廷要多少钱都照给，要粮食则酌情考虑，铁砂、火药却坚决不给，非要兜一个大圈子让朝廷自己找商队购买。

赵龙慢慢发现，这世上所谓阳谋，就像围棋一样，就算把每一个子都摆在眼前，也不是每个人都知道该如何接招。

王府的队伍配备了比飞火铳刀还先进的连珠火铳，沿途遇上几次狼戎袭击、几次饥民哄抢，都被火铳的威力击退了。

流民不如往年多，然而还是有。风调雨顺的年景竟然也闹出饥荒来，世间桑麻贵粮价贱，乡下财主富户大规模毁田种桑麻，朝廷屡禁不止，饥民冲进种植园，以桑葚、桑叶、桑皮充饥，指望着靠种植桑麻发财的财主富户们也一个个地破了家。

押运队伍进入帝都时，赵龙只觉得这繁华的帝都显得几分光怪陆离、几分可笑。帝都街头仍然热闹，富家子弟一掷千金，争相购买各种玛瑙翡翠，镶缀于衣帽上，带着家丁小厮，前呼后拥，招摇过市。他们攀比成风，哪怕节衣缩食，也要购买昂贵的珠宝装点门面。

城里珍宝阁今日正在竞价来自塞北的异宝，火烧不毁的"火浣鼠皮袄",竞价已达万金。有富豪甚至贱卖农田,筹钱竞价,想买来当传家宝。但是赵龙知道,这不过是偃师千乘机关师们冶炼金属时用来防火的石棉袄,不知道被谁偷来卖了。

交接货物之后,赵龙在帝都留了几日。云砂王府的曹公公小心谨慎地交代过,每次到帝都都必须四处撒钱打点,结交权贵,拜托大臣替王爷多说说好话,再顺道打听宫中的消息。不巧,有人也想打听云砂郡的消息,不是别人,正是昊帝身边的大红人,缇骑统领燕追。

赵龙与燕追都是父子两代大内侍卫,是在同一个大营里从小玩到大的好友,他俩都是娘亲早逝,父亲也都死于两年前诸皇子之乱。

帝都最奢华的风月之地,玉仙坊,芙蓉帐暖、温香软玉,各色美女轻歌曼舞,让人沉迷。

燕追是从四品官员,月俸不过三十石。在皇帝身边当差,不像外派的地方官那般有诸多门路可以中饱私囊,也不像一二品的朝廷大员那样手握权柄,有大量的灰色收入。所以燕追的日子并不富裕。玉仙坊打赏一名歌姬舞女所需的银子,抵得他大半个月的俸禄。

赵龙是派往王府的府兵统领,正儿八经的朝廷武官品衔,正六品,月俸二十石,但是王府总会额外补贴部分财物。燕追见赵龙出手阔绰,一下子点了七八个年轻貌美的歌姬舞女陪酒,也不免咋舌。

酒过三巡之后,燕追忍不住问:"阿龙,咱们从穿着开裆裤的时候起就是铁哥们儿了。酒桌之上无品衔高低,我今晚就当是喝高了,就想问你一声,小王爷每月给你多少钱?"

"不算多,也就三十多两银子吧?"赵龙回答得理所当然。在云砂郡,这样的工资与冒险行走商路的商队头领相当,高于工匠,却不如技艺精湛的机关师。

"好家伙，一品大员的月俸啊！"燕追不免赞叹，难怪赵龙打赏歌姬出手阔绰。

玉仙坊的歌姬向来引导着天底下最流行的衣着打扮，华丽的丝绸长裙半透明，玉体若隐若现。如今帝都女子已经不流行宽松的流云广袖，而是流行类似关外的窄衣箭袖，贴身的布料衬托出身材的玲珑曲线。在以前，哪怕是青楼女子，也不敢如此大胆地穿如此贴身的衣服，展现自己的身材轮廓。

有些事，赵龙不问，燕追自己却开口提起："你知道这些女子的打扮是从哪里学来的？"

赵龙问："从哪里学来的？"

燕追道："从王公贵族家的歌姬舞女那里学的。但是你又知道那些歌姬舞女又是从哪里学的？"

赵龙问："宫里？"

燕追点头道："陛下独宠吏部尚书家的孙小姐，沈嫔，当然最近因为有了身孕，擢升为沈淑妃了。这沈淑妃在陛下面前就是这样打扮。所谓上有所好，下必效焉，那些出入禁宫的高官女眷们学沈淑妃的打扮，然后又被歌姬舞女学了去，后来就整个帝都的年轻女子都慢慢学了这种打扮。"

"原来如此。"赵龙斟了价值千金的葡萄美酒，与燕追同饮。

燕追问："但是你又知道，沈淑妃大家闺秀出身，原本不应懂得如此轻佻暴露的打扮，她又是从哪里学来？"

赵龙问："从哪里学来？"他并非坐怀不乱的真君子，问话时，眼珠子仍盯着眼前舞姬深深的领口。

燕追压低声音道："你可知道，去年冬天，临近过年时，云阳郡主曾经出现在宫中？虽说是大冬天，皇宫室内有烧炭火取暖，如同夏日，她在宫中室内，有时会做此清凉大胆的打扮。你可知道陛下对云阳郡主念念不忘？书房里都是她的画像。沈淑妃自然是学着郡主的衣着打扮，讨好帝王了。"

赵龙笑了，神秘地说道："这算什么？郡主大胆到你不敢相信！平时夏日，王府里没有外人时，她就一条短短的裤子、一件丝绸裈褐，露胳膊露大腿的，光着脚丫子乱跑！啧啧！我敢说这天底下，就算最大胆的青楼妓女也不敢这么穿！还有夏至炎热时，她甚至会光天化日之下，跳进王府的人造湖里玩水！全身就上下两截贴身的布料，几近全裸！"

聊女人是一些男人的永恒不变的话题。赵龙聊起王府内的趣事"云阳四美"，王府内按美貌排名，排行第四的是云砂王妃魏雪衣，第三是云阳郡主柳梦零，第二是凤城贵女明镜珑。"你猜最美的是谁？"赵龙笑问燕追。

燕追笑问："难不成是小王爷？"

"正是！咱们干一杯！"赵龙笑道，"有一次郡主和小王爷打赌，小王爷输了，被郡主强行套上女装，啧啧！活脱脱天仙下凡！郡主还全然不顾下人，莫名笑道：'你们懂什么？这叫女装大佬、魏晋遗风！你长得这么漂亮，不穿一次女装那叫终生遗憾！想穿女装要趁早，不然等到成年，身材变得魁梧结实，再穿女装就让人反胃了！'"

很显然，这事情是云砂王一辈子的心理阴影。

他们聊到深夜，聊云阳郡主、沈淑妃，也聊到明镜珑、魏雪衣，聊寻常百姓不可能接触到的高官皇室女眷。沈淑妃是如何讨好陛下，陛下又是如何专宠沈淑妃，宠到君王从此不上朝的，满朝文武又是怎样的一肚子牢骚，燕追都是知无不言，全都拿来作为今夜下酒闲聊的话题。赵龙想伺机打听的宫中情况，在这一夜的聊天中，收获颇丰。

负责情报工作的缇骑统领燕追并不是嘴上没把门的家伙，他知道必须装作喝高了，漫不经心地爆出有用的情报，让赵龙欲罢不能地留在这里听他闲扯淡。他开始喋喋不休地唠叨沈淑妃的那些小癖好，喜欢哪种胭脂水粉，喜欢怎样的珠宝器物，好让赵龙在心里盘算如何讨好这炙手可热的宠妃。

燕追需要把赵龙留在这里，这样一来麾下的缇骑亲信才可以暗中搜查赵龙在帝都的下榻处，寻找关系到云砂郡命运的秘密情报。直至四更天，燕追觉得亲信们应该搜查到情报了，喝得醉醺醺的他才搀扶着同样醉醺醺的赵龙离开玉仙坊。

帝都向来宵禁，深夜的街头一个行人都没有。但是这些年，法纪松弛，执行力度并不强，负责巡夜的官兵见了夜半出门的高官也不敢多问，尤其是遇上缇骑这种负责情报工作的武官，只敢假装没看见，匆匆离开。

"我说追兄，怎么兄弟我给你点的几个美女，你全都没兴趣？是不是为了修炼什么厉害武功，学着宫里的公公们，给自己来了一刀？"赵龙搀扶着燕追，取笑道。

"龙哥你是五十步笑百步！喝酒误事，难以为继！是你刚才搂着那个什么翠莲儿的时候说的！"燕追反唇相讥道。

一群黑衣人从街边屋顶上跃下，手持刀剑，包围了他们俩。燕追大惊，酒也醒了大半：是谁这么大胆，敢在帝都街头公然行刺缇骑统领？

燕追拔剑，对赵龙道："兄弟，我背后交给你了！"

赵龙反手一剑，朝燕追后背刺去！

燕追犹如背后长了眼睛，避开这致命一剑，几名黑衣人冲杀过来，被他一剑一个，顿时死了七八个。毕竟，燕追的武功比赵龙高很多。

"兄弟，你这是做什么？"燕追问赵龙。

赵龙反问道："做什么？陛下让你查谁是潜伏在皇宫的云砂郡眼线，谁把云砂王妃的笔记偷走，你查得怎样了？"

赵龙是巽帝的人！燕追手中长剑一抖，剑锋如雨，疾刺赵龙！他号称京畿第一快剑，那绚丽的剑雨是他为了破柳梦零的一百七十二路追风剑法冥思苦想所创。以赵龙的武功，绝对挡不住。

赵龙的确一招都接不住，剑锋在他胸口刺穿七八个洞，却伤不了他半分。他衣服之下是世上罕有的护身软甲，软甲非常轻薄，甚至不如寻常农夫的粗麻衣裳厚，却刀枪不入。

这护身软甲，天底下只有区区几件，是柳梦零与斟云练习过招时，为防止被刀剑锋刃伤害所穿的凯夫拉纤维防护服。斟云也常与赵龙对打练剑，所以送了他一套。

黑衣人围了过来，竟然有数十人之多！如此兴师动众，为何帝都守军毫无反应？

燕追敌不过对方人多势众，身上多处负伤，赵龙问："你从什么时候起，背叛了陛下？"

从什么时候起？燕追早忘了。他只记得当日尚是皇子的斟巽，暗中命他联络偃师千乘，他九死一生横穿大漠，在初次见到柳梦零的那刻起，心就已经在柳仙子那里了。

偃师千乘是一群机关术妖人。在那里，外界传闻中杀伐果断的余魔尊亲自带着工匠维修风力提水器，美得不沾凡尘的谪仙子教导一群孩子读书识字。沙漠中心的无人区硬是被他们开垦出恍若世外桃源的万顷良田，建了外人无从知晓的机关术世界。高耸的金属巨塔将大地深处乌黑的油脂提炼成清水般透明的燃油；巨大的气球在底端燃着的火焰热气带动下，载人飞向天空；柳仙子赤着胳膊、露着大腿，坐在飞楼上翻阅晦涩难懂的天书。

从那时起，燕追就被机关术的威力震撼了：如果全天下的荒漠都能在机关术之下变成良田，这天下何愁不国富民安？

然而让燕追失望的是，斟巽只是借兵夺位，对偃师千乘巧夺天工的机关术并不感兴趣。斟巽登基为帝之后，也和他的父皇那般，下旨称偃师千乘为妖人，严禁民间接触，只是他奈何不得云砂郡罢了。

燕追觉得，只有斟云称帝，天下才能像云砂郡那般富足。所以燕追决定，暗中帮助云砂郡。

燕追持剑冲杀，困兽犹斗，试图冲破敌阵，逃离帝都。眼前数十人，没有一个人的武功是他的对手。

燕追杀出了包围圈，赵龙没有追，他从身上摸出一件式样奇特的暗器，这是柳梦零的心爱之物，出土自地球时代十八世纪的雕工精美的短管火铳。他趁柳梦零不在家，偷走的。

一声雷鸣，鲜血从燕追脑勺迸出，他不甘心地看着天空，眼睛失去了生命的神采。他是再也见不到机关之术遍及天下那一天了。

对不起，自幼一同长大的好兄弟，为了天下万民的生计，只好让你去死。眼泪，从赵龙醉得通红的眼睛滚落。

天边泛出鱼肚白。后宫，巽帝照例与沈淑妃同寝同起，已经小半年没理会过别的女人了。

专宠，有时候也是一种策略。沈淑妃的祖父身为吏部尚书，是六部尚书之中实权最高者，门生故旧遍天下。虽说只是从一品官衔，然而在正一品大员几乎凋零殆尽、三省首辅全部空缺的局面下，吏部尚书俨然文官之首。在不想给吏部尚书升官的情况下，专宠沈淑妃就成了安抚吏部尚书的策略，至少要宠到吏部尚书这糟老头两腿一蹬为止。

再者，他知道沈淑妃有手段，要是别的女人有了他的龙种，说不定沈淑妃会搞出什么事情来。想起娘亲的悲剧，巽帝就不寒而栗。

司礼监陈公公候在门外，巽帝洗漱完毕时，他小心谨慎地禀报道："昨夜，燕追大人遭贼人行刺，殉职了。刑部已经下令捉拿贼人。"

巽帝愣了一下，道："拟旨，厚葬。"

陈公公心中一惊，事情已经是了然于胸。陛下没有震惊，也没有敦促查明真凶。这当朝的大红人、众人眼中的陛下心腹，只怕是陛下暗中让人除掉的。

今日照例不上朝，由得那帮老臣急得像热锅上的蚂蚁。巽帝叫来心腹，问了皇家机关作坊的事，得知各种先进兵器正在大量生产。只是成本颇高，财政压力极大，导致国库难以为继，以户部尚书为首的一帮老臣正在竭力反对。

"真是蹊跷怪事，为何云砂郡同样制造先进兵器，却不见如此沉重的财政压力？"巽帝嘀咕着，虽感压力，却也无可奈何。自古兵家重器就没有便宜的，越先进越昂贵。他不知道军用技术转民用可以摊薄成本、拓宽财源，只知道机关妖术不可轻易外泄，没钱了就找弟弟要。

若是柳梦零得知此事，一定乐不可支：跟我玩军备竞赛？知道一个超级大国是怎么被军备竞赛拖垮的吗？

至于刑部想捉拿的刺客，那是绝对捉不到的。巽帝批改完几份奏折，深感疲惫，于是去了昔日弟弟生活的荒院，去见那名刺客，赵龙。

荒院中的画像由八幅添加到了九幅，多了一幅未完成的燕追遗像。赵龙见陛下驾到，赶紧下跪迎接，眼眶一红："下官有负皇恩，前去云砂郡府兵三百人，只怕除下官之外，其余众人均已叛变。"

这并不是空穴来风。昨夜，赵龙答应燕追，前往玉仙坊寻欢作乐前，就暗示过麾下各位府兵，如果朝廷缇骑秘密来访，各位不可寻衅，一定要配合朝廷调查。然而朝廷缇骑前来调查时，府兵们却全然不听事先号令，与缇骑鏖战，全数战死。缇骑也死伤多人。昨晚，他设下圈套刺杀燕追，也不敢动用府兵，只敢用由巽帝暗中调派的、与燕追素不相识的御林军中的武林高手。

巽帝眼眶有点湿润："朕能信任的人不太多，这几年的潜伏，辛苦你了。云砂郡你大概也回不去了，想要什么职位，尽管开口。"

巽帝的心腹并不多，这些亲近的密探、侍卫，大多是昔日父皇在位时，在备受冷落的宫中，待他比较好，又没有战死在诸皇子之乱的幸存者。燕追是如此，赵龙也是如此。

赵龙问心有愧。这些年来，云砂王府对他信任有加，待遇优厚，常委以重任。他也动摇过好几次，差点儿就彻底叛变，站在了斟云一边。只是每次护送钱粮前往帝都，见到天下被云砂郡汲空财富，饥民流离失所，心想人生终有一死，若是为天下万民的福祉而死，也算是死得其所，方才又坚定信心，站在陛下这头。

赵龙道："下官为国尽忠，为百姓安康而战，不敢奢求高官厚禄，否则下官自可以留在云砂王府，享受着丰厚的待遇。只是将来攻破云阳城时，王府中有一名丫鬟名为杨月绮，希望陛下可以赏赐于我。"

巽帝道："一个小丫鬟，不算像样的赏赐，再者朕也不知是否可以顺利攻下云阳城。燕追死后空缺的缇骑统领就由你来担任吧。"

赵龙一惊，道："这万万不可！下官叛出云砂王府，云阳城方面必定大怒！要是再担任缇骑首领，那就是撕破脸，坐实陛下兄弟不和的民间谣言！如今之计，应该假传下官死讯，打消云阳城方面的怒火，直到陛下做好准备，与云砂郡开战！"

巽帝心想也是。于是命人在昨夜的战死者当中，找了一名身材与赵龙相仿的死者，砍去头颅，换上赵龙的衣服，对偃师千乘的人说赵龙为保护好友燕追，被刺客杀害，首级也被带走，只怕贼人是冲着云砂郡来的。

偃师千乘在帝都的商会也是没辙，只好将尸身做了防腐，与其余战死的府兵一同运回云阳城。

数日之后，云阳城内，偃师千乘的百夫长梁六亲自验尸。他取了赵龙平日所用器物，用偃师千乘的机关师提取的一种叫"碘"的物质，提取指纹，再与尸身指纹对比。

"这不是赵龙。"梁六道，"暂时不要声张，先以赵龙名义安葬，等到小王爷回来，再做商议。"

小王爷不在府内，他和王妃去了天上的星舰联盟，参加大学入学前的学力测试。

十九、天上的世界

"你相信大地是圆的吗？不信？我带你去看看。"

"你相信天外有天吗？不信？我带你去看看。"

"你相信古代传说中那些穿梭天空的大船都是真的存在吗？不信？那我还是带你去看看。"

谪仙子第一次带柳梦零走进飞船时，柳梦零七岁，还不懂得什么叫震惊，只觉得好奇，然后很快适应了充满高科技的陌生世界。

柳梦零第一次带斟云走进飞船时，斟云十四岁，莫名震撼，第一次亲身体验到机关术发展到极致时，那飞天遁地的强大魔力。

斟云第一次带魏雪衣走进飞船时，魏雪衣十六岁，震惊得呆若木鸡，过了很长时间才接受这颠覆性的认知。

魏雪衣接受陌生事物的能力在同龄人当中已经算很强了。从不曾见过繁华都市的村姑，到被兄长第一次带到城里，被那车水马龙的热闹场面震惊过；兄长立下战功被封为侯，她第一次见识侯府的豪华，又震惊了一次；远嫁云砂王府，见识到蒸汽机关的神奇，又震惊一次；被斟云带到"渺云千仞雪号"飞船上，又震惊一次。一次比一次震撼，一次又一次颠覆她的认知。

但是听说，年龄越大的人，接受新事物的能力越弱。以前余魔尊急于求成，把一些王侯将相、工匠农夫接到飞船上，试图让他们亲眼看看科技的神奇，然后出事了。那些四五十岁的人惊恐之下，有些疯了，有些战战兢兢地跪在地上，把他们作为神祇来膜拜，在回到地上之后，大肆宣扬曾经踏进过"众神的宫殿"的奇遇。余魔尊想要的科普效果一点儿都达不到，只给这世界添上了更多稀奇古怪的迷信。

"制造人造虫洞，进入高维宇宙，目标：星舰联盟蓬莱星舰。"飞船很先进，但是驾驶很简单，直接语音操控，用的是联盟通用语，在斟云故乡的人听来，这些话就像神秘的咒语。语言这一关，魏雪衣苦学小半年，仍然只能听得一知半解。

群星在身后飞逝，前方是永远看不到尽头的苍茫宇宙，转眼间飞船飞出数百光年。星舰联盟，一个由数百颗安装了巨型引擎的人造流浪星球和数不清的巨型飞船共同组成的世界，出现在他们眼前。

这个世界是七千年前地球联邦解体后，在广袤星海散落的无数地球人后裔中科技最先进的一支。几千年的科技进步，让这个世界跻身于宇宙已探明范围内屈指可数的顶级文明行列。

星舰联盟在遥远的深空中流浪了七千多年，闯出了自己的一片天。重新回到星辰稀疏的太阳系故乡之后，才发现留在昔日地球联邦殖民星的同胞们比他们离开之前更加落后贫困，甚至陷入了文明大幅倒退的愚昧中。于是有人提出了落后地球人殖民星助学扶贫计划，只是助学扶贫工作一直进展不顺利。因为在那些落后的世界中，很多试图传播科学的人会被视为宣扬异端邪说的疯子而被活活烧死。

"这世界很像我们的故乡啊……"初次来到蓬莱星舰，走出航天港，魏雪衣看见这里同样是群山环绕、绿树成荫的世界，似乎跟南方故乡的深山没什么区别。她不知道，同为地球人后裔的世界，祖先们都是抱着"地球化改造"的目标，改造生活的新家园，不像才叫怪事。

但是当他们乘坐地铁，抵达蓬莱理工大学时，魏雪衣还是被校园里一栋栋漂亮的建筑物惊呆了，那些五六层的小楼，比她见过的最高的楼宇还要高。

"考完试之后，我带你去看大城市的摩天大楼吧。"斟云决定带她去见见世面。

学校很大，公告栏前围满了学生，他们在围观今年参加大学入学前学力测试的地球留学生名单。不少人对那些来自落后星球的地球人后裔同胞们充满好奇，特别是那些停滞在工业革命之前的落后星球的"古代"同胞们。

学生们围观名单，议论纷纷："又是二五七号殖民星留学生数量最多！""别的殖民星一年最多两三个留学生，他们每年都几百个！""因为那颗星球上有个组织叫'偃师千乘'。""那个为了科教兴球，不惜发动战争的助学狂人组织？""上次他们考上一个郡主，这次不知道还会考上什么怪人，总不会弄个皇帝来上学吧？"……

学力测试关系到次年的入学资格，斟云的测试成绩很优秀，毕竟从小就打下了优秀机关师的底子，魏雪衣却只是勉强过线。测试结束之后，柳梦零带他们拜访了一些年高德劭的教授及热心助学的大企业家。忙活了好几天，魏雪衣才知道偃师千乘的背景竟然那么深。柳梦零以前提起过的弓阿姨、郑阿姨、杨叔叔、阿史那教授，都是星舰联盟里有影响力的人物。

"余伊和舒小妘嘛！老交情了。为了前地球联邦后裔们的命运，他们俩简直是扎根穷星球的优秀乡村教师。当初他们离开星舰联盟，我还真没想到他们是认真的。"大学里，科学审判庭的大督察官阿史那教授提起余魔尊和谪仙子的名字，不禁感慨道。

校园的生活要比魏雪衣当初想象中的容易适应得多。大学城的留学生小区里，有两千多名来自偃师千乘的留学生，这些学生比同龄的同学看起来要成熟很多。毕竟穷人的孩子早当家，别的同学毕业后留在星舰联盟的和平世界里工作，他们却要回到落后的故乡，面对鲜血淋漓的天下巨变。

"小王爷你说是吧，历史的进步，每一个脚印都沾满了血。但是见过星舰联盟的先进，谁能忍受故乡的落后？"阳台上，一名学长对斟云说道。宿舍楼位于小山丘顶端，对面就是摩天大楼所在的、灯火辉煌的羲皇市。

学生宿舍里，有学姐在给魏雪衣恶补功课。以前她是被斟云逼着学习，现在见过星舰联盟的强大，才知道要努力读书。"王妃你一定要考上大学啊，大家都在等着你们呢！"学姐说道。

弟弟失踪了，王妃也失踪了，连同早已不知所踪的云阳郡主，整个云砂郡只剩下明镜珑在主持大局。当探子传回这个消息时，巽帝只觉得病恹恹的身体好了大半。

眼下已经是仲夏，巽帝一夜未眠，直至深宫传来婴儿的哭声，心头的大石才落地。

"恭喜陛下，是个小皇子。"产婆跪地贺喜。

"传朕旨意，立为太子！"巽帝有些迫不及待，他等待这儿子，等了太久，毕竟家里有皇位要继承。

宫中热闹了起来，前朝是道喜的群臣，后宫是贺喜的高官女眷，各地皇亲和高官都为这个一出生就被内定为储君的婴儿献上厚礼。巽帝也难得地接见大臣，接受众人的祝贺。

"凌北郡主送来贺礼琉璃火纹手镯一对、珊瑚树一双！祁城公主送来贺礼金玉长命锁一副、金叶玉树一棵！璩国国主送来贺礼蛟珠十五颗、龙涎香一盒……"司礼监大声宣读众臣贺礼，皆是名贵之物。朝贺的群臣无不啧啧称叹。

"云阳郡主送来贺礼，天外夜明仙树十棵！"柳梦零人没到，贺礼却震惊了整个皇宫！那一人高的仙树，晶莹剔透，宛若冰晶雕刻而成，镶嵌着数不清的小夜明珠，光芒照亮了整个大殿。

"贺礼？我就随便买几棵有机玻璃工艺的树，太阳能电池当叶子，管亮一百年，挂上一堆 LED 小灯泡送过去！亮瞎那群没见过世面的土包子！"前几日，星舰联盟，柳梦零对斟巽说道。

"云砂王送来贺礼，金砖一千斤、白银百万两！"又是举朝震惊的重礼，简单粗暴又直接。这金银数量之多，相当于朝廷十年的税收。斟云知道巽帝缺钱，非常缺钱，真金白银最实在。

"送那么多黄金过去？我说你是想制造通货膨胀吧？"当时，柳梦零就觉得这招挺欺负不懂经济学的巽帝。

经济学这种事，巽帝是不知道的。但是过了几日，巽帝破天荒地再次上朝时，已经不见了公然替云砂王说话的大臣。巽帝知道，儿子的出生巩固了他的权力。

皇位的继承顺序向来是有儿子，就父死子继，没儿子，就兄终弟及。以前那些大臣总是担心身体并不好的巽帝哪天驾崩，云砂王强势继位，所以大多都暗中与云砂王有联络，为自己留条后路，免得云砂王秋后算账。

然而今日，巽帝有了儿子可以继位，大臣们的隐忧就少了一些，他们不再把口碑甚差的云砂王视为皇位继承人。虽说伴君如伴虎，至少巽帝比云砂王好相处一些，而那个刚刚出生的小皇子更是有很大的可塑性。将来太子师必定是朝中大臣，好好调教，或许比巽帝还好相处。

但是始料未及的是，失去对云砂王继位的隐忧，平时很多不作声的大臣也加入了反对机关术的行列，让巽帝气得想打人。就在这时，信使高举令牌奔跑入殿："捷报！安国侯魏将军平定南方诸郡叛乱！"

魏铁衣胜利了，至此，天下局势大半平定。朝中群臣哗然，这机关妖术武装的新军果然所向披靡。这样一来，想要反对机关术，只怕是难上加难了。

如今帝国，保得国泰民安的两大军事支柱是北方的云砂王和南方的安国侯。只有一件事是可以肯定的，以前被视为军方栋梁的传统武将世家将会更加没落。朝廷上，那些垂垂老矣的将领，一直吃败仗的传统武将世家们，嗅到了时代剧变的气息，却无计可施。

皇帝难当，巽帝一方面要剪除武将世家的羽翼，一方面又需要重金安抚他们，打一闷棍再给一颗枣子。他还需要安抚天下，派魏铁衣剿灭叛乱之后，拨付大量钱财，安抚灾民。然而粮食总是不够，朝廷库存粮食不多，于是巽帝下旨大量采购民间富户库存的粮食。

在巽帝并不熟悉的乡村中，村庄分布零散，县里官员加上衙役不过数十人，无法挨个儿征收农民的粮食。所以自古以来的规矩都是地主乡绅收取佃农粮食作为佃租，官员再向地主乡绅征粮。然而地主乡绅常瞒报田亩产量，扣下大量粮食留归己用，这当中又有部分被用于贿赂官员。地方官员俸禄向来不高，一年薪俸不过勉强可以糊口，真要两袖清风只怕会饿死，对地主乡绅的贿赂自然是笑纳了，帮着造假，欺上瞒下。

当巽帝在正常的粮食征收之外，额外高价采购粮食时，他震惊地发现，民间富户的存粮比他想象中多很多。高于市面价格三四倍的价钱让所有的人都疯了，纷纷把家里的粮食卖给朝廷。民间银两大量流通，可供购买的物品却不见相应增长，自然是价高者得，导致各种家用器物水涨船高。然而能赚到大钱的，自然是消息灵通的商家富户。寻常农夫困守田间地头，不知山外变化，仍然按着往年的低价卖出粮食，只知万物皆涨价，日子更是困顿不堪，又有不少人沦为流民，或是落草为寇。

朝廷之上，巽帝听着文武百官上奏的情况，目瞪口呆，不得不中断针对云砂郡的军事准备，焦头烂额地下令平叛、赈灾。文武大臣们也莫衷一是，他们从未想象过在这种风调雨顺的年景，民间财富充盈，却还是能闹出灾祸来，不知如何应对。

"一群废物！连个应对之策都想不出来，养你们何用？"巽帝大发雷霆，拂袖而去，让人备了车马，去了帝都城外皇家机关作坊。他知道，或许有一个人，知道这到底是什么情况。

皇家机关作坊蒸汽弥漫，热气逼人，炽红的铁水让人望而生畏，工匠们舍命铸造各种精钢巨炮、三眼火铳，不时有人中暑倒下。巽帝心中不忍，却又无奈，心想着等到除去了弟弟这个心腹大患，一定要如大臣们所言，禁绝机关妖术。

赵龙一直隐姓埋名，在皇家机关作坊担任管事，他见过云砂郡的机关作坊，让他在这里主持工作也算是人尽其才。巽帝亲自造访，赵龙戴着木头面具，跪地迎接。赵龙自从叛出偃师千乘之后，就一直戴着面具掩饰身份，不敢让耳目众多的偃师千乘发觉，对外只说是被工坊飞溅的铁水毁了容，不敢露出真面目惊吓别人。

赵龙道："这是通货膨胀，下官在云砂王府时，听明镜珑提过此毒计，先让民间物价飞涨，再以云砂郡诸多商队抽取财富，造成通货紧缩，一来一回，可以让天下万民疲于应付，让朝廷焦头烂额。"

巽帝心中一惊，问："此毒计如何破解？"

赵龙道："下官也不知破解之法。"

巽帝冥思苦想，终究不得其法。回宫之后，巽帝试图下圣旨，让身在云砂郡的董御史试探破解之道。想了想，他觉得并不妥当，于是搁笔，叫来司礼监，让他以私人身份，修书寄与董御史，打听应对之法。

书信来往，一个多月的等待，让巽帝焦虑不安。再次出征平叛的安国侯魏将军仍然是捷报频传，那也是意料中事。新军火器先进，对付斩木为兵的民变叛军自然是砍瓜切菜般无往不胜。然而这种胜利并不能让巽帝高兴，只觉得更为难受：无论胜负，死伤的都是自己的子民，削弱的都是自己的实力。

好不容易，翘首盼望的书信终于到来。字里行间，董御史并未回答巽帝的疑问，却向巽帝描述了云砂郡那与帝都不同的平民生活：城中百姓皆富足，虽是贩夫走卒，日赚数百钱者甚众，家财万贯者比比皆是。米粮布匹均不贵，百姓衣食充足，仍有大量余财，遂购置车马，寻常农工身穿丝衣锦袍者为数众多，仍耗不尽每月盈余者，遂购置珠宝为饰，购买美酒豪饮。城外珠宝工坊、美酒庄园产出不绝，各种精巧机关计时工具，甚至机枢自动的孩童玩具，虽售价千余钱，价格昂贵，却屡见不鲜。平民多云集歌舞伎坊通宵作乐……

为民请命这种事，就像走钢丝绳。董御史见过天下战乱，也见过云砂郡的富足，两相对比之下，哪怕是老成如他，也不免一时冲动，请求云砂王造反。事后冷静下来，不免冷汗如雨下。

这封书信是董御史在云砂王府做客时所写，当时明镜珑为他亲手奉上香茗，解释道："我不需要阴谋。柳仙子说过，朝廷要走了太多的真金白银，却不能提供种类足够多的日常消费品，这些金钱只要流向民间，就必然聚集在少数几种商品上，哄抬物价，造成通货膨胀。只要我手握机关术，就是必胜之局。你阻拦是死，不阻拦也是死。"

后宫中，巽帝读罢书信，抬头看着屋内精美的雕梁画栋，怅然若失。沈淑妃安慰道："陛下，我们也可以学云砂郡那般……"

"这行不通。"巽帝打断道，"这种事会危及皇权。剧云心修仙，可以不做藩王，但是朕不能不做皇帝。皇帝没有退路，自古退位之君，全家不得善终。"

司礼监来报："陛下，魏将军得胜归来。"

巽帝道："宣他觐见……不，备车马，朕亲自见他。"

班师回朝的大军，在帝都军营里阵容整齐，人人身披铠甲，手持火铳。巽帝亲临检阅，为有功的将领升官重赏，唯独魏铁衣已经位极人臣，升无可升，只能重赏。

巽帝病恹恹地说道："铁衣，陪朕走走。"

"去哪儿？"粗犷武夫魏铁衣不懂礼数，也不会猜帝王心思，反倒是这样能让巽帝放心，不用猜这手握重兵的安国侯心中会有什么盘算。

"去看看乡下，尽量走远一点儿，只要在今日城门关闭前，可以返回皇宫就成。"巽帝不敢离开帝都太远，怕自己不在皇宫，会生出事端。

魏铁衣率领精兵，保护着巽帝的御舆，往郊外的方向走去。帝都越离越远，过了几个村庄，到达了巽帝从未到过的远郊，巽帝看着车窗外的风景，说道："这一望无际的青草，倒也整整齐齐的。"

魏铁衣道："陛下，那是禾苗。"

巽帝也不以为忤，说道："这就是禾苗啊，朕倒是第一次见。"

他问起这禾苗是如何种植、何时收获，一株禾苗可以结出多少稻粒，魏铁衣均对答如流。巽帝叹道："魏将军真是见多识广。"

魏铁衣道："臣曾经是农夫。"

巽帝问："你说农耕之事，云砂王懂得吗？"

魏铁衣肠子直，说道："听说王爷在云砂郡里，常在田间地头，与工匠们一同改良水力灌溉机关，想必也是懂的。"

巽帝记得父皇曾经训斥过众位皇兄：五谷不分，何以治国？于是一个个的，自小就被教导如何判断丰年灾年，判断田里收成多寡，跟着农夫起家的父皇推算不同的年份收取多少赋税为宜。但是自幼就被排除在继承人行列之外的巽帝并未学过这些知识。

每一个开国皇帝都试图让皇子知晓民情，试图让帝国的继承人体恤民生。第一代的皇子常陪伴父皇打天下，倒也是见过民情的；然而隔得三四代，恐怕就只见过深宫之内的高墙，连真正的农夫是何种模样都不曾见过。巽帝的满朝文武大臣，四品以上高官，也只有魏铁衣一人是农夫出身。

巽帝很想问魏铁衣，你可愿意带兵攻打云砂城？但是转念一想，又不妥当，毕竟斟云是魏铁衣的妹夫。但是换了别的将领，又是毫无胜算。于是他们一路上始终都是聊耕作、农时，聊巽帝从未知晓的农家生活。

魏铁衣突然说道："陛下，臣有一句话，不知当不当讲。"

巽帝说道："讲吧。"

魏铁衣道："这前所未见的天下乱象，多半是云砂郡挑起。若是不能快刀斩乱麻，处理好云砂郡的问题，则民变、战乱始终无法平息。"

巽帝一愣，虽说心知是这个道理，但是满朝文武都无人敢向他提起。说到底，谁不怕"教唆帝王家手足相残"这天大的罪名？就只有魏铁衣这不知利害的粗莽武夫敢直说。

巽帝道："调转车头，去皇家作坊。"

满朝皆知，这天下有几个人是巽帝身边的红人。燕追已经过世，自然是不提了。

沈淑妃独得皇恩宠爱，算一个，但是她的祖父却不见升官，让文武百官心生疑窦；司礼监陈公公最会揣摩皇帝心意，算一个，然而却不见他能让皇帝眉开眼笑，让人也心中打鼓；武将中唯一的一品将军魏铁衣尽管是一介莽夫，却也算一个；云砂王斟云是皇帝的同母弟，屡次违反皇家规矩，肆意妄为推广机关妖术，却不见皇帝降罪，只怕也要算一个；最后一个就是皇家机关作坊造作司管事，身份成谜、姓名不详、始终戴着个木头面具的神秘人，人称"木面使"。

巽帝问"木面使"："这些火铳、火炮，以及天火飞鸢，要是装备十万大军，勤加操练，有多少把握可以拿下云砂郡？"

"木面使"答道："在云砂郡，偃师千乘人数不过千，云阳孤军人数不过万。陛下装备十万大军，如果云阳郡主仍未回到凡间，胜负自然是毫无悬念；如果云阳郡主降临阵前，就难说了。"

想起云阳郡主，魏铁衣打了个冷战，他不知道柳梦零操纵天雷的权限已经被谪仙子禁用了。

巽帝问："当真没办法打败郡主？"

"木面使"道："郡主的鬼神之力并不属于凡尘，世间无任何力量可以克制。这是属下从郡主处偷来的天上兵器，世间无法复制，或许是唯一可以克制郡主的神兵。"他献出了从柳梦零闺房中偷来的短管火铳。这支火铳，正是杀害燕追的凶器。

他又不忘交代："一定要在郡主化身'六臂阿修罗'之前动手！下官只在王府演武场见过一次郡主的变身，那只怕才是她真正的实力！连火铳都无法伤她分毫、三头六臂的金刚不坏之身！"

自从"木面使"担任造作司管事以来，魏铁衣与他常有书信来往，只谈公事，不涉私交，每每皆是提及各种火药兵器在战场上的使用情况及改良建议，两人也算是神交已久。如今在皇家作坊里面对面地讨论如何改造兵器，打造更强大的军队，两人谈得开心，一见如故，竟然把皇帝冷落在一旁。

"罢了，陈公公，咱们回宫吧，不要打扰他们钻研兵器。有这样的臣子，是朕的福气。"巽帝对司礼监说道。

回到宫中时已经是夕阳西沉。无论巽帝如何不情愿，那明晃晃的汽灯带来的便利都无法抗拒。亮如白昼的荒院里，拾掇干净的室内，又添了第十幅画像。朝廷的密探潜伏在汽灯照不到的黑暗角落里，向巽帝描述云砂王妃的近况。第十幅正在绘制的画像，是云砂王妃魏雪衣。

巽帝曾经的志向只是当一个不问世事的王爷，醉心于水墨丹青之中。如果父皇没有诛杀云阳侯，如果太子还在世，平平淡淡地在王府的朱红高墙里，在无尽的画卷中描绘心中的美人、美景，那才是他想要的人生。

为何当初没有答应柳梦零和她远走高飞？巽帝知道，自己是害怕，他对红墙黄瓦之外的世界一无所知，怕自己就像笼中的金丝雀，离开了牢笼，却无法抵御外界的风雨，最终死在春暖花开时。漂亮的羽毛与烂泥融为一体，最终腐烂得片骨无存。在他眼里，必须想尽办法留在皇家的高墙内，才能生存。所以他才会决定：做不成逍遥王爷，那就做皇帝。

一笔，一画，画笔如有灵性，在巽帝修长的手指下勾勒出女子容貌，锦衣华服，极尽尊贵，乌黑的眸子，却写满落寞。

魏雪衣不像柳梦零那样是俯瞰世间一切、翱翔天际的飞鹰，也不像明镜珑那样是自幼调教好的金丝雀，等待着从一座金碧辉煌的牢笼嫁入另一座同样金碧辉煌的牢笼。

"她是……"沈淑妃的声音从背后传来。

巽帝道:"她只是乡下田间叽叽喳喳的小麻雀,偶尔飞上树梢,偶尔下地觅食,却造化弄人,成了黄金笼子里的云砂王妃,自然是千金难买美人一笑。"

乡下田间叽叽喳喳的小麻雀,沈淑妃对这样的平民生活自然也是陌生的。在她自小接受的教育中,平民是粗俗卑贱的、不登大雅之堂的,所以也未曾接触过。如今她虽有心计,用在后宫争宠尚可,用在朝廷上的争权夺利或许也凑合,用来帮助夫君却是力不从心。要知道那些困扰君王的都是她不熟悉的社会底层的问题。

巽帝听旁人说过,魏将军每想到妹妹在云砂王府中的处境都有些郁郁寡欢,也是感到极不高兴。若是放在不懂礼数规矩的山野人家,自家妹子被夫家如此冷落,娘舅家是会叫齐人马到夫家算账的。只是碍于朝廷规矩,魏铁衣不能一怒之下带兵去云砂王府兴师问罪。

"朕,该对付云砂王吗?"巽帝曾经铁了心要置弟弟于死地,但是如今,整个偃师千乘都站在他那边,又不得不犹豫了。

沈淑妃轻声问:"自古以来,削藩都是势在必行。陛下放过王爷,王爷会放过陛下吗?"她虽然聪颖,却囿于见识,只把这事情看作历史上常见的帝王与藩王的矛盾,然而也不是毫无道理。

"动他,找死;不动他,等死。这藩不好削,但是也要削。"巽帝打定主意,暗杀斟云是不可能了,只能积攒兵力,来个硬碰硬。

二十、最难对付的弟弟

天底下，很多人都是为了自身利益做打算。朝堂之上上演了好几个月的拉锯战，巽帝与群臣达成妥协：机关术只用于制造兵器，不对外推广。这些老臣守住了自己在旧式农耕体系下的既得利益，却让朝廷很难再抵挡住云砂郡工商复合体的经济攻势。

如今朝廷上又起小波澜。大臣们既然打定主意要把云砂王排斥在皇位继承者之外，就开始替巽帝担心一个儿子不够保险，万一儿子夭折了，云砂王照样是第一顺位继承人。于是大臣们总是"冒死进谏"，试图让他广纳嫔妃，多生几个儿子，私底下的盘算自然是让自己家也有机会与皇室结亲。孙女独受皇恩的吏部尚书也顶不住群臣们的诘难。

后宫众女向来与朝廷众臣是连在一起的。明君以重用贤臣决定宠幸哪位嫔妃，昏君以宠幸嫔妃决定重用哪位臣子。后宫中，贴身宫女带来吏部尚书的传话："老大人说了，陛下势单力孤，需要争取群臣，还请娘娘多与诸位宫中姐妹雨露均沾，不可独受皇恩。若是陛下子嗣单薄，不能争取群臣，云砂王必定乘虚而入。一旦陛下斗不过云砂王，倾巢之下将无完卵，娘娘也无法独善其身。"

皇家不是寻常百姓家，其中诸多不得已，沈淑妃也只能让步。深秋天气凉，难得这年秋日风调雨顺，云砂郡没有再起事端，民变也告一段落，塞外诸戎入侵的事情也被云阳孤军挡在帝国之外，算是难得的平静时期。当沈淑妃走进荒院时，巽帝正在作画，画他心爱的女子，他永远得不到的云阳郡主柳梦零。沈淑妃知道柳仙子是天上的仙，她嫉妒也没用。

沈淑妃提了祖父托人传的话，巽帝并不高兴："朕不是独宠你，儿子太多并非好事，朕是怕诸皇子之乱重演。"

从诸皇子之乱到如今接连不断的动荡，分封在外地的皇子的日子大多也不好过，每有一个郡县动荡，分封在该郡县的王爷就遭了殃。巽帝收到缇骑密报，分封在南方东海郡的东海王在前些时候的局势动荡中被灾民烧了王府。东海王与其母妃惧怕落在灾民手中受辱，投井自尽，东海王享年七岁。

太上皇子嗣虽多，但是活到现在的只怕也就剩巽帝和云砂王了。

严格而言，诸皇子之乱并未平息，最后一个拥兵自重的皇子就是这最难对付的斟云。巽帝只能趁着这暂时相安无事的时期，抓紧训练新军火器，试图能胜过云阳孤军和偃师千乘。

皇家作坊，"木面使"向来深居简出，不对外露面。他知道偃师千乘刺客的厉害，身边一直有侍卫跟从保护。

偃师千乘一直没派刺客刺杀他，他得知自己的假尸身在云砂郡被风光大葬，心想诈死或许是骗过云砂王府了。

初冬了，作坊里依然炎热，无论昼夜，作坊里都被飞溅的铁水映得通红。火炮铸造师们仍然夜以继日地制造火炮。火铳身管的钻孔技术仍然不成熟，制造出来的兵器良品率不高。天火飞鸢虽然技术成熟，但是终究不如火炮威力大，根据魏将军的反馈，只适合纵火焚烧，未必奈何不了云阳城的城墙。此外，还有数量庞大的重弩、连弩，也在加紧生产中。魏将军操练新军所消耗的弹药数量极多，也要加紧生产。

"木面使"总是为了兵器的生产忙得焦头烂额，常通宵达旦和工匠们研究如何解决兵器制造过程中出现的问题。最大的问题是材料，火炮所需优质镔铁，并非传统冶铁坊可以制造，即使想仿造，也很难征召得到建造冶铁工坊所需的大量优秀工匠，只能从云砂郡大量购买。

图纸是最高机密，绝对不允许流传到民间。作坊的密室只有"木面使"可以进入，密室由一尺厚的青砖筑成，密室门外有侍卫亲兵层层把守。只有在这里，"木面使"才敢摘下面具。

这一日，"木面使"心中一惊，一个熟悉的身影坐在他平日坐的位置上，认真地阅读着图纸，说道："前些日子测试新型火炮，炸死不少工匠吧？如果想采用帝国自产的铸铁，就必须大幅度地加厚炮管，在威力和机动性之间作出取舍。"

"王爷？"他不知道斟云是怎样避开三步一岗、五步一哨的侍卫进入这密室的。

"赵龙，好久不见。"斟云站起身，对他说道。

赵龙只觉得喉咙一痛，一根很细的丝线勒住了他的脖子！这是柳仙子的趁手兵器，天蛛丝？"郡主？你……回来了……"赵龙艰难地发声，他想把这个天底下最坏的消息带给巽帝，却感到喉咙被慢慢勒断，死亡的阴影出现在眼前。

魏雪衣的声音从他背后传来："郡主忙着本硕连读的事情，没空回来，回来的是我。"

天上的经历对魏雪衣极为震撼。柳梦零的趁手兵器，天蛛丝，实际上是韧度极高的碳纳米纤维丝，在星舰联盟应用极广。从天地往返电梯的缆绳，到飞船停泊在太空港时的系留绳，再到日常的方方面面都有应用，甚至连古筝的琴弦也有人用碳纳米纤维丝制造。

柳梦零懒得向这个世界的人解释什么是碳纳米纤维丝，就胡诌说是仙界至宝的天蛛丝，倒也忽悠了不少人。当魏雪衣知道这东西在星舰联盟不过十几块钱一卷，要多少有多少时，还真的吓了一大跳。

魏雪衣道："赵龙哥，王府在云砂郡给你修了好大一个坟墓，下葬时非常风光。可惜棺材里装的是一具无首尸身，所以我想把你的首级带回去，跟尸身好好合葬。"

"木面使"死了，巽帝得知这消息时寝食难安。听验尸的仵作说，"木面使"的首级被刺客掳去，脖子断口非常整齐，像被神兵利刃切断。

哪怕是皇宫宝库中，锋利如斯的神兵利刃也不多，巽帝遂命人取来宝库中最锋利的刀剑，让侍卫以牲口试剑，只有两把可以到达如此锋利的地步。

一把是五寸长的小刀，刀锋所过似无痕迹，直到牲口挣扎，脑袋才从脖子上掉下来。巽帝问："这刀，是哪里来的？"

侍卫答道："是云阳郡主遗留在宫中的水果刀。"

另一把是明亮如镜的三尺长剑，剑身上有一道很浅的划痕，是皇商从云砂郡高价购得，献予皇帝。

天底下如此锋利的神兵，还有云砂王的黑剑，以及云阳郡主的天蛛丝，无论哪一件，都与云砂郡脱不了关系。

巽帝没有下旨破案，也没下旨捉拿凶手，毕竟"木面使"的身份见不得光。但是朝臣们总归是消息灵通，很快就得知皇帝身边的红人之一"木面使"死于非命，并且猜到是云砂郡的人下的手。

早朝时，以礼部尚书为首的大臣们又当起了墙头草，替云砂王说话："臣听闻，自古以来，兄友弟恭，才能齐家治国平天下。臣以为，陛下应与云砂王和睦共处，才是长治久安之道。"

巽帝从鼻孔里不屑地哼气："你们不是反对机关妖术吗？朕的弟弟如此大张旗鼓地操弄机关妖术，为何又替他说话了？"

群臣支支吾吾，他们是怕，怕云砂王犹胜于怕巽帝。"木面使"在密室中悄无声息被取走首级，谁不怕？就算巽帝一怒之下摘了他们脑袋，他们也能得个死谏君王的美名；而云砂王，代表的却是他们不熟悉的新世界，在新世界中，他们无所适从。

赵龙的死，死得悄无声息，帝都未起一丝波澜。远在云阳城的明镜珑暂缓了经济攻势，让帝都得以恢复初冬的繁华。斟云和魏雪衣作平民打扮，漫步在帝都大街上，这是斟云人生中第一次走在帝都街头。

"这条街有很多卖糖葫芦的人，以前我很喜欢吃呢。"魏雪衣带着斟云逛街，以前的她是侯府千金，无人约束，经常带着家丁丫鬟逛街，享受着以前的斟云享受不到的自由。

"这条街两边都是王侯府邸，看大门前的台阶就能分辨是几品侯爵。官品越高，台阶也越高，也就是所谓的'高门大户'了。"魏雪衣带着斟云走在街上。自从四柱国、八贤臣被诛杀后，这天下就没有了裂土分封的万户侯，所有的侯爷都只是享受着高官厚禄，却不许擅自离京，也不再有封地食邑。

最高的门第是安国侯府。大门紧闭，门旁的石鼓表明了主人并不愿意见客。魏雪衣怔怔地看着那镶着金黄门钉的朱红大门，斟云问："想家了吗？"

魏雪衣嘴角扬起略带悲意的微笑："高官贵族家的女儿，只是政治联姻的筹码，哪里有什么家？还不如以前在乡下时自由自在。"

这帝都，对斟云和魏雪衣而言都是不堪回首的伤心地。他们离开帝都，并肩骑着两匹马，像浪迹天涯般，一路北上，返回云砂郡。此时，距离斟云的十七岁生日还有两个多月，离魏雪衣年满十七，也只剩半年。

而她的兄长，安国侯魏铁衣，正在帝都北面的玄武关外，紧锣密鼓地训练新兵。关隘外的荒山被士兵们的火炮炸成了不毛之地，又被天火飞鸢反复灼烧，已经是寸草不生。他准备等到过完冬天，再过完春天，民间收了夏粮，军粮充足后，就孤注一掷，全力攻打云砂郡。

魏铁衣一直与士兵同甘共苦，虽然陛下赐有豪宅，但是只要士兵们还在艰苦训练，他就必定住在营帐里，和士兵们吃同样的伙食，睡同样的荒地。但是作为将军，起码的安全也是要确保的，他是单独一个大帐篷，里面装满行军地图、令牌和情报密信，还挂了一幅画像。

那是巽帝御笔绘制的魏雪衣画像。虽说巽帝作为君王能力平平，妙笔丹青却是当世一绝。巽帝听着密探的描述，把魏雪衣的模样绘制得栩栩如生。画像上的魏雪衣比嫁入王府前瘦了很多，锦衣玉食，却郁郁寡欢，不像以前在乡下时，粗粮布衣，却简单快乐。

"朕，看错斟云，愧对将军。"前几日，巽帝将这画像给魏铁衣时，对他说了这样的话。

斟云通过玄武关时，遇到士兵盘查身份，他用假身份瞒过了士兵，顺利出关。魏铁衣高头大马，路过关哨，双方刚好错过，魏铁衣只看见他们远去的背影。

他们结伴离开玄武关，策马疾驰，魏铁衣看着他们远去的背影，羡慕道："真是感情甚好的神仙眷侣。"

沿途北上，商队繁荣，然而民风彪悍，所以商队护卫仍不可少。北方村民多好战，常为了水源、田垄，几个村就会打得你死我活，官府劝都劝不住。一路上他们经历了好几起死伤过百的斗殴事件，魏雪衣农村出身，对这种事习以为常，然而如今，见过星舰联盟的世界之后，却开始重新思考这个问题。

人穷、命贱，只是其中一方面原因。科技落后、医学不发达导致人均寿命不到四十岁，正值壮年，却在天灾和疾病的威胁下随时可能死亡。于是很多村民，到了这个年龄，心想横竖都没几天好活了，往往趁着自己身强力壮，用暴力手段为本村以及自己的孩子们争取更多的利益。至于北方狼戎以部落为单位的入关洗掠、世间诸国互相讨伐，说到底，道理也基本上是相似的。

魏雪衣问斟云："如果人人都能活到八九十岁，只怕没那么多人，为了一点小事，就舍命斗殴吧？"

斟云道："星舰联盟的史书说，人类在工业革命之后，仍然爆发过无数的战争，直至星舰联盟的祖先们远走浩瀚的星海，才迎来相对和平的生活。联盟最后一场内战已经是三千多年前的事情了。"

魏雪衣道："看来不管怎样，首先要迈过工业革命这道坎。"

冬日，云砂郡白雪皑皑，王府的温泉地暖仍然暖和，整个云砂郡都在备战。短暂的人均寿命让不少青壮年毅然从戎，想着用战场上的厮杀换取儿孙们的富贵。这样的想法使得云阳孤军的规模在短短的半年之内扩张了数倍。

"王爷和王妃回来了！"这个消息让整个王府都沸腾起来，整个王府张灯结彩，准备迎接小王爷的十七岁生日。各国富商的贺礼、歌姬们精心排练的歌舞，都很难让小王爷露出笑容，唯独偃师千乘的首领余魔尊从沙漠深处调来的三十六座飞楼，让小王爷露出了微笑。他的微笑略带残酷，毕竟这是一支可以灭国的强大武力。

至于王妃，那更是郁郁寡欢，无论怎样的奇珍异宝、绫罗绸缎，都引不起她的兴趣。全府上下都在极力讨好王妃，却是千金难买美人一笑。

王妃闷闷不乐的原因是考试成绩不理想，自然是他们无法讨好的。

"王妃去找明姑娘了！"这条消息像个震撼弹在王府中炸响。按照这些人的世俗看法，王妃正室登门找得宠的青楼女子出身的明镜珑，自然是要生出事端。然而，事情的结果并不像他们想象中的那样。

"又要发动经济攻势了吗？"魏雪衣看着明镜珑闺房墙壁上密密麻麻的图表，问道。

明镜珑道："兵马未动，粮草先行，我不会让朝廷安安稳稳地备战的。"众所周知，她恨皇帝，谁当皇帝她恨谁。

一个明镜珑，给朝廷造成的损失不亚于旷日持久的诸皇子之乱，那神乎其神的资金流、数不清的黄金白银涌入，让整个世界乱成一团，然后又通过商队抽走，顺带着购走数不清的粮食，只留下一堆世人自以为珍贵的琉璃、玛瑙、夜明珠。

"这颗夜明珠，听说价值连城？"魏雪衣拿起明镜珑桌上用来压纸张的夜明珠，足足有拳头大小。

明镜珑道："你喜欢就送你了，用云阳郡主的话来说，不过是雕刻得很漂亮的氟化钙矿石罢了，除了当玩物，毫无价值。"

"这个数字是什么？"魏雪衣指着墙上报表的一个数字问。

明镜珑道："只是在预测朝廷讨伐云砂郡后，百姓伤亡的数量。"

魏雪衣仍然闷闷不乐，一是前些日子学力测试落后斟云一大截，成绩实在不理想，二是为了整个世界的未来，要眼睁睁地看着天下战乱又起，数不清的军民化为荒野枯骨，实在让人开心不起来。

斟云的十七岁生日，寒冬腊月，祝贺的富商随从中混进了刺客。场面一片混乱，斟云大开杀戒，很多人都是第一次看见这名小王爷高强的武功。

"你们当中，谁自诩是正义人士的，尽管可以来取本王首级。"然而没有任何一名刺客能在斟云手下走出一招。

刺客是谁指派的，斟云根本不关心。想杀他的人太多了，除了皇兄，全天下的仁人志士也都想要他的脑袋。

深夜的王府后院，三十六座飞楼静静地矗立在白皑皑的雪地中，斟云站在飞楼上，碧绿的玉笛，吹奏着娘亲璃国故乡的忧伤曲调，像在为今日被他所杀的仁人志士唱挽歌。魏雪衣坐在他身旁，一如以往地郁郁不乐。整个云砂王府，从来没有人见过王妃的笑容。

王妃手中拿着一本天书《地球时代工业革命史》，书上的字里行间都避不开时代剧变对寻常百姓带来的巨大冲击。无数人被新时代抛上云端，也有无数人被新时代打入深渊。

掌事太监曹公公头发已经全白了，跪在斟云面前，声泪俱下，试图尽最后的努力规劝小王爷："王爷，万万不可再忤逆了，要是战乱一起，这天下又是民不聊生啊！无论最终谁胜谁负，动摇的都是王爷家的江山社稷啊！"

斟云怜悯地看着曹公公，说道："本王，是坏人。"

曹公公老泪纵横。巽帝和王爷都是他看着长大的孩子。多少年来，只知道斟巽喜欢水墨丹青，斟云喜欢木匠活儿，两个都是与世无争的小皇子。哪里想到一个成了皇帝，一个成了祸害天下的妖王？

一连好多天，斟云每晚都是陪着魏雪衣复习功课直至深夜，备考大学。他一直在猜兄长会何时动兵，想着该如何面对朝廷大军。这一等待，就又是冬去春来，来年花开。

春天了，帝都深宫，巽帝的感冒又发作了，低烧，身体时好时坏，繁重的奏折批阅工作让他患上了偏头痛。"陈公公，不重要的事，你就替朕推掉吧。"巽帝对司礼监下这道口谕时，觉得自己向着昏君的方向又迈出了一步。

又有两名宫嫔怀孕了，算是堵住了大臣们的嘴，巽帝却闷闷不乐，似乎能看见将来孩子长大后，又重演争夺皇位的血腥大戏。他躲在荒院房中，逃避烦人的朝政。只有静心绘画时，他才会觉得精神有片刻的舒畅。

"这些奏折，不重要的就替朕批阅吧。"荒院房中一半是画室，一半堆满了奏折，唯一能替他分忧的，也就只有沈淑妃了。他知道外头对他有非议，说他放任后宫妇人干政。但是他心底仍是不服，明镜珑可以把云砂郡治理得有声有色，这沈淑妃凭什么不能干政？

他常忘记明镜珑有童年培养的家学渊源，也有半生颠沛、饱尝人间冷暖的社会阅历；沈淑妃却和他一样，只见过王侯府邸高高的四面墙壁围着的天空，吃米不知米价，对各地去年秋季上报米贱伤农的奏折全然看不出严重性，对今年春天粮价暴涨毫无准备。

大量的粮食被云砂郡低价收走，各地流民又起，沈淑妃直到此时才知道明镜珑的厉害。听说皇宫正门外跪满了各地官民，跪求朝廷处罚那扰乱天下的云砂王。

一直优柔寡断的巽帝终于决定动手了，在荒院里召见了各位重臣，商讨对策。重臣们也都看见了消瘦的巽帝，在这春暖花开之际，仍然缩在暖炕上，裹着被子瑟瑟发抖。

"朕那弟弟，听说身体比朕好很多？"巽帝召见了皇商首领之一的沈老大，这人官不大，而且已经退休，但他是少数见过斟云的人，曾经以富商身份在斟云十七岁生日时登门道贺。

沈老大道："塞北的冬天滴水成冰，小王爷三九寒冬就披着一件薄衫练剑，肌肉结实如铁，热汗蒸腾如雾，武功极高，身体也极好。"

既然如此，这弟弟就更是留不得了。巽帝看见门边蹒跚学步的儿子，心想要是自己身体不好，驾崩得早，这孤儿寡母，哪里抵挡得住如狼似虎的斟云？

巽帝对身边太监道："宣，安国侯魏铁衣及各位武将。"

大臣们心中一震，似乎听到了战争的步伐在逼近。

从前殿到后宫荒院有很长的一段路。巽帝不停地咳嗽，手边摸到一个物件，拿起来后发现是童年时弟弟做的木头人偶，巴掌大，雕刻成娘亲的模样。巽帝想起了童年时，他和弟弟都是体弱多病又不得宠的皇子，连冬天取暖的炭火也多被宫人克扣。娘亲失踪后，每到冬日，兄弟俩只能蜷缩在冰冷的炕上，裹着旧被子互相依偎取暖。

"臣，魏铁衣，叩见皇上。"魏将军粗犷的声音打断了巽帝的沉思。

巽帝问："大军，准备得如何了？"

魏铁衣道："五万新军已组建完毕，训练充分，随时可以作战；另外收留七十五万流民，编组成步卒，出征宜早不宜迟。"

巽帝问："宜早不宜迟？此话怎讲？"

魏铁衣道："流民深受云砂郡祸害天下之苦，同仇敌忾，可以不怕牺牲，勇猛作战；但是我军粮草不足，若是长时间按兵不动，必定耗尽粮饷。只有尽快拿下粮食充足的云砂郡，才是上策！"

出征的檄文以罪己诏的形式昭告天下。诏书中，巽帝回忆了自己与斟云苦命相依的童年；写了登基之后，他将弟弟分封在塞北苦寒的云砂郡，试图作为北方屏障，抵御外敌，守得国泰民安；巽帝沉痛地道歉说没有把这弟弟教导好，以至于纵容他与偃师千乘妖人勾结，祸害苍生。如今不得不起兵，斩除偃师千乘妖人，让王爷重返正道。

这是"清君侧"的异化版。自古以来藩王造反，均是不敢直言针对皇帝，只敢说诛杀皇帝身边奸臣，最终"误杀"皇帝，也要装模作样地演一出哭戏，才能对天下交代。如今巽帝对云砂王也来这么一出装模作样的说辞，让人意外，却也是情理之中，巽帝不愿背负手足相残、杀害弟弟的骂名，只说是对付王爷身边的偃师千乘。

巽帝召集重臣和武将，商议万一斟云死在乱军之中的"最坏的情况"，连斟云的谥号都准备好了。他很明显是暗示诸位武将，要在阵前取斟云性命，不要生擒押往帝都，让他为难。

前朝商议的结果很快就传回了后宫。当沈淑妃知道这结果时，只觉得心中一寒：巽帝不敢背负杀弟的罪名，武将们又有谁愿背这杀害王爷的黑锅？谁不怕哪天巽帝追念弟弟，为了向天下展示兄友弟恭的形象，以"擅杀王爷"的罪名将武将处死？

八十万大军朝着云砂郡的方向前进。其中五万阵容严整、令行禁止，是朝廷最精锐的火器新军；另外七十五万，是如同蝗虫过境般，既无纪律，也无像样兵器的流民军。大军所过之处，正如古人所说的"匪过如梳，兵过如篦"，村镇万民逃散，片瓦不存。

大军逼近了与云砂郡毗邻的天岭郡，魏铁衣高踞战马之上，看着大军开过之后的满目疮痍。五万新军纪律森严、令行禁止也就罢了，流民军却很难勒令得住。吸引他们昼夜行军、不畏强敌的唯一动力，就是云砂郡那惊人的财富和富足的粮食。

"但愿这是最后的战争。如果不是云砂王作乱，这些人原本都应该是老实巴交的庄稼汉。"魏铁衣喃喃自语。

他不知道，天岭郡的义戎蛮骑已经大规模集结，避开大军锋芒，利用骑兵强大的机动性，长途奔袭数百里，准备袭击大军的后勤补给线。

而在八十万朝廷大军的正面是云阳孤军。孤军如今已经扩军到三万之众，斟云留了两万骑兵和十八座飞楼防守北方蛮族，只率领区区一万骑兵出征。

"让本王亲爱的大舅子，见识一下科技的代差吧。"出征前夕，斟云慢慢戴上狰狞的黑铁面具。

二十一、"哥，我走了，去上学"

仲春时分，魏铁衣挨了一记闷棍，八十万大军的补给线被潮水般涌入关内的义戎骑兵冲垮。

"将军，军粮已经不足五日所需了！"军需官进入将军营帐，带来了坏消息。

整个天岭郡竟然找不到一个可以掠夺补给的城镇！魏铁衣这才蓦然发觉，云砂郡防着朝廷已经不是一天两天的事了！照理而言，距离云砂郡如此之近的天岭郡本来应该近水楼台先得月，发展成和云砂郡类似的繁华城镇，偏偏在此定居的是走商和以游牧为主的义戎人，一个个游牧帐篷驻扎在水草丰美的地方，帐篷一拆，马车运走，顺带着连牛羊也带走，只留下大片草场。战马可以在草场获得粮草补给，人却不能也学着战马吃草。

而靠近云砂郡的天岭郡北方荒漠地带，原本零零散散住着的农耕庄园富户也得知战争将至，举家逃离，逃离之前把粮食搬运一空，还把风力提水机关最核心的轴承抽走，整个机关就瘫了。尽管商队车轮碾压出的路径仍然清晰，但是漫长的商路周围，所有的水源都被破坏殆尽，大军连解渴的水都得不到。

魏铁衣这才想起，云砂郡以及周边各郡原本都是荒凉贫瘠的不毛之地，只是偃师千乘经营已久，才使荒漠变良田。如今把机关妖术一同抽走，大军到来之前的短短七八日，所有的庄稼都已枯死，又变回原本的荒漠。

这是久经沙场的魏铁衣见过的最彻底的坚壁清野战术。八十万大军人疲马乏，后勤又被切断，魏铁衣下令全军每日两餐缩减为一餐。然而自古行军，军粮可以随身携带，水源却都是就地获取。大军中不断有人干渴倒毙，派出寻找水源的斥候却十去九不还，等到大军缓缓向前开进，却常发现戈壁滩中迷路渴毙的斥候尸体，正在被老鹰啄食。

前面就是云砂郡的山隘，站在大漠边缘的高山前，甚至可以看到对面峡谷中，机关术灌溉之下丰茂的农田。毫无疑问，斟云必定会在这一夫当关、万夫莫开的险要地形中设伏。

"大军停止前进！扎营！"五万新军迅速停止前进，但是七十五万流民军饥渴之下根本无法勒令得住，山隘那头丰茂的水草，对他们有着致命的吸引力！

云阳孤军财大气粗，清一色都是最昂贵的贵族兵种——骑兵。就连站在山隘正面，原本应该以重甲步兵、长矛列阵的防线现如今也是铠甲厚重的重骑兵！

正常的排兵布阵应该是正面步兵重甲，持长矛密集列阵，攻防一体推进；中军训练有素的弓弩手是远程杀伤的中坚力量；后军是射速慢、射程远、威力大的床弩及射石炮等重兵器；两翼是昂贵但机动力极强的轻骑兵，用于防止敌人奇兵攻击侧后方、打乱阵形。

重骑兵这种刀枪不入的铁罐头非常昂贵，一套铠甲就价值连城，连战马都是身披精钢铸造的刺猬马铠，铠甲上布满锐利的刀锋。魏铁衣从未见过重骑兵手持精钢马槊结阵形成的钢铁防线，一时之间不知如何下手。但是麾下七十五万流民军已经勒令不住了，他们又饥又渴，看见山隘那头农田长势喜人，显然水源粮食都不缺，已经自行发动进攻！

流民军按照他们通过一个多月的训练学到的长矛结阵冲击战术，向前分批、成拨次密集冲锋！他们手中的长矛，有的是木杆镶嵌铁枪头，有的是削尖的一丈长的木棍，有的干脆就只是一根竹竿。但是这种简陋的兵器在对付昂贵的骑兵时，往往收到奇效。哪怕是冷血的交换比，十个烂命一条的流民换一个训练多年的骑兵，也是划算。

轰！天崩地裂！偃师千乘的重炮震撼了整个大漠！魏铁衣看见炮弹精确地落在密集的流民中间，一炸就是一个池塘大小的坑！方圆二十丈，尽是气浪掀飞的人！

轰！轰！炮弹如雨，接连不断在阵前炸响！五万新军在后方岿然不动，眼睁睁看着七十五万流民大军不断冲进敌方火炮攻击范围，死伤惨重。

魏铁衣知道火药铁珠造价高昂，这样不惜成本的轰炸必然不能持久。他在等待敌方弹药耗尽。然而一刻钟过去了，部队伤亡就已经破万，火炮仍未停歇；两刻钟过去了，他从未见过的战术出现了！重装骑兵结阵，阵容严整，缓步前进。骑兵铮亮的精钢长槊滴血未染，森严冰冷；

重装骑兵后方的火铳轻骑兵警惕地盯着前方血肉横飞的流民军，却一弹未发，因为根本没有人能活着冲进他们的射程之内。

火铳轻骑兵后方的火炮骑兵才是攻击的主力，他们分成两组，一组下马，架起火炮轰炸，另一组让马匹牵引起轻型火炮，骑马前进。两组人马交错掩护射击，曲射火力越过己方阵形上方，落在密集的流民军当中，缓慢向前推进。

弹幕徐进！这是魏铁衣从未见过的战术！他以前只知道火炮沉重，需要固定阵地，无法迅速机动。这种火炮开火、结阵推进的战术，天底下闻所未闻！

伤亡不断上升，两万、三万……部队成片消失，触目惊心。魏铁衣大声下令："发射天火飞鸢！"他知道天火飞鸢的射程远超火炮，却不知为何同样懂得制作天火飞鸢的斟云将其弃之不用。

十几只天火飞鸢被弹离发射器，张开翅膀，拖着火焰，朝云阳孤军扑去。孤军中一名校尉拔出长剑，遥指飞鸢，火铳轻骑兵纷纷举起火铳，瞄准飞鸢。长剑用力向下一挥，火铳齐发！在天上打出一片弹幕，飞鸢顿时千疮百孔，拖着火焰坠入两军中间的流民乱军中，烧成一片火海，惨叫声不绝于耳。

流民军士气濒于崩溃，他们四散而逃，互相踩踏，不知又造成了多少新的死伤。魏铁衣仍然沉着，自古以来，流民成军都是最廉价的炮灰，他们本来就是鬼门关边打转的饿死鬼，如今不过是捡得数月阳寿之后又做回鬼。

尽管流民军的士气已经崩溃，但是山隘那头山清水秀的云砂郡仍然吸引着他们冒死冲击，杂乱无章、乱哄哄的样子，毫无战术可言。

云阳孤军的重装骑兵仍然不紧不慢，缓步推进，对眼前的修罗场全然不为所动。流民军蜂拥冲击，重装骑兵身后的火铳轻骑兵训练有素，在重装骑兵排成的人墙缝隙间瞄准、射击，每一声射击的巨响，就伴随着一名甚至是多名敌人倒下。火铳轻骑兵当中夹杂有威力极大的连珠火铳，那威力强大的弹丸铁珠能一击穿透多人。敌人纷纷倒下，哪怕是侥幸冲到重骑兵面前，浑身刀锋的重甲既无法被长矛穿透，也无处攀爬、抢夺马匹，只能被重骑兵轻松踏成肉泥。

五百步、四百步、三百步……魏铁衣在等待云阳孤军进入己方重炮阵地的射程。无坚不摧的重炮，无论何种重甲、何种阵形都无法抵御，也是他最后的撒手锏。

一声天崩地裂的巨响，重炮阵地被掀飞上天！云阳孤军的骑兵炮，轻便、威力适中，射程却是极远！每一声巨响，就有一门重炮被摧毁。

魏铁衣的心都在滴血，要知道此刻阵亡的都是新军里最宝贝的炮兵，不是那些廉价的炮灰。重炮铸造不易，炮兵更是千金难求。首先炮兵需要识字，天底下识字的人本来就少，其次还需要懂得工匠知识，知道如何计算射击角度、伺候这些金贵的火炮。

天底下凡是识字的，谁不是寒窗苦读、设法考取功名去？又有几人能放下读书人的身段，去当那卜九流的工匠？就连这些炮兵，也是"木面使"从本来就非常稀缺的优秀工匠中甄选训练，巽帝在朝臣面前据理力争，破格给予五品官的俸禄供养着的，金贵得很。

魏铁衣仍然记得巽帝在朝堂上的咆哮："你们这些老东西！朕要重用几个工匠，你们就全都反对，觉得身份低贱，不配与你们为伍！很好！你们给朕上阵操作火炮去！等到朕那弟弟打上门来，你们以为就只是换个皇帝？告诉你们，到时候朝堂之上全都是你们厌恶的工匠，再也不会有你们的立足之地！"

炮弹如雨，却极为精准，新军垮了。魏铁衣怔怔地站着，茫然看着这苍茫的大漠。云阳孤军越来越近，人数竟然不超过五千人，却如同铁铸的堡垒，千军万马伤不到它一丝一毫。魏铁衣不曾想到，机关术的代差竟然如此可怕。八十万大军，连云阳城的城墙都没看见，就一败涂地。

孤军停住步伐，在乱军中宛若翻滚洪流中的定海神针，岿然不动，率军的白袍小将戴着狰狞的黑铁面具。

魏铁衣想起了当自己刚刚成为侯爷时，不懂得贵族家的享受，却还像以前那般带着妹妹魏雪衣到茶馆听说书。说书人唾沫横飞地讲述演义小说中，两军对垒、武将单挑的情景。说到精彩处，听众大声叫好。

那时，妹妹托着腮帮子问："哥，这两军对垒，真的会有武将单挑？人多势众胜算大的一方为什么不一拥而上，把敌方武将砍死算了？"

那时，魏铁衣大笑道："小说不能全信！两军交战，有时武将见败局已定，会阵前大骂，用激将法刺激敌方武将下阵单挑，若是单挑时斩杀敌方武将，敌军群龙无首，或许可以反败为胜。但是这么蠢的敌将不好找，所以自古以来，阵前单挑虽说也是有的，却不多见。"

如今，魏铁衣并不认为能率领云阳孤军的武将会是傻子，但是一败涂地之下，也不妨一试。他昂首挺胸，孤身立于敌军面前，大声道："吾乃安国侯魏铁衣！你若是条汉子，就与我单枪匹马，一决胜负！"

这身材瘦小的白袍小将慢慢伸手，麾下士兵合力扛来兵器，竟然是通体精钢锻造、重逾一百五十斤的方天画戟！

魏铁衣知道，这种沉重的兵器看似刺、削、劈、锁，功能甚多，威力极大，样样皆能却又样样稀松，加之过度沉重，能举起来已经极不容易，极易疲劳。习武之人通常只在校场上炫耀神力时用它，或者是作为装点门面的礼仪性兵器。

哪怕是天生神力的猛将也不会在阵前选择这样一个不实用的兵器。偏偏这瘦弱的小将就选了这么一件兵器，拿在手上随手一舞，举重若轻，虎虎生风。

男子汉大丈夫，除死无大事！魏铁衣知道自己选错了对手，无路可退，只能夹紧胯下战马，握紧马槊，大吼一声，冲杀过去！双方身形交错，兵器格挡，魏铁衣被震得手臂发麻，马槊几乎脱手。

双方调转马头，再次冲锋厮杀，魏铁衣险避锋芒，手中马槊扫到小将白袍，撕下一大块衣料。小将白袍下的铠甲极为紧身，似乎是女子身材。魏铁衣心中一惊：莫非是云阳郡主？但转念一想又知必定不是。若是郡主，他此刻只怕已经是死人了。

又是调转马头，又一次冲杀，魏铁衣看出了这名女将力气虽大，马上功夫却不娴熟，他看准一个空当，马槊直刺！忽然间，女将身后升起四根手臂，抓住了马槊锐利的锋芒！

这是"木面使"赵龙生前提起过的，云阳郡主最强大的状态"六臂阿修罗"！魏铁衣用尽全力夺回马槊，再一个直刺，女将竟然刀枪不入！然而魏铁衣终究是沙场老将，见无法刺伤女将，顺手一劈，女将胯下战马顿时身首异处！

战马倒毙，女将腰间、小腿的盔甲鳞片下喷射出灼热的气流，竟然使她飘浮在空中！炽热的大风吹得身边飞沙走石，像极了传说中的火焰战神阿修罗！

她六手齐用，挥舞起方天画戟，逼得魏铁衣步步倒退。魏铁衣好不容易抓到一个破绽，朝她面门刺去，打落女将狰狞的面具。

"虎妞！是你！"魏铁衣惊叫出声，叫出妹妹魏雪衣的原名。

"是我又如何？世人都说女子要在家从父，出嫁从夫。我是云砂王妃，王爷要造反，我自然是跟随。"魏雪衣浮在空中，不屑地看着兄长。

这身可以飞升的铠甲密不透风，是柳梦零在太空中出舱维修飞船时用的。宇航服这东西自地球时代诞生，至今已经有几千年历史，算是发展得非常成熟了，成熟到不少人照着自己的喜好，定做私人版宇航服。

这套宇航服除了正常的双臂，还带有四根额外的机械臂，有力拔千钧的辅助动力外骨骼系统和抵挡太空垃圾高速撞击的装甲，用来抵挡冷兵器时代的刀剑更不在话下。

更能体现柳梦零性格的是宇航服的古代将军铠式外壳、神像脸谱式面罩，以及那个她十五岁那年给宇航服起的充满中二气息的名字"六臂阿修罗"。

魏铁衣大声问："云砂王在哪里？"

魏雪衣道："我在这里率领重骑恭候大驾，他率领飞楼和轻骑日夜兼程，大概快到帝都了吧？"

魏铁衣心中一凛：糟了！中了调虎离山之计！

魏雪衣问："帝王家的内斗，你一个外人掺和什么劲儿？嫌死得不够快？"

魏铁衣凛然道："食君之禄，忠君之事！"他收拢残兵，聚拢起这阵亡逃散超过大半的残部，匆匆忙忙地回师救驾，全然不顾后果。

魏雪衣并不追赶，只是守着这隘口，等着斟云归来。

皇家亲兄弟可以反目成仇，魏家兄妹自然也可以。食君之禄，忠君之事，在魏雪衣看来最蠢不过如此。太平本是将军定，不许将军见太平。昔日四柱国均是这样的下场，他魏铁衣要找死，魏雪衣也无力阻拦。

斟云的五千轻骑兵，一人三匹骏马，轮流换乘，来去如风。加上十八座飞楼，神出鬼没，搅翻了整个天下。

斟云绕开商道的关塞，攻下帝国腹地一座疏于防范的城镇，看着县令战战兢兢地匍匐在脚边。他赢了就走，绝不停留半天以上。过了几日，当别人都以为他专挑士兵稀少的城镇下手时，他却攻下一座戒备森严的军镇，打得落花流水，然后又扬长而去。

"妖王不死，天下难平！"天底下很多城镇、乡村都组建起乡勇团练，试图抵御这鬼魅般的侵扰。刀剑弓弩是毫无作用的，乡民们不得不耗费重金，或是从云砂郡购置各种火铳，或是不顾朝廷禁令，重金聘请能工巧匠，建造高墙围屋，私自仿造土炮。

旧秩序在慢慢松动。

巽帝焦头烂额，不知道这破事什么时候是个尽头，他只知道不断地顺应民意，征召深受云砂王之苦的平民，组建大军讨伐神出鬼没的斟云。

魏铁衣出征时的八十万大军，如今只剩二十万残军归来。群臣义愤填膺，说要将他打入天牢问罪。巽帝照做，让群臣推荐合适的将领御敌。很多被魏铁衣的战功压制了很久的武将世家的子弟再次披挂上阵，用老部队、老战术迎敌。他们都输得很惨，不少自幼修文习武的武将世家子弟在战场上被飞楼践踏成了肉泥。

"魏铁衣纵使战败，还能且战且退；换你们上去，那是上多少死多少。"巽帝脸色铁青，身体越来越差。不得已，群臣只得同意魏铁衣官复原职、领兵出征。毕竟那些武将世家已经快没有儿子可以送死了。

终于，该来的还是来了。农历六月初七，凌晨，丑时，帝都守军来报，云阳孤军五千人、偃师千乘飞楼十八座，出现在帝都近郊。巽帝沐浴焚香，身着龙袍，郑重地戴上平天冠，下令鸣钟上朝，敞开城门迎接云砂王。

钟声响了，又过半个时辰，来上朝的大臣寥寥无几，大部分都逃命去了。巽帝对司礼监说道："赐朕皇弟入朝不趋、剑履入殿、赞拜不名。"经历过云阳郡主硬闯皇宫的事，巽帝决定不再自取其辱，那些人是不会规规矩矩地行君臣之礼的。然后他挪了挪身体，找了自己觉得最舒服的位置，端端正正地坐好，等死。

他没忘记自己下过密旨要杀这弟弟。

夜半钟声，不对劲。老人本来就睡眠浅，思亲宫里，太上皇颤巍巍地起床，发现宫中一片寂静，像极了三年前十三皇子攻入皇宫前的死寂。他遇上一个与他年纪相仿的老太监，问："这次又是谁造反？"

老太监答道："是二十一皇子，云砂王，斟云。"

大殿内，沈淑妃抱着一岁大的孩子，走到巽帝身边，泣不成声。她有心计，皇帝也有三宫六院，但是她不愿逃。皇帝要坦然面对谋反的弟弟，她也要陪在身边一起死。

又过一个多时辰，天边泛出鱼肚白。

"太上皇驾到！"弟弟没到，爹先到。满头白发的帝尊看着巽帝，拄着拐杖的手不停发抖。

"云砂王到！"这声音好像催命符，让所有的人都心头发毛。

斟云是硬杀进来的，一袭青衣，从来不爱穿王爷蟒袍，手持让人心惊的黑剑。如今这把剑已经是妖王的象征、举世闻名的凶器。潮水般的大内侍卫围着他，他向前走一步，侍卫们就退一步，一路退到殿前石阶。

斟云不屑于走大殿两侧大臣们上朝的石阶，而是踩在正中间的丹陛石上，踩着云龙浮雕走上来，一如三年前的十三皇子、去年的云阳郡主，要把这象征皇权的浮雕踩在脚下。

巽帝看着弟弟走上大殿。三年不见了，曾经最熟悉的弟弟，胆怯瘦弱、一心鼓捣木头玩偶小玩意儿的弟弟，如今已经是玉树临风的十七岁少年，那独闯千军的霸气让他觉得陌生。

斟云一步步逼近，目光扫过寥寥几名大臣：吏部尚书、户部尚书、刑部尚书、礼部侍郎、大理寺卿、光禄大夫……

斟云把剑架在吏部尚书的脖子上，头发花白的吏部尚书铁骨铮铮，目光如炬，直视斟云。这是杀头都不皱眉的硬汉。这种时候还敢上朝的，个个都是不受云砂郡重金诱惑，不怕云阳孤军刀刃相加的硬汉。

然而，也个个都是极力反对机关术的老顽固。他们所奏机关妖术祸害苍生的种种条陈，俱是实情；所言所行，也都是心系天下苍生。斟云慢慢放下黑剑。臣都是诤臣，只是生错了时代。

斟云步步逼近，看到了父亲、哥哥，还有初次见面的嫂子和小侄儿。

这孩子的面容好熟悉。太上皇想起了多年前，南方边陲小国璟国为了求和，献上的三百贡女。其中一名贡女十七八岁、美若天仙，极得他喜爱。然而她从来不笑，既不求恩宠，也不求名分，无论是何种价值连城的赏赐都不见她展露笑容，只见她静静地坐在深宫中，眺望着朱墙之上的南方天空。每次召她侍寝，她都极不情愿，能让她就范的方法只有一个："美人，你若不从，朕就杀光璟国百姓！"

美人得宠六年，生下两个儿子。她不争宠，不争位，却也避不开别的妃子嫉妒，最终被秘密害死，只由得两个儿子在荒院中自生自灭。谁又能料到，这竟然是太上皇最终仅剩的两个儿子，最终一个成了皇帝，一个成了动摇天下的云砂王。

"别这样看着朕，害死娘亲的人，除了弑父这种事朕做不出来，别的朕都收拾了。要么疯了，要么死了。"巽帝对弟弟说道。

太上皇拄着拐杖，颤巍巍地走向前。他想用老残之躯，替巽帝拦住这斟云的剑锋。两个儿子都恨他，但是巽帝至少愿意为他养老送终，斟云却未必。

斟云避开太上皇，心想爹终究是见识浅薄，都到了这个份儿上，还以为他是为了抢皇位。

"哥，接下来，我要做的事，你能猜到吧？"斟云并未尊称巽帝为皇兄。

"你想逼宫夺位？"巽帝仍是如此看法。

斟云道："皇位我没兴趣。我只对改变整个天下有兴趣。"

巽帝问："接下来，要死多少人？"

斟云道："大概和爹从起兵到退位时死的一样多。"

巽帝只觉得喉咙干涩，问："不能罢手吗？你就这么喜欢看生灵涂炭？"

斟云看着周围战战兢兢的老臣们，说道："我一罢手，大家失了如剑在喉的生存压力，只怕又会回到禁绝机关术的老路上来。毕竟我也知道，要迈过工业革命这道坎，需要流的血太多了。"

巽帝满怀恐惧地摇头："朕……朕不知道你在说什么……"

斟云道："我是来辞行的。我考上大学了。"斟云解开发髻，手起剑落，乌黑的长发被剑锋切断，散落一地。

上古先民飞行天空的巨船不知何时出现在了帝都的天空之上。直到这时，群臣们才敢相信那些遥远的古代传说原来都是真的。

尾声·天上

七千年前，远古祖先们为什么驾驶着巨大的飞船逃离地球故乡？

星舰联盟，蓬莱星舰，蓬莱理工大学图书馆。斟云查到了答案。那时的地球故乡，科技非常先进，然而科技是一把双刃剑，连续七次机器人叛乱，毁灭了故乡。远古祖先们只好仓皇地逃往浩瀚的星空。

昔日地球联邦璀璨的千百颗太阳系外殖民星，如今已经黯淡，不知多少殖民星在失去联邦的科技支持后，衰落到惨不忍睹的落后状态。故乡还不是最惨的。

而星舰联盟，当年也是逃离故乡的难民船队之一，七千年后归来时，却已经壮大成遥远星空的霸主，一个从不寻找星球定居，也不被星球的资源上限所困的太空游牧文明社会。他们摧枯拉朽般毁灭了昔日仇敌——机器人叛军，也被大量落后的地球同胞殖民星的现状所震惊。

看在大家都是地球人的分上，好歹做些善事吧。一些慈善组织决定支教扶贫。然而理想是丰满的，现实是残酷的。四〇六号殖民星，义工们刚下飞船，就被退化到原始社会的同胞们误以为是入侵者，用石头砸死；八七三号殖民星，支教的年轻老师们传播的知识被视为冒犯了他们天圆地方的神圣信仰，被活活烧死；更多的落后星球则是对这些天上来客敬而远之，不敢接触。哪怕是在混得最好的二八八号殖民星，支教扶贫队伍虽被当地的君王款待为座上宾，却也是只被当作可以赐予仙丹妙药的仙人，对于仙人所提的开办学校、推广科学教育等提议，一概不理。

除去少数在星舰联盟归来之前，就处于工业时代之后的殖民星不算，偃师千乘所在的二五七号星球是迄今为止第一个踏进工业革命门槛的殖民星。

大学城的步行街，冷饮店里，大三学生柳梦零对自告奋勇准备去支教的年轻老师说："改变一个时代的阻力，大得超乎你想象。很多时候他们只是被旧时代的利益网给绑架了，不是傻！别以为你给他们露两手先进科技，他们就会跟着你学习科学。他们比你还精呢！不然偃师千乘怎么会有'武装支教、暴力扶贫'的恶名？"

老师皱眉说："这么听起来也有道理，不这么做人概也不行，毕竟星舰联盟不会永远留在银河系。"

"梦零姐，你看这衣服漂亮吗？"大一新生魏雪衣穿着刚买的衣服，在柳梦零面前转了一圈。

柳梦零皱眉："这大夏天的，你怎么还是长袖、长裤？不嫌热？"

魏雪衣略感尴尬，柳梦零那T恤配短裙的打扮总让她觉得羞死人了。

在蓬莱理工大学的地球人殖民星留学生当中，偃师千乘的留学生数量是最多的，今年考上来的足足有五百人。

第二年，偃师千乘又考上近六百人。

篮球场上，斟云一个三分球，扭转战局。暂停、换人，上场的同学和斟云击掌，随口说："阿云，那个大一女生一直看着你，你们认识吧？"

斟云转头，看见杨月绮。她正跟魏雪衣聊天："陛下疯了，誓死反对机关术的吏部尚书被赐死，淑妃娘娘哭求都没用。被牵连的高官多达百人。"

"百姓过得如何？"魏雪衣问。

杨月绮叹气："还是过得那么苦。陛下在建造大船，开拓海上商路。大船所用材料都是重金购自偃师千乘，航程之远，前所未有，发现了很多以前不知道的岛屿，发现了前所未见的物种和财富。只是狂风巨浪非常危险，商船起航，往往只有不足半数可以回来，但是陛下规定了所赚财富一成归船老大，五成由水手平分，朝廷只抽四成。重赏之下必有勇夫，天下流民贫户趋之若鹜，只要能活着回来，就能一夜暴富。以前流民作乱的事也因此少了很多。"

云砂郡距离海洋很远，这次巽帝倒是脑子清醒，避开了偃师千乘的正面竞争。魏雪衣打开手机上的二五七号星球世界地图，将杨月绮所说的朝廷航线标上，发现离那个世界的地理大发现已经很近了。

杨月绮道："也正因为如此，民间百姓一边畏惧地称陛下是暴君，一边称赞陛下是圣君，让人难以判断他是好人还是坏人。"

魏雪衣叹道："人，哪能简单地分好坏呢？"

第三年，斟云和魏雪衣都顺利通过了本硕连读的考试，看来还得在星舰联盟待上几年。偃师千乘百夫长梁六的儿子考上了大学。"我爹说了，二五七号星球就是个穷山沟，皇帝就是个没见过世面的乡下土老财，我这样说，王爷你不会生气吧？"

斟云问："你说的都是事实。家乡情况怎样？"

年轻人说："老样子，战乱呗！不光是朝廷和云砂郡的事了，连周边各国也在利益驱使下打成一团。规模不大，打打停停，没完没了。谁都在依赖机关之术增强国力、增加财源；谁要是落后半拍，谁就被动挨打。各国都不敢再提禁止机关术的事了，工业革命的齿轮算是啮紧了大半。"

第四年，毕业季。同一艘飞船，送来偃师千乘的新生，接走要投身家园建设的又一届毕业生。

迎新晚会兼毕业生送别会上，柳梦零穿起华丽的古装，梳起繁复的发型，一曲古筝，赢得满堂喝彩。她向来不拘古法，刚刚弹奏的是星舰联盟的流行歌曲。

前几日，一个小道消息在偃师千乘的留学生中流传："听说这次有个特招的博士生，可厉害了！""据说是搅得天下风云变色的人物呢！""这样的人咱班不是有好几个了吗？云阳郡主、云砂妖王、云砂王妃，还会有谁？"

有人卖关子："反正是你们听说过的大人物。""听说还美得倾国倾城。"

有女生开始妒忌了："什么人啊？祸国妖姬吧？"

"这么厉害？你说会是谁呢？"魏雪衣边吃着全场最好吃的蛋糕，边问斟云。

"啊？明姐姐！"斟云只看见迎面走来的那位云砂郡的主心骨，凤城贵女明镜珑。